君と魔女はコンビニで買い物をして、
宵子さんのラパンに乗った。
JN053147

君は自分の右耳と
私の左耳にイヤーピースを差し込み、
ダブルタップした。
「なにしてるの」

私はイヤフォンの位置を直しながら
君を睨んだ。
「夏に女子二人が木陰で
アイス食ってイヤフォンシェアしたら
エモくなんないかなーって」

私の体は宙に放り出された。
まっすぐに、落ちていく。
世界が色の付いた帯になって流れて、
きれいだと私は思う。
流れ去る世界を破って、
くっきりとした形が私の前に現れる。
泡。

虹色にきらきらする、
シャボン玉みたいな
泡が弾けて生き物が飛び出す。
「どうして……」

INTRODUCTION

私が魔女になり、
君は魔女狩りになった

人魚が泡になり、毒が飛び散った。

滅びに直面した世界で、君は魔女狩りに選ばれた。

私は毒を浴び、右目の魔女になった。

数多(あまた)の魔女を狩って世界を守った魔女狩りは、

自らの死を求め、右目の魔女のもとを訪れた。

殺意を死で返す返報の毒を有する右目の魔女は、ただひとり、

不死の魔女狩りを殺せる存在だったから。

ただし、魔女狩りが右目の魔女を殺したいほど憎めたのならば。

右目の魔女と魔女狩りは、

かつて魔女狩りが受けた拷問を再現するため、

工夫と失敗、工作と成功を積み重ねる。

柿バターをたっぷりのせたトースト、

桜木町駅前広場のチョコアイス、赤レンガ倉庫の飲茶――

ひどく暑い夏、ふたりで横浜を歩き回り、他愛ないおしゃべりに耽(ふけ)りながら。

魔女と魔女狩りは拷問と日常を往還し、互いを知っていく。

望む結末から遠ざかってしまうと理解しながら、少しずつ惹(ひ)かれあう……。

どうでもよさそうな曇り空の下、拷問とガーリーな日常が始まる。

「ガール ミーツ ガール」と呼ぶには裏表がありすぎる、

二人の少女の物語。

拷問魔女

中野在太

ヒーロー文庫

拷問魔女
Aruta Nakano
中野在太
illustration
とよた瑣織

目次 contents

イラスト／とよた瑣織
装丁・本文デザイン／5GAS DESIGN STUDIO
校正／佐久間恵（東京出版サービスセンター）
DTP／鈴木庸子（主婦の友社）

プロローグ　魔女と魔女狩りの拷問と日常

今日は十五人殺した。一人はすっかり怯（おび）えきっていたので、私が自分で殺さなくてはならなかった。耳栓代わりにノイズキャンセリングイヤフォンをして、拾った銃で男の頭を吹っ飛ばした。そこに君が来た。

君の服はずたずたに切り裂かれ、右胸の傷痕から血がにじんでいた。ぼさぼさの長い黒髪はまばらな束（たば）となって体に落ちかかり、胸から母乳みたいに流れる血を吸い、肌にへばりついていた。

晴れでも雨でもない、どうでもよさそうな曇り空の下に君は立っていた。

私はイヤフォンをダブルタップして、音楽を――流れていたのはピノキオピーの『ねぇねぇねぇ。』だった――止めた。

「いやーびっくりですね、六回ぐらい蜂の巣にされちゃいました。なんで襲われてるんですか？」

君は真っ黒な瞳をこちらに向けた。私を見ているわけではなかった。君はどこも見ていなかった。

「こんにちは！　はじめましてですね、右目の魔女さん」

私は黙って頷いた。さまざまな媒体で目にしていたから、君が魔女狩りだということは知っていた。

これが危険な状況であることは、言うまでもなかった。私は魔女で、君は魔女狩りだ。当然ながら友好的な接触は期待できない。

とはいえ、私に危機感はなかった。むしろ遅すぎる君の到着に、憤りさえおぼえていた。

魔女だからといって、楽しいことなどなにもなかった。しょっちゅう他人に疎まれていただけだ。それに、もし魔女じゃなかったとしても、私は似たような貧しい人生を送ってごみ同然の死に方をしていただろう。

なんとなく生き続けて、無意味にたくさん殺した。それもようやく終わりだ。

私はｉＰｈｏｎｅをポケットから取り出し、ライブ配信アプリを立ち上げた。

インカメラの捉えた私の顔が、画面に映し出される。意外にも落ち着いた表情だ、と、客観的に思った。わくわくしてもいないし、悲壮感も無い。

配信開始からわずか五秒でリスナーは数万の単位に膨れ上がり、チャット欄が土石流みたいな勢いで流れはじめた。

死ね
まじょまじょしてきた
死ね死ね死ね死ね死ね死ね死ね死ね
今私の友人がガチめに死にましたあなたのせいで最低です何人も死んでますこの反
省で死んでください
こんにちまじょまじょ
今から殺しにゆきますどこですか死んでください社会のめいわく
魔女死ね魔女死ね魔女死ね
おっぱい見せて
なんでまだ生きてんの？ｗ早く死ねよ
ゴミが配信してて草
殺せよ誰か早く

「こんにちまじょまじょ、右目の魔女よ。今日は突発コラボ。ほら見て」

私はインカメラを君に向けた。

「魔女狩りがとうとうやってきたわ。右目の魔女もこれでおしまいかしら」

自殺配信で草
俺が殺すから止めろ魔女狩りの前に殺してやるよレ〇プしてから
死ぬとこ見たい
加藤純一最強！加藤純一最強！加藤純一最強！
よかったらモデレーターやりましょうか
めっちゃリスナー増えてて草

「えーなになに？　配信してるんですか？　やば、めっちゃ余裕じゃないですか」

君はどこでもないどこかにぼんやりと目をやりながら、満面のうつろな笑みを浮かべていた。

「買えるだけの恨みを買っているんだもの。最期ぐらいは大衆の期待に応えてあげたいのよ」

「ほーん。殊勝ですな」

はやく死んで
殺せって
喋ってんなよだりーな

キ○ガイ観察もこれで終わりと思うと寂しいな。。。はよ死ね
伝説作れ

「まあ魔女さんの事情は置いといて」

死を覚悟し、体から力を抜いた私に、君はこう言った。

「あの、いきなりでごめんなさいとは自分でも思うんですけど」

君はどこも見ないまま、にこにこしていた。それ以外の表情をどこかに置き忘れてきたみたいだった。

「わたしのこと、殺してもらえますか?」

私の手からiPhoneが滑り落ちた。

湧き上がってきたこの気持ちを、どう表現するべきなのか迷う。

でも、これはきっと、恋だった。

私は、恋をした。


――人魚が泡になり、毒が飛び散った。滅びに直面した世界で、君は魔女狩りに選ばれた。君は毒を浴びて魔女となった者を狩り、一万八千五十一個の毒を身に引き受けた。

誰でも知っている事実だ。

私は魔女の一人として、ほそぼそと暮らしていた。ときどき頭のいかれた連中が私を殺しに来た。ちょうど今みたいに。

　これも、多くの人に知られている事実だ。

　つまり、魔女狩りが魔女に死を請うのは、間尺に合わない話だった。

「知ってると思いますけど、魔女はだいたい死にました。ちょっと残ったところで、世界は滅びない。だからもう、世界は救われているんです。はーがんばった、がんばりました。めっちゃえらい！」

　君は一方的に喋った。なにもない場所を見ながら、にこにこ笑って。

　私は黙って発砲した。弾は君の首をかすめて頸動脈をひきちぎり、ブロック塀に衝突して火花を散らした。

　首筋から血を噴き出し、君は横転した。噴水みたいな血流はあっという間に勢いを失い、次第に弱まっていく鼓動に合わせてとぎれとぎれに吐き出された。

「あなたが右目の魔女でよかったです」

　血だまりに横たわっていた君が言った。私はほっとした。この程度のことで、魔女狩りは死んだりしない。

「引き受けた毒のひとつに、不死があったんですよ。心臓の魔女の毒です」

君は立ち上がり、血まみれのまま、勝手に話を続けた。港のような臭いがした。君の血の臭いだ。

「だけど私なら、君を殺せるのではないかって？」

私は口を開いた。君は頷きもしなかった。

「むずかしい相談ね、魔女狩りさん。私の力のことは知っているかしら？」

声の震えを押し殺して、できる限りの無表情を私は作った。

「右目の魔女は、誰でも殺せるんですよね」

「すこし語弊があるわ」

私は、電柱の陰で死んだふりをしている男に目を留めた。こんなことがなければ、逃がしてあげてもよかったのだけど。

銃をデニムに突っ込んで歩み寄ると、男はうつぶせのまま、全身をぎゅっと緊張させた。生き延びようとするぐらい軽い気持ちだったら、はじめから殺しに来なければいいのに。

「ねえ、すこしお話しない？」

私はしゃがんで声をかけた。男はなおも確固たる意思で死んだふりを続けていた。私は、近くに転がっているスマホを瓦礫に立てかけ、男の髪を掴んで顔を引っ張り上げた。

顔認証をパスして、ラインを立ち上げる。いちばん上にあるメッセージ欄を開く。

「そう。あなたは真由里（まゆり）ちゃんと付き合っているのね」

晴れ着の写真。真由里ちゃんが成人式のときのものらしい。悪い歯並びをむきだしにして笑っている。私は男と真由里ちゃんに好感を抱いた。きっと真由里ちゃんの周りには、歯列矯正しろだのおまえの歯は死んでるだの言ってくる、ごみのようなろくでなしがいなかったのだろう。この男もまた、真由里ちゃんに優しく接しているのだろう。

跳ね起きた男が飛びかかってくる。私は立ち上がりながら後退する。男は顎（あご）から地面に落ちてうめく。

「今更なのだけど、人の恨みを買いたいときは、大事な人との繋（つな）がりを断つべきだと思うわ」

私は銃を男の前に投げ出した。

「なぜというに、私が真由里ちゃんを殺しに行くからなのだけど」

男は銃を掴み、持ち上げようとした手から力が抜け、死んだようにぐしゃっと倒れた。

死んだように、というたとえは適切といえない。男が実際に死んだからだ。歯並びの悪い真由里ちゃんを残して。

「これが右目の魔女の毒よ。私に殺意を向けた者は、死ぬ」

私は君に向き直った。右目の魔女、その毒は返報（へんぽう）。

君の顔に、ようやく笑顔以外の表情が浮かんだ。うんざりしていたのが面白くて、私は笑った。

「私のこと、殺したくなったかしら?」

君は首をぶんぶん振って、長い髪がしっぽみたいに揺れた。

「だって殺意を向けなきゃならない相手が、自分にとって最後の希望なんです! これって世界最悪の自己矛盾じゃないですか?」

「そう悪いことではないわよ。どうせならふつうの生き方に戻ってみたらどうかしら」

「その調子ね。怒りを殺意に変えていくのよ、魔女狩りさん」

ためしに言ってみたら、君は私をきつく睨んだ。

「ありがとうございます。でも、それぐらいじゃ無理みたいです」

「だったら、君の大事な人を殺しましょうか」

私が提案すると、君はへらへら笑った。

「全員死んじゃいました」

「悪いことを言ったわね」

「いいんです、お気遣いなく」

「私が無関係な人間を殺して回ったら、止めてやろうって気にならないかしら?」

「お好きにどうぞって感じです」

会話が止まって、死と静寂の中に、着信音が鳴り響いた。路上でけなげに震える

iPhoneを拾い上げると、宵子(よいこ)さんからだった。

「ごめんなさい、電話があったから今日の配信はこれでおしまい。また会いましょう——

こんにちは、宵子さん。いつも通りよ。そうね、たしかに襲われたけれど、それも含めて。ねえ、ちょっと相談したいことがあるのだけど……」

宵子さんは、職場のある馬車道(ばしゃみち)から私のアパートまですっとんできた。

「なんだってあなたは」

扉を開けるなり声を張り上げ、
キッチンと居室を分ける戸を力いっぱい引き開け、

「いつもなにかを」

「むちゃくちゃにするんですか」

ぷりぷり怒りながら扇風機の前に陣取った。

「宵子さん、いらっしゃい。アイスあるわよ」

「なんのやつですか」

宵子さんは、深いくまの刻まれた目で私を睨んだ。

「ガツン、とみかん」

「いただきます」

宵子さんはアイスを二口で食べると、力なく項垂(うなだ)れた。前髪が額に、ハーフアップの後(おく)

れ毛が首筋にへばりついていた。スーツを脱ぐと、ブラウスが汗でべちゃべちゃだった。

「私のせいじゃないわ。襲いかかってきた連中は勝手に死んだし、魔女狩りはいきなり来たの」

なまぬるいスーツをハンガーにかけながら、私は弁解を試みた。

「お会いするのははじめてですね、魔女狩り」

宵子さんは私を無視し、君に名刺を差し出した。君は興味なさそうに受け取り、字面(じづら)に目を走らせ、かすかに眉をひそめた。

「日本災害対策基盤研究機構……の、横浜研究所」

「あなたはつくば中央研究所マターでしたね、魔女狩り」

君は名刺を放り出した。扇風機の風に乗った名刺が座卓の上を滑って畳に落ちた。

「見て宵子さん、Ｙａｈｏｏ！ニュースのトップになっているわ」

気まずそうに笑う宵子さんを救うべく、私はふざけることにした。

「右目の魔女が魔女狩りを銃撃配信。コメント欄を見るのが楽しみね」

私が突き出したｉＰｈｏｎｅの画面に、宵子さんは義理堅く一瞥(いちべつ)をくれて鼻を鳴らした。試みは成功といっていい。

「あたしたち横浜研究所は、首都圏の魔女災害に関わっています。今では彼女の——右目の魔女の面倒を見るのが主な仕事ですが」

「私以外の魔女は、君が狩ってしまったものね」

「日災対を代表して、お礼を言います。あなたのおかげで、世界は救われました」

宵子さんが深く頭を下げ、君は完全に無関心な顔をしていた。

「右目の魔女さん、クーラーつけていいですか？」

「どうぞ」

君は宵子さんに背を向け、エアコンのスイッチを入れた。

窓用エアコンが、がたがた震えながら轟音と冷風を吐き出した。このエアコンは、なにかどうしても許せないことがあってとにかく怒りまくっているみたいな音を立てる。

この4畳1Kとも、黄ばんだエアコンとも、私が魔女になって以来の付き合いだ。そろそろ寿命なのかもしれない。

魔女になってよかったこと。性的暴力に怯える必要がないので、セキュリティのしっかりしたマンション以外に住める。下着だってベランダに干せるのだ。

長い沈黙があった。エアコンは猛抗議の手を決して緩めなかった。

「飲み物入れてくるわね」

私はキッチンに向かった。牛乳に黒蜜を垂らしてステアし、たっぷり氷を詰めたグラスに移し、黒豆きな粉とひとつまみの海塩を散らす。黒蜜きなこラテのできあがり。

「どうぞ。よかったらくず餅でも作ろうかしら？」

君と宵子さんは黙って黒蜜きなこラテを呑んだ。それから君が、ちょっと目を見開いた。

「うっま、えなにこれめっちゃうまいんですけど」

「難しいものじゃないわよ。材料はぜんぶそごうで揃うから。あとジョイナス」

「支払いは日災対の経費ですけどね」

宵子さんがいやみを言った。

「私はバイトしたっていいのよ。許してくれないのは日災対」

「当たり前でしょう」

「クレーマー対策にはぴったりだと思うのだけど」

「いいですか、右目の魔女。手っ取り早い解決方法というのは、いつも最終的にろくでもない結果を招くんですよ」

これは私と宵子さんの、いつものじゃれあいだ。

君はしらけた顔で私たちの会話を聞いていた。あらゆる内輪ネタは外部の人間にとって肌寒いものだ。

「ところで、魔女狩り。その、つくばはなんと言っているんですか?」

宵子さんは、私との会話ですこし気がほぐれたらしく、いよいよ意を決して君に喋りかけた。

「話してませんけど」

君が即答すると、宵子さんはうめいた。

「だって日災対に、わたしを拘束する権利はないですもん」

「まあ、それは……あくまであたしたちは、ただの独法ですから」

あっという間に言い負かされて、宵子さんは口の中でごにょごにょ呟いた。

「それに、死にたいなんて言ったら止められるに決まってますもんね」

「え……え？」

宵子さんは絶句して私に目を向けた。

「ライブ配信もＹａｈｏｏ！ニュースも見ていないの？　ほら、魔女狩りは私に殺されたがっているのよ」

「ああ、なるほど……そういうことですか、ようやく理解できました。彼女、被害の割に後回しにされているとは思っていたんですよ」

「そうなんですか？　つくばのリストに右目の魔女が挙がったの見たことありませんけど」

君は言った。

「関東圏でもっとも人を殺しているんですけどね」

「だから、私のせいじゃないわよ」

「あなたのことがメディアで取り上げられるたび、不審死が統計上有意味な数増加するんです。憤死ですよ、憤死」

「それは申し訳なく思うわ。けれど、私にどうこうできる問題じゃないもの」

私がふざけて肩をすくめると、宵子さんの頬が怒りに震えた。

「おまけに各種SNSを使いこなして、ライブ配信まで……」

「暇なのよ。バイトもできないし、学校にも通えない。おかげで毎日炎上しているわ。見る?」

「見ません」

「ねえ宵子さん、見て。今日は『おはよう』と自撮りだけで三千個のクソリプがついたわ。このうち何人が死んだのかしらね」

私はiPhoneの画面を宵子さんの顔の前に持っていった。宵子さんは首を捻って画面の直視を避けた。

「だから見ませんって。国民をこれ以上頓死させないでください。ええとなんでしたっけ……そう、あなたは死にたがっていて、右目の魔女に殺してもらおうと思った。つくばに黙って、出奔のようなかたちでここまで来た。そこまでは分かりました」

「宵子さんが来てくれてよかったわ。どうしたら魔女狩りは、私に殺意を向けてくれるかしら」

「はい？」

「国立大学を出ている宵子さんなら、小卒の私よりも良いアイデアが浮かぶんじゃないかしら」

「ばかなんですか」

切って捨てられて私は笑った。あまりにも適切な言葉だった。

「ああもう、つくばになんて言えば……最悪です。こんな簡単に接触を許して。なんでこんなことに」

目元のくまを更に濃く深くしながら、宵子さんは心労の沼にゆっくり沈んでいった。

「泥酔した宵子さんが、仕事の愚痴を言っていたことがあったのよ。ねえ魔女狩りさん、日災対が、どのぐらい給料を出しているか知っている？」

「えー？　めっちゃ安いんでしょうねそのフリだと」

「月三百時間労働して、手取り十八万だって」

君はびっくりしたあと笑いかけ、すぐに、それは失礼だと思い直したのか口を引きしめた。

「世界の平和は、手取り十八万で守られていたんですねえ」

厳粛な口ぶりで言ってから、君は耐えきれずに小さく吹き出した。

「しかも国土交通省から天下ってきた所長は年収数千万だし、宵子さんみたいなプロパーの職員をいじめているらしいわ」

「やめればよくないですか？」

竹を割ったような君の回答に、私はそこそこ好感を抱いた。

「私もそう思うわ」

「つくばの職員いっつもキレ気味だったんですけど、理由が判明しちゃいましたね。気の毒に思えてきました」

「同情してくれるなら、つくばに戻っていただけませんか？」

「それは無理ですけど」

ぐったりしていた宵子さんが一瞬だけ息を吹き返し、君にすげなく断られるなり再びぐったりした。私たちは笑った。

「そうだ！　ねえねえ右目の魔女さん、わたしまだ、あなたの名前も知りません」

どこか打ち解けたような調子で、君が訊ねてきた。

「キルゴア・トラウト」

「カート・ヴォネガット？　人を試すような小ボケを入れてくるんですね。そういうのあんまり好きじゃないな」

「君の名前は？」

「ソフィヤ・セミョーノヴナ・マルメラードワ」

君はぶっきらぼうに、人を試すような小ボケを投げ込んできた。私は君にますます好感を抱いた。

「ドストエフスキーね。ところで、私は君と違って人を試すような小ボケが好きよ。できるだけ細いところを通した方が、してやったりって感じがしないかしら？」

「してやったりと感じようって、一度も思ったことがないです。右目の魔女さんって、魔女にしてはずいぶん余裕があるんですね」

「他の魔女のことは知らないわ。どんなふうだったのかしら」

「怯えてるか怒ってるか、もしくは居直ったろくでなしです」

君の端的な要約は、当を得ているように思えた。いきなり力を与えられて、おまえが死ななければ世界が滅びると宣告された場合、人間にできることは少ないだろう。

「私、力を使って悪さをしようとか、捕まって殺されるかもしれないとか、一度も考えたことがないもの」

「わたしは多分、魔女さんを今すぐ殺せますけど」

「そうでしょうね。でもそういうことではないのよ。ただ単に、殺されてもそれはそれというだけのこと」

「ふうむむ？　なるほど？」

君はやや儀礼的な疑問符を置いた。まあ、私の事情になど関心はないだろう。

「お互い事情はあるでしょうね。でも、君も私も踏み込まれたくない。違うかしら？　ねえ、だから、別の話をしない？　魔女狩りに選ばれるって、どんな感じだった？」

「そうですねえ……分娩台から異端審問に投げ込まれるようなもの、ですね」

「いい喩えね」

私が感心すると、君は意外そうに目を丸くしたあと、意地悪な笑みを浮かべた。

「あれ？　分かりませんでした？　カート・ヴォネガットなんですけど」

「やられたわ」

あまりにも切り返しがうますぎて、笑ったり悔しがったりよりも尊敬が勝った。

「宵子さん、このアパートって、私以外だれも住んでないわよね」

「当たり前でしょう」

宵子さんはローテーブルに突っ伏したまま即答した。

「魔女狩りさん、ここに住んだらどう？」

「協力してくれるんですか！」

「右目の魔女の名にかけて、君を地獄に送り届けるわ」

今はもう、確信している。

きっと、これは恋だ。

生まれてはじめての、恋だった。

「いやっそれっ……えええ？　なにを言ってるんですか、右目の魔女。無理に決まっているでしょう。そんなの、つくばが」

宵子さんの言葉はどんどん尻すぼみになっていき、最後のあたりは聞き取れなかった。

「それにここは西口に近いのよ。なにかあったらジョイナスに行けばいい。映画を観たいなら桜木町（さくらぎちょう）まで一駅、ショッピングモールはＪＲか相鉄線で一本。つくばよりは便利じゃない？」

魔女狩りと魔女が手を組めば、人類にはどうしようもない。君には一万八千五十一個の毒があり、私にはひとつの毒がある。その気になれば十秒かそこらでつくば中央研究所を滅ぼせる。

「つくばが……理事長が……」

「悪いことばかりではないわよ、宵子さん」

宵子さんは反応してくれなかった。

「右目の魔女を、魔女狩りが監視すると考えたらどうかしら。ねえ、これ今なんとなく言っただけなのだけど、筋が通っているような気がしない？」

「お伺いしたいことがあります、魔女狩り」

私の冗談を完全に無視して、宵子さんは君をまっすぐ見た。

「あなたは、どうして死を望むんですか」

「それ聞いちゃいます？　初対面で」

「死にたがっている方に寄り添おうとするのを、おかしなことだとは思いません」

宵子さんはきっぱりと言った。誠実そのもので、相手めがけて正論を叩(たた)きつけるのになんの躊躇(ちゅうちょ)もない、居住まいを正すという言葉はこのために生まれてきたんじゃないかと思えるような態度だった。

君は返事をせず、満面のうつろな笑みを浮かべた。

無言の時間があって、宵子さんは黒蜜きなこラテに口をつけた。グラスから口を離してかすかに長く吐いた息は、しゃっくりみたいに震えていた。

「こういう人なのよ」

私がフォローのつもりで口を開くと、君は呆(あき)れたように鼻を鳴らした。

「日災対なら、なにがあったか知ってるんじゃないですか」

「寸沢嵐(すわらし)の件は——」

宵子さんの言葉を遮るように、奇妙な音がした。氷の塊を力づくで握りつぶすような音だった。

君の手にしたグラスが、握り込まれるにつれ、四方八方から圧力をかけられたように縮んでいった。同時にラテが気化し、甘ったるくも焦げ臭い、カラメルの香りの煙が立ち上った。

「ごめんなさい、毒出ちゃいました。奥歯の魔女の毒ですねこれ」

君は、失敗した冗談に付け加える失敗した笑いのような顔をした。握り拳を開くと、老人の歯茎（はぐき）に最後までしがみついた歯みたいな色と形と大きさになったグラスがテーブルに転がった。

古い窓用エアコンは、がたがた喚（わめ）き続けていた。

蝉（せみ）が鳴き出す頃、君は本当に引っ越してきた。君の荷物はｉＰａｄと服が何着か、合皮を張った安っぽいメイクボックスだけだった。

「もしかしてミニマリスト？」

荷ほどきの手伝いをする気でいた私は、殺風景な部屋を見せられて面喰（めんくら）った。床の唯一の出っ張っている部分は通販サイトの段ボールだけで、その上にぽつんとメイクボックスが置かれている。

「分かってないですねー右目の魔女さん。人間ってｉＰａｄあれば生きていけるんですよ」

君はキッチンにいて、水道の蛇口を捻（ひね）ったりガスコンロのスイッチを押したり、正常に動作するかを確かめていた。

「はー疲れた。おなかすきました」

「さっそくｉＰａｄ以外のものが必要になったわね」

「会ってからずっと皮肉しか言ってなくないですか？」

動作確認を終えた君が居室に来た。

「性分よ」

私はやや呆れながら、君の部屋をぐるりと見回した。エアコンは私の部屋と違って、壁掛けタイプでぴかぴかの新品だった。

「コンビニ近くにありますか？」

聞きながら、君はｉＰａｄを手に取り、マップアプリを立ち上げている。

「すこし歩くわよ。ところで魔女狩りさん、お魚は好き？」

「めっちゃ寿司食べますよわたし」

「そう、残念ね。引っ越し祝いに釣りもののキンメダイを用意したんだけど、私一人でいただこうかしら」

「わー！　いじわるな人だこの人！　いただきます！」

私たちは、窓用エアコンが唸りを上げる私の部屋に移った。

「こうして見ると魔女さん物持ちですねえ」

四畳の居室には猫足のローテーブル、ソファ、70インチのテレビと壁一面を占拠するテレビ台、ＭａｃＢｏｏｋＰｒｏがなぜか三台、扇風機が一台。

「この部屋だけじゃないわよ。どの部屋も好きに使っていいっていうから、ひとつは書庫にして、ひとつは寝室、もうひとつは配信部屋にしているわ」

「メタボリストじゃん」

「とにかく好きなときに配信して、好きなときに寝て、好きなときに本を読める」

私は冷蔵庫を開け、さくにしたキンメダイを取り出した。

「最高ですね」

キッチンに来た君は、私の肩越しにまな板の上のキンメダイを覗いた。

バーナーで皮目を炙って削ぎ切りにし、水に晒した玉ねぎ、刻んだ大葉と一緒に盛り付ける。

「それ！　取っ手ついたまな板！　おしゃれなやつ！」

キンメダイを盛ったアカシア材のカッティングボードを、君は指さした。

「魔女さんめっちゃ丁寧に暮らしてるじゃないですか」

「君も出会ってからずっと皮肉しか言わないわね。悪いけど冷蔵庫のラップしてある小鉢、向こうに持っていってくれる？」

「はーい」

バルサミコ酢とオリーブオイルを混ぜたドレッシングを垂らして、砕いたくるみを散らす。

「魔女狩りさん、味噌汁作ったら呑む？」

できたカルパッチョを運びながら、私は君に訊ねた。

「パクチー以外なんでも食べますよ」

「そう、作っておくわ。先に食べてて」

「すごい、至れり尽くせりだ」

「引っ越し祝いよ」

半割にしたマッシュルームとたんざくにしたベーコン、くし切りの玉ねぎを炒めて水を注ぎ、あたため、味噌を溶かす。最後にバターを落とす。

二人分の味噌汁を持っていくと、君はやけに背筋を伸ばし、正座していた。

「どうしたの？」

「座して待つ」

私が鼻を鳴らすと、君は笑った。

「へへ、細いところ通そうと思って。意外に楽しいですね」

私と君は向かい合って座り、いただきますをした。

「んお……これ、鯛？　めっちゃうまいですね。なんか、ソースが」

「ちょうど旬だもの」

私はオクラのぬか漬けを、次いでうずらの卵のぬか漬けをつまんだ。よく染みている。

「このサラダも、すっごいなんか大根がさくさく」

「それ、いとはんのお惣菜。そごうで買ってきたのよ」

「はー、経費で食うそごうのお惣菜だと思うとますますうまいです」

君はサラダに続いて味噌汁をすすり、目を見開いた。

「え、めっちゃ料理上手じゃないですか？　なにこれ、味噌汁やば、うますぎる」

「たまに料理配信してるわよ」

「また善良な市民煽ってるじゃないですか」

君はさっそく私をいじってきた。他人との距離を詰める速度が速すぎる。

「みんな、ただ単に誰かを殴りたいのよ。そうすることで安心する。この世界には悪がいて、自分が正しい側にいると確認する儀式が必要なの。私はその対象に選ばれた。せめて魔女としての責務は果たさないと」

「ふうん」

君はそっけない相づちを打ち、ものすごい勢いで料理を平らげた。

「魔女狩りさん、冷蔵庫にピエール・エルメの箱入ってたの気づいた？」

「実は気づいてました。まさか、あれも……？」

「あれも引っ越し祝いよ」

「うえーい！」

君は両手を私の方に突き出した。ハイタッチの意図があるらしかった。私は無視して、空の食器を手に立ち上がった。

白とオレンジの箱をテーブルの上に置いて、蓋を外すと、色とりどりのマカロンが整然と並んでいる。

「やっぱいですよねピエール・エルメのマカロンね！」

君はさっそく一つ手に取り、前歯で半分噛み切った。

「これね、さっくりしてねっちりして甘酸っぱくてやっぱい！　なんだこれマンダリン！天才か？」

「おまけに経費だものね」

「そうそれ！」

君は私を指さした。

「はーやばい、幸福すぎます。これで右目の魔女さんが、わたしを殺してくれれば完璧なんですけど」

「そのためには、君が私に殺意を抱かないといけないのだけど」

「めっちゃ幸せにしてくるじゃないですか今のところ。新生児ぐらい甘やかされちゃってますよ」

　君は仰向(あおむ)けになって欠伸(あくび)をした。

「それも考えておいたわ。これまでに君がされて嫌だったことを、私がやるのはどうかしら」

「たとえば？　パクチー食べさせたりとかですか？」

「パクチー混ぜておけばよかったわね、カルパッチョに。たとえば、目の前でいたずらに市民を虐殺したりとか」

「こだわりますねそれ」

「正義の味方が、悪者にやられていちばん嫌なことってそれじゃない？」

　私がそう言うと、君は首をちょっとだけ起こし、なにかちょこざいな表情をこちらに向けた。

「マン・オブ・スティール観たことないんですか？　あの映画、スーパーマンがいちばん一般市民を殺してましたよ」

「観たことないけど今ので興味が湧いたわ」

「されて嫌なこと」

　君は寝そべったまま腕を持ち上げ、テーブルの天面を何度か叩(たた)いた。私はその手にマカロンを握らせてやった。君はピスタチオクリームに一瞬うっとりしてから、どこも見ていない笑みを浮かべた。

「死にたくない？」

「……拷問ですね」

君はしぶしぶ答えた。

「魔女狩りを相手に？　正気とは思えないわね」

「相手が正気じゃなかったんですよ。魔女さんに殺されまくってた人たちと一緒です」

「でもすくなくとも、私は右目の魔女よ。人類の敵だし、善良な市民に寄ってたかってぶちのめされるのはおかしくないわ」

私は言った。君は回答に興味を惹かれた様子もなく、寝そべったままで再び腕を持ち上げた。私がマカロンを握らせてやると、手はするする引っ込んでいった。

「拷問って、たとえばどんなことをされたの？」

私は訊ねた。

「足を潰されたり、裸で梯子にくくられたりですね」

「思ったより本格的ね」

「あとは大陰唇を切り取られて、目の前で食べられたり」

ちょっと想像して、私は眉根をひそめた。

「いくら正気を失っていたって、どうやったら相手の性器を食べようって思いつくのかしら」

「拷問の歴史って、男性器よりも女性器への拷問の方が圧倒的に多いらしいですよ」

「腑に落ちたわ、拷問も男社会なのね。つまり性器を食べるというのは、もっとも分かりやすい所有のかたちということかしら」

「そんなのに捕まって、あれこれされていたんです。それが人生最悪の記憶」

君はそこで言葉を切った。どう話を進めるべきか、私はすこし考えた。

「君を拷問した連中はどうなったの？」

「みなごろしにしちゃいました」

「さぞ凄惨なやり方で仕返しをしたのでしょうね」

「そんな余裕ありませんでした。嫌ぁ！　ぽーん！　おしまい」

君はまっすぐ突き出した腕の先で固く握った拳を、花火みたいにぱっと開いてみせた。

「やられたことを全部やり返してから殺せばよかったんですけどね。まあ精神的に駄目でしたね」

「性器を食べるのも？」

「それだけは絶対に嫌です。見たくもないし触りたくもない。それが普通じゃないですか？」

「どうすれば君の尊厳を効率的に踏みにじれるか、足りない頭で考えたのでしょうね」

「なるほどー。努力は実ったって感じですね」

君は鼻で笑った。

「なにしろ、あとかたもなく消し飛んだわけだものね」

人を拷問したことはないけれど、レシピに沿って対象を切り刻むのだから、料理とそう変わらないだろう。異なるのは相手が生きていて、泣きわめいたり抵抗したりするかもしれないという点だけだ。

「まずはどんなことをされたの?」

「そうですねえ――」

君は語りはじめる。

魔女と魔女狩りの、拷問と日常がはじまる。

1　第一の拷問、長靴

　目を覚ました君が最初に感じたのは、埃(ほこり)っぽい臭いだった。限界まで瞳を見開いてもなにも見えなかった。

　ひどく寒かった。着ていたはずのダウンジャケットを、君は身につけていなかった。最初に君が想起したのは、性的暴行についてだった。

　パニックに陥りそうな意識のスイッチを切り替え、君は周囲の情報をかき集めはじめた。暴行を受けた痕跡は——たとえば下着をずらされていたりだとか、身体の違和感だとかはなかった。なにもなかった。君はそう思い込むことにした。

　空気には、人の肺の中を何度も潜(くぐ)り抜け、すっかりよれよれになってしまったような嫌な湿っぽさがあった。

　かすかな低い唸(うな)り声のような音がした。いくつかの壁や扉で外界と画された、ここは地下室だろうと君はあたりを付けた。

　まっくらやみに、ぽつんと赤い光点が灯(とも)った。鼻の奥に入りこむ不快な微粒子を君は感じた。煙草(たばこ)の臭いだった。

「誰かいますか？」

君は訊ねた。

「あー？　起きてんじゃん。めんどくせえ」

光が残像の尾を曳きながら落ちていくのを、君は目で追った。光点は不意に消えた。床に落とされた煙草と君の間に誰か立ったのだと君は考えた。

「あの――」

なにかが顔にめりこみ、鼻の奥に激痛が走った。蹴られた、と、遅れて理解した。君の意識は飛んだ。

再び覚醒した君が最初に感じたのは、顎のあたりの痒みだった。顔をしかめると、上唇のあたりで、なにかが割れた。乾いた鼻血だろうと君は推測した。

射し込む光に、目の奥が鋭く痛んだ。意識を失っているうちに、別の場所に移されたようだった。

ところどころひび割れた、白塗りのモルタル壁。三枚の張り出し窓は黄ばんだ古い新聞紙で目張りされていた。

２０１１／３／12の夕刊一面、九州新幹線の開業記念式典についての記事。誇らしげな人々の笑顔が褪せてくすんでいた。

２０１６／７／27の朝刊一面、最低賃金の上げ幅に関する記事。

窓の縁には、羽虫の死骸と埃が混ざったものがいくつも山を作っていた。傷だらけのフローリングには壊れた椅子や子供用のおもちゃ、古いモデムなどのがらくたが散乱し、積もった埃にはいくつかの新しい靴跡があった。

君はキャスター付きのオフィスチェアに座らされていた。手首は肘掛けに、足首は脚に、それぞれ太い結束バンドで縛り付けられていた。首は、ヘッドレストと背もたれを繋ぐプラスチックのアジャスタにビニール紐でくくられていた。紐はよれ、首に食い込んでいた。

新聞紙の目張りを透かして、丸みを帯びた影が連なっているのを君は見た。ここはどうやら、山奥の廃墟だった。

何者かが君を昏倒させ、ここに監禁したのは明白だった。頭皮にびっしり鳥肌が立って、毛が逆立つのを君は感じた。

いくつかの、近づいてくる足音を君は聞いた。

そして、そいつらが現れた。

今、私と君は、ボールペンだのノートだのがＬＥＤの灯りに照らされる清潔な店内にいる。開店直後で、客足はほとんど無い。

「ずいぶん大人しく捕まったのね」

君の後ろ姿に、私は声をかける。

ここは、横浜モアーズに入っている東急ハンズのステーショナリーコーナー。君の話を聞きながら、拷問に使えそうな道具を用立てようと提案したのは私だ。

「そうなんですよね。未だに前後不覚というか、どうして捕まったのか思い出せないんです。一服盛られたかなんかだと思うんですけど」

君はボールペンをかちかちさせながら応じる。

「一服盛れるの？　私、魔女狩りのことを過大評価していたかもしれないわ」

「話を戻していいですか？」

試し書き用のメモ帳に落書きしながら君は言う。

「ええ、もちろんよ」

私と君は、日常から拷問へと戻ることにする。

拘束された君の前に現れたのは、六人の集団だった。丈の短い、薄っぺらくて安っぽいダウンジャケットを着ていた。

赤ダウンの男が、君の前に歩み出た。さっき嗅いだのと同じ、煙草の臭いがした。

「私は椎骨の魔女だ」

男が言った。君は、置かれている状況をほぼ理解できたと考えた。

椎骨の魔女は、日災対の監視から逃れて潜伏した、はぐれの魔女だと君は聞いていた。付け加えれば、横浜研究所の担当だったらしい。宵子さんへのパワハラといい、どうも横浜研究所はガバナンスの利いていない組織のようだ。

「考え直してください、椎骨の魔女」

名乗りを受けた君は即座に言った。

「わたしが魔女を狩って毒を引き受けないと、世界が滅びるんです。だから、お願いします。絶対に苦しめないと約束します」

私が思わず噴き出したせいで、君の話は中断する。

「めっちゃ笑うじゃないですか魔女さん」

君は私の肩をふざけて平手で押す。私たちは東急ハンズのＤＩＹコーナーにいて、板だのねじだのを眺めている。

「ごめんなさい。使命感があったのね、その頃の君には」

私は半笑いで言う。君が拷問者にかけた言葉は、あまりにも正論すぎる。これで説得されるような相手が、他人を山奥の廃墟に監禁するとはとうてい思えない。

「十代がですよ、君にしか世界は救えないって言われて、どうやったら頭おかしくならずにいられると思います?」

「酔うしかないでしょうね。正義に」

「そういうことです。それはそれで頭おかしくなってたんでしょうけど」

光を反射して虹色に光る蝶ナットを、君はつまんだ指の中でくるくる回しはじめる。

「すくなくとも、殺人を肯定できる自分ではいられたわけね」

「魔女さんの言った通りですよ。わたしは正義の側にいて、相手は絶対にどうしようもない悪いやつ。そういうマインドセットなら、他人をいくらでも傷つけられるんです」

「与太話を覚えてもらえていて嬉しいわ。スベったと思って冷や汗をかいていたのよ、実はあのとき。それで？」

「それで――」

椎骨の魔女は、当然ながら君の言葉に耳を貸さなかった。

「ひっ、ヒラタさん」

水色のダウンを着た男が、椎骨の魔女――ヒラタに怯えながら声をかけた。

「イノウエっ！」

ヒラタは、凄まじいバックハンドブローで返事をした。顔面に裏拳を叩き込まれた水色は、手をばたばたさせながら後退して壁に背中をぶつけた。振り回す腕が窓に貼られていた新聞紙を引き裂き、夕陽を浴びて橙色になった山並みを君は見た。

「イノウエ、おい！　イノウエ！」

甲高い声で叫びながら、ヒラタはへたりこんだイノウエに近づいていった。胸ぐらを掴んで無理やり立たせると、今度は頭突きを食らわせた。

「やるしかないぞ、おい！　イノウエ！　オマエもうやるしかないぞ、やるしかないぞ、やるしかないぞ！」

　ヒラタは、鼻血を垂れ流すイノウエを揺さぶった。

「選ばれたくないのか！　終わるんだぞ、終わるんだぞ、終わるんだぞ、世界が終わるんだぞ！　やるしかないぞオマエ、やるしかないぞ！　イノウエ！　分かってるのか！　イノウエ！」

　痙攣みたいに何度も頷くイノウエの胸を、ヒラタは張り手で強く押した。ヒラタは咳き込みながら張り出し窓の縁にもたれかかった。

　君はひきつり笑いを浮かべ、だしぬけに吹き荒れた暴力を見ていた。

　ボリュームを捻るように世界の光量が落ちていき、山々は黒っぽい影になった。ヒラタとイノウエ以外の四人が、ＬＥＤの投光器を部屋に持ち込み、照射面を君に向けた。閉じたまぶたを貫く明るさに、君は、眼窩にへらでも突っ込まれたような痛みを感じた。

「イノウエ、やるしかないからな」

光の中に二人分の影絵が浮かび上がった。丸まったイノウエの背中を、ヒラタがあやすようにさすっていた。

「みんなのためなんだからな。オマエはやれるんだよ、分かってるな」

飼い猫にでも話しかけるようなヒラタの声に、イノウエはまた痙攣的な頷きを返した。

君はちょっとした離人(りじん)状態に陥っていて、だから猫なで声っていうんだな。みたいな想念を漠然ともてあそんでいた。

光を遮って、イノウエが君の前に立った。逆光の中に浮かんだ中年男性はひどく痩せていた。右目はさっき浴びた暴力にふさがれ、補うように大きく見開かれた左目の、瞳孔は数字の零(ゼロ)みたいにきっぱりと丸かった。

「うぅうううふぅううう」

イノウエは吐く息まで震えていた。

「あの、イノウエさん。わたしのこと、知ってますか?」

話しかけると、目が泳いだ。

「どうしたいのかは分かりませんけど、なにをしたいのかは分かります。でも、無駄なんですよ。なにをしてもわたしは死にません。お願いです、分かってください。こんなことなんの意味もないんです。あなたが傷つくだけです。あなたの心が」

君はできるだけ穏やかに語りかけた。この時点で君はイノウエに対してやや同情的な気分になっており、彼に無意味な罪悪感を植え付けたくなかった。

イノウエは君の声に応じなかった。両腕に抱えたその器具の、蝶ナットを親指の爪で何度も弾いていた。

それがなんなのか、実際にされてみるまで君には分からなかった。

「えーうまっ、なに、肉、うんまっ、魔女さんこのハンバーグやばくないですか？」

私たちは横浜モアーズ内のハングリータイガーにいる。平日でも、横浜の誇るべきレストランは満員だ。

光の加減で赤く見えるぴかぴかのテーブルには、分厚い鉄板にのったハンバーグがある。澄んだ肉汁と混ざったこげちゃ色のソースが、熱い鉄板に触れて沸騰している。

「ハマっ子はみんな、この百パーセント純然たる牛肉の塊を食べて育ってきたの」

「横浜やば。これめっちゃうまい、すっごい肉、荒々しすぎる」

君は夢中になって肉をほおばる。店員が水のグラスを替えに来たことも気づかない。

「うん、久しぶりに食べるとおいしいわね」

奥歯でぎゅっと噛みしめたくなる肉の強い食感と、クミンとにんにくが香る甘いソース。素朴で懐かしい。さまざまなことが良かった日々を封じ込めたような味だと私は思う。

「やばいです魔女さんこの、じゃがいもやばいソースと相性が。ダブルにすればよかったダブルに、これあと二倍余裕で入りますよ肉が、腹に」

「喜んでもらえてなによりよ」

食べ終えた私は、ソファにもたれる。

「やばかったです。この世にハンバーグ屋さんってさわやかしかないと思ってました」

「静岡の？　行ったことあるの？」

「ないです、でもすぐバズるからさわやか」

「どことなく対抗意識があるのは確かね。静岡側がどう思っているのかは知らないけれど」

「はーやば……」

君はガラスに仕切られた焼き場で炎が上がるのを見るともなく見る。

「それで、とうとう拷問具が登場したのね」

カモミールティーが提供されたのを機に、私は話を戻す。君はねむたげな眼(め)を私に向けて頷(うなず)き、再び日常は拷問に移行する。

側溝にはめる蓋(ふた)のような、パンチ穴がいくつも開けられた分厚い鉄板だった。真っ赤に錆(さ)びて粉を噴いていたので、実際に溝蓋(みぞぶた)をどこからかくすねてきたのかもしれなかった。四隅にはボルトが挿入され、もう一枚の、似たような鉄板と接合されていた。

イノウエは膝をつき、君の右足の結束バンドをナイフで切り裂いた。拘束を解かれた足の、ローファーと靴下を脱がせた。イノウエの指と君の足裏の、互いに汗で濡れた皮膚が軋むようにこすれあった。

イノウエは零下三十度の氷原にでもいるみたいに震え続けていた。足もとに置いた鉄板を爪先で蹴とばし、その音と感触に仰天したのか尻もちをついた。

「あっ、あっあっ」

君を見上げたイノウエが、困ったような愛想笑いを浮かべているのを君は見た。やっちゃいましたねえ。とでも笑い飛ばしてほしいのだろうかと君は思った。

残りの五人は投光器の光の向こう側で、五つの物言わぬ黒い塊になっていた。

イノウエは君の脚を持ち上げると、靴でも履かせるように、二枚の鉄板の間に通そうとした。

「あれ？　あれっあれ？」

鉄板の、断ち落とされた鋭い断面が君の足の甲を引っ掻いた。心臓の魔女の毒が傷を治し、治すそばからまた引っ掻かれた。薄い皮膚のすぐ下にある腱が錆びた鉄と触れるたび、ごりごりと不快な音がした。

座らされているオフィスチェアには回転機能があったため、君の体は右に左に回って、そのたびイノウエは泣き出しそうな顔で君を見上げた。

君の足に、イノウエの髪から汗が落ちた。冷たく、どぶ水のように油っぽかった。

「あっ、ああ、そう、そうか、そうかっ」

イノウエは椅子の高さ調節用レバーを引いた。座面が上がった拍子に、君の爪先がイノウエの顎（あご）を蹴り上げた。イノウエはひっくり返って床に頭をぶつけた。

「わ！　ごめんなさい！　そんなつもりじゃ！」

「やっ、いやっ、いやこれ、これはこれで」

はじめてイノウエは君の声に反応した。それから怯（おび）えたように背後を振り返った。五つの影絵はなにも言わなかった。イノウエはあれこれ探って椅子の回転機能をロックし、座面を限界まで低くした。

長く息を漏（も）らしたイノウエは、拷問具の四隅にある蝶（ちょう）ナットを回して、鉄板間の距離をすこし広げた。すると君の脚はようやく溝蓋（みぞぶた）の間にするりと収まった。

脛（すね）とふくらはぎに、冷たい鉄の感触があった。滑り止めだろうパンチ穴が皮膚に食い込んでいた。ようやく、君はこれからなにをされるのかおおよそ理解できた。そしてイノウエのことを気の毒に思った。

「あなたが傷つくだけなんです、イノウエさん」

イノウエは顔を上げた。汗で濡れた前髪が額にへばりついて丸まっていた。右目はますます腫（は）れて、左目はますます見開かれていた。

君は隔絶された小島でほそぼそと生き延びる、絶滅に瀕した無能な生き物を連想した。心にもない優しい言葉をかけたくなるような、憐れみを誘発するみじめさだった。

「あなたも魔女なんですか？　違いますよね」

返事はなかった。イノウエは君を見上げ、数字のような黒目には茫洋とした無意思があった。

「脅されているなら、わたしが助けます。信じているなら、ごめんなさい。わたしは魔女を狩らなきゃいけません。後悔するようなこと、してほしくないです」

君が語りかけているあいだ、イノウエは目をきつく閉じ、汗をだらだら流していた。

いくらか時間が経って、イノウエは、蝶ナットに手を伸ばした。

それは長靴だとかスパニッシュブーツだとか呼ばれる拷問具の、ぶざまなパスティーシュだった。ねじを捻るたびに鉄板間の距離が縮まっていき、足を締め付け、やがて破壊する器具だった。

冷たく、錆びてざらついた鉄板は、君の体温でゆっくりあたたまっていった。

「あっ、そうか、これ、これだめだ」

一つの蝶ナットを回し続けたため、鉄板は締められたねじを起点に、二枚貝のように開いていった。ふくらはぎの筋肉が、圧迫から逃れてずりっと横滑りするのを君は感じた。

イノウエは、四つのねじをバランスよく締めなければおかしなことになるという一般常識に、どうにか辿り着いたようだった。

対角線上の蝶ナットを、イノウエは順番に締めていった。逃げ場を失ったふくらはぎが、骨のすぐ右で、ゆっくり潰れていった。

乱暴に断ち落とされた鉄板の縁が膝のすぐ下を切り裂いて腓骨に触れ、右半身を電気のように痛みが走った。

脛を鉄板のパンチ穴が抉って、血がにじんだ。

神経が押し潰されて、力が抜けるような鈍い痛みを感じた。

傷はすぐさま修復されて鉄板を押し返そうとし、容易く裂けては新しい激痛を君の全身に走らせた。

君は頭をヘッドレストに押しつけ、爪先をぴんと伸ばして耐えた。体に力を込めると喉の筋肉が膨らみ、ビニール紐が更に深く食い込んだ。

「あっ、これ、もう」

イノウエが手を止め、指をさすった。手作りの拷問具では、これ以上の負荷をかけられないようだった。

影絵の一つが動いて光の輪の中に入ってきた。ヒラタだった。

「イノウエ！　いつも言ってんだろできなきゃまず聞けって！　イノウエ！　おい！」

ヒラタはイノウエの肩を蹴りつけた。

「分かんねえこと分かんねえままにすんじゃねえよ！　イノウエ！」

「あっ、はい、すみません、すみません」

「オマエこれモノタロウで買ったって俺言ってたよな、オイ、言ってたよな⁉　モノタロウで！　おい、イノウエ！」

「はい、はい、はい、はい」

「言ってたのになんで下さいって言えねえんだよ俺に！　だからこうなってるんだろうが！」

　ヒラタは、手にした器具をイノウエの頭に投げつけた。イノウエがそれを受け取ると、ヒラタは君に目もくれず、光の外に戻っていった。

　ヒラタが持ってきたものは電動ドライバーだった。円筒形のビットには四つの切れ込みが入っていた。

　切れ込みには、蝶(ちょう)ナットがぴったり収まった。

「や、めて」

　君は懇願した。

　イノウエは電動ドライバーのトリガーを引いた。

　一秒かからずに君の下腿部(かたいぶ)は圧延(あつえん)された。ふくらはぎの皮膚が風船のように張り詰め、つやつやと輝き、弾け、血がどろっと流れ出した。不死の毒が傷を接(つ)ぎ、接いだ途端にぱちんと裂けた。痛みは妥協のない新鮮な信号として脳に届いた。

君は悲鳴を上げ、体を跳ね上げた。すっ飛んできた四人が君の体を押さえつけた。

電動ドライバーがモーター音を響かせるたび、君の骨は歪み、膝の外側へと曲がっていった。足指が攣って、跳ね上がった親指が悶えるように震えた。

噛み合った奥歯が君の舌を引き裂き、唾液と混ざった血泡になって口から溢れ出た。誰かが君の口に丸めた新聞紙を押し込んだ。干からびた紙が口内の水分を吸って、上顎に、舌に、頬に、気管の入り口にへばりついた。

限界までねじ曲げられた腓骨が折れて、生木を折るような音が体内に響いた。関節が一つ増えた君の足のふくらはぎ側から骨が飛び出した。ぎざぎざの断面に絡みついた血管や肉や神経が、元の場所に収まろうと虫のようにのたうち回った。

君は限界まで背を反らし、頭を上に向けながら嘔吐した。唾液を吸った新聞紙と胃液が口からごぼっと溢れ、大半は重力に従い喉に戻っていった。酸が気道を焼き、一つ咳をすると肺の中の酸素はもう失われていて、君は自分の吐瀉物によって溺死しつつあった。

「イノウエ。終わりだ」

ヒラタが言った。

電動ドライバーが逆回転し、蝶ナットが緩んでいった。勝手に切れたのか誰かがそうしたのか、首を拘束するビニール紐が外れた。君はできる限り前傾し、喉に溜まっていたものを膝の上にぶちまけた。血の混ざった胃液はあっという間に下着まで染みた。

イノウエは、君の右足から長靴を引き抜いた。君は疲れ果て、項垂れ、むせながらとめどなく涙を流していた。

「もう、いいですか」

胃酸と絶叫で焼けた君の喉からしわがれた声が出た。

「まだ殺せると思っているんだったら、燃やしてもらっても頭を撃ってもらってもいいですよ。わたしは死なないんです」

顔を上げたイノウエは切羽詰まった笑みを浮かべていた。自分の意思じゃないから許してくれ、とでも言いたげな笑顔だった。

イノウエは君の左足を手に取り、靴を脱がした。

「あれだけ痛めつけられて、いちばん怖かったのはその瞬間でしたね。いま思い出すと」

開け放った窓からけらけらの鳴き声が入りこむ夜の居室で、君はそんな風に話を締めくくる。

「靴を脱がされて、え、こっちも⁉ ってなっちゃって、まーじであれが最高にやばかったです。わんわん泣いちゃった」

「お皿のこっちが梅しそで、こっちがチーズね。どうぞ」

「いただきます」

　君はハモのフライにうっとりと目を細める。

「おーうっま。なんだろうこの、なんか、汁？　汁みたいのが、チーズと」

　猫足のローテーブルを挟んで、私たちは晩ごはんにしている。

「待っている瞬間が恐ろしいのよね。知っているわ」

「見てきたように語りますね」

　私は言葉を探した。

　ソールがめくれたぶかぶかの長靴。雪平鍋に満たされた水がゆっくりと沸騰していくのを、怯えながら待つ時間。

　目をしばたたいて、私は薄ら笑いを浮かべた。

「バキに書いてあったのよ」

「漫画のバキ？　読んだことないですけどねバキは」

「それにしても奇妙な話ね。どうして君は、さっさと椎骨の魔女を殺さなかったの？」

「どんな毒を持っていて、なにをしてくるのが分かりませんでしたからね。どうせ死なない出方をうかがおうかなって。あと椎骨の魔女はつくばのリストに挙がらなかったんです。それにいきなり誘拐されて監禁されたら、えーってなってまともな判断なんかできませんよ」

あらかじめ準備してきたような、淀みない早口。もしかしたら本当に準備してきたのかもしれない。

君は嘘をついている。あるいは、なにかを隠している。

「それともあれですか魔女さん、魔女さんは漫画とかで、主人公が理想的なムーブしないとイラってきちゃう幼稚なタイプなんですか？」

「は？　なによそれ。そんなわけないでしょう。どうでもいいわよ」

別に煽られて腹が立ったというわけではない、これは本当に。こんなどうでもいいことで口げんかを始めるのは不毛だし面倒だし、ぜんぜん、まったく、これっぽっちもいらついていない。私の心にはさざ波ひとつ立っていないしそもそも君の過去になんかすこしも興味を持っていないし。

ただ、ここで深く追及したら、なんか負けだなと思っただけだ。

「買ってきたものだけでは、君の骨を砕けるかどうか不安があるわね」

私は話を戻す。

「ハンズに拷問具コーナーなかったですもんね」

ねじだの板だの買ってはみたけれど、もうすこし大がかりな準備が必要そうだった。

「プライムサービスを使いましょう」

私はｉＰｈｏｎｅを手に取り、ビデオ通話アプリを立ち上げた。

『はい、どうしました？』

宵子さんは一秒以内に出た。入浴中だった。魚のひれみたいな突起が側面から飛び出した変なバス用ヘアバンドをつけて、半身浴していた。

「お風呂中にごめんなさい、宵子さん。実はお願いがあって」

『待ってください、右目の魔女』

宵子さんは私の言葉を遮った。

『あたし今日はラッシュのバスボムを使っているんです。そしてあなたの連絡があるまでずっと湯船で梨泰院(イテウォン)クラスを観返していました。この意味が分かりますか』

「お仕事で辛(つら)いことがあって、たくさん泣いて、自分を慰めるためにお風呂だけでも最高にエモーショナルでパーソナルな空間にしたかった？」

私の回答に、宵子さんは、正解！の顔をした。

『分かってくれるのはあなただけですよ、右目の魔女』

「そういうことならどうぞごゆっくり。一時間後にかけ直すわ」

通話を切ると、前歯にプチトマトを挟んだ君が私を見ていた。

「どうかした？」

君はプチトマトを口の中に送り込み、奥歯で噛(か)み潰(つぶ)した。

「仲いいんですね、担当と」

「私が魔女になって以来の付き合いだもの。人が善すぎるとは思うわね。畜舎の豚にいちいち感情移入していたら、出荷が辛くなるだけなのに」

「それ、豚サイドもそうなんでしょうね」

「どういうことよ」

「いえ、ただ単にそうなんだろうなーって思って」

　私は返事をしなかった。別に腹が立ったとか、言い合ったら負けそうな予感がしたとか、一切そういうことではない。これは断言してもいい。

　バニラアイスに自家製梅ジャムをかけたデザートを食べていたら、宵子さんから折り返しがあった。

『もしもし、お待たせしました』

　なんだか声がもごもごしていたのでビデオ通話に切り替えると、宵子さんはフェイスマスクをしていた。

『なんですか。ルルンです』

　私の物問いたげな目線に気づいた宵子さんは、むしろ開き直った。

「白？」

『白ですよ。それで、お願いとは？』

「いろいろ準備してほしいものがあって――」

　私の話を聞き終えた宵子さんは、すっかり干からびたフェイスマスクを剥がしながら長いため息をついた。

『なんであたしがいま死んでいないのか、自分でも理解に苦しみます』

　悪態をつきながら、宵子さんはコットンに乳液を落としていた。

「なによりね。宵子さんが死んでしまうと寂しいわ」

『手配します』

「ありがとう。おやすみなさい」

　宵子さんは無言で通話を終わりにした。

　翌日の朝食はコーヒーと、自家製柿バターをたっぷりのせたトーストにした。

「これジャムかと思ったら意外な甘じょっぱさでやっぱいですね、なにこれ、えーうんまい、未知のうまさ」

「柿のね、ハンディブレンダーでとろとろにしたのとダイスカットしたのを砂糖と一緒に炊いて、最後にバターを合わせるの。削ったマスカルポーネと一緒に、堅めの桃に合わせてもおいしいわよ」

　自尊心をくすぐられた私は、早口になりすぎないよう自分を制御しながら説明した。

「出ましたね魔女さんの丁寧に暮らすやつ。もしやこの、あんま苦くなくてやたらうまいコーヒーも？」

「グアテマラの豆を浅煎りにして、コールドブリューで淹れたわ。水出しにすると香りがよく出るから」

「すごいなんだろう、花？　花みたいな良い匂いで、甘くないのに甘い気がして不思議です。呑んだ感じも……丸い？　んあ分かった！　シルクのような舌触り！　これシルクのような舌触りだ」

君が食レポのクリシェに到達したあたりで、私たちのアパートにトラックがやってきた。

運転席からさっそうと飛び降りた宵子さんは、よれよれのジャージによれよれのヘアバンド、よれよれのめがねによれよれのすっぴんだった。

「おはよう、トラック運転できたのね宵子さん」

「二トンまでなら普通免許でいけますから」

宵子さんはトラックのバックドアを開けると、欠伸して目元を押さえた。

「すみません、布団お借りしてもいいですか。もう、眠くて、限界が」

「どうぞ。冷凍庫にアイス入ってるわよ。ガツン、とみかん」

「いただきます」

宵子さんはふらふらしながら歩いていき、アパートの外階段に座っていた君とすれちがいざま会釈した。

「がんばりますねー」

君は皮肉と取れなくもないような言葉を宵子さんに投げかけた。

「いろんな人に徹夜させてしまいました」

「魔女の言うこと聞かないと、いつ虐殺を始めるかわかんないですもんね」

君の言葉に、宵子さんは力なく笑って首を振った。

「さみしがりなんですよ、あの子」

「えーなんかエモいですね、愛じゃないですか愛」

「聞こえてるわよ」

私はトラックの中で声を張り上げた。

「無駄話はやめて、運ぶの手伝ってちょうだい」

宵子さんの持ってきてくれた荷物を空き部屋にせっせと搬入し、午後には工作室が完成した。

「すごい、めっちゃフレディだ」

君は電動グラインダーの回転砥石（といし）を指でぐるぐる回しはじめた。

「どのフレディ？」

君は尖（とが）らせた右手の五指で壁を撫（な）でながら、邪悪な笑みを浮かべてみせた。左手は、帽子のつばでも持ち上げるような仕草。クルーガーのフレディだ。

「観たことないけどエルム街の悪夢ってそうなの？」

「なんか悪霊っぽいし、あの鉤爪って自然発生したのかなー？　って思うじゃないですか。自分で手袋に縫いつけて、自分で研いでたんです。そうなんだ！　って、もしかしてあのしましまセーターもまさか自分で？　あっ返り血が目立たないから？　って、めっちゃ想像しちゃいましたよフレディのこと」

これからここで拷問具をＤＩＹしようというのだから、君のたとえはまずまず時宜を得たものといえた。

「こんなもの、なにに使うんですか？」

宵子さんが、文句を言いながら工作室に入ってきた。猫でも抱くように抱えているのは、側溝にはめる、滑り止めの縞が刻まれた溝蓋だった。

「言ってなかったかしら。拷問よ」

「はい？」

「宵子さん、そこに置いといてくれる？」

作業台の上に投げ出された溝蓋を、私は手に取ってみた。想像以上に重たく、分厚い。こんなもので挟まれたら骨ぐらい折れるだろう。

ふらついた君が工具をかけたボードめがけて倒れ込み、ニッパーだのとんかちだのドライバーだのがフローリングに落ちて音を立てた。

「大丈夫ですか、魔女狩り」

すかさず宵子さんが駆け寄って、君の肩に腕を回した。君は俯き、浅く短い呼吸を繰り返した。

「殺したくなってきた？」

私は訊ねた。宵子さんに抱きとめられて、君は私を見もしなかった。私は床に落ちた巻き尺を拾って、君の下腿の長さを測った。

「なにをしているんですか、右目の魔女」

宵子さんは非難の視線と声を私に叩きつけた。常識的な反応だ。

「説明したら納得してくれる？」

「自信はありません。あなたは、あたしに説明したら自分を許せますか？」

これはただの皮肉だけど、私は宵子さんのこういうところが好きだ。

「許すもなにもないわ。魔女狩りは死にたがっていて、私は彼女を地獄に送り届けると約束した。それだけのことだもの」

マジックで引いた線に沿って、電動糸鋸で鉄板を切り裂く。この鉄板が数十分か数時間のあと、君の肉体を破壊していることを想像する。

加害者になろうと決めたフレディ・クルーガーは、鉤爪を研ぎながら——あるいはしましまセーターを手編みしながら——どんな気持ちになっていたのだろうか。

宵子さんが短く悲鳴を上げた。君に突き飛ばされ、尻もちをついたのだ。

「ごめんなさい、力入っちゃいました」

君は満面のうつろな笑みを浮かべ、宵子さんに手を差し出した。

「いえ……すみません。無思慮なのは、あたしの方でしたね」

宵子さんは腰をさすりながら立ち上がった。

「なにかあればまた連絡してください」

返事を待たず、宵子さんは工作室を出て行った。しばらくして、トラックのタイヤが庭の敷石を踏む音がした。

「嫌われちゃいました？」

君はどうでもよさそうに言った。

「だとしたら今更じゃないかしら？　顔見知りの死なない魔女狩りを拷問するのと、見ず知らずの市民を料理配信で何百人も殺すのと、道義的にはどちらが問題かしらね」

「当たり前にどっちも駄目すぎますよね」

「正論だわ」

私は笑った。

「さて、始めましょうか」

手作りの長靴を抱えて、私たちは拷問部屋と決めた一室に移動した。その実態は単なる空き部屋だけど、飛び散った血や内臓の後片付けがしやすいよう、ビニールのジョイントマットを敷き詰めておいた。

　私の入居以来ずっと空室になっていたその部屋には、重くて熱く、埃っぽい空気が満ちていた。宵子さんが持ってきてくれた業務用のスポットクーラーは、淀んだ空気を懸命に吸い上げては冷たく湿った風を吐き出していた。

「それしか着るものないの？　もっと楽な格好でよかったんじゃない？」

　君の服装を見て私は言った。君はいついかなる時も、ブラウス、プリーツスカート、紺のソックスとローファーで身を固めていた。

「正装なんで。魔女狩りの。拷問されたときも着てたんですよ」

「ブレザーだったのね、学生時代」

「ＪＫだったことないんですけどね一度も。なんか一回着てみたらめっちゃ盗撮されて、それがバズったんで引き返せなくなっちゃったんですよ」

　君は言い訳がましい早口になった。

「悪者を狩る若い女性が制服を着ているのって、なるほど象徴的ではあるわね」

「ねー。分かりやすいですよね。まー着たくないか？　って言われたら着たかったところはありますけど。よっこいしょ」

　オフィスチェアに腰掛けた君の両手首を、肘掛けとひとくくりに結束バンドで留める。

右足のローファーと靴下を脱がせる。

指先で触れた君の下腿はうっすらと汗に濡れ、きらきらし、白く、皮膚が張り詰めていた。

「これ、攣ってない？」

君の足の親指はぴんと跳ね上がっていた。

「いっ、いえっ、大丈夫です、から。続けてください」

「続けづらいのよ物理的に。履かせにくくて。足の甲を寝かせてくれればやりやすい気がするのだけど」

「どうせ壊すのに履かせやすさ関係なくないですか」

「さっきから正論ばかり言うわね」

私は長靴を脇に抱え、君の足に通そうとした。しっかり保持したつもりが重さにふらついて、切断面が、攣りっぱなしの君の親指に引っかかった。

無理に動かすと、小枝を折るような抵抗が鉄板越しに伝わってきた。

「いっ、ぎぅ……」

食いしばった歯の隙間から、君のうめき声が漏れた。そこでようやく私は、親指の爪を剥がしてしまったことに気づいた。

長靴を押し込むと、かろうじて根元にへばりついた爪が、滑り止めをかりかり引っ掻く感触があった。二枚の鉄板の間から現れた足の甲には、血に浸した平筆でも走らせたような、かすれた線が引かれていた。きつく丸められた足指の隙間に、鮮やかな赤い液体が溜(た)まっていた。

滴(したた)った血がジョイントマットに跳ねる動きを目で追って、視線を戻すと、君の爪はもう治っていた。

私は四隅の蝶(ちょう)ナットを締め、長靴を君の足に固定した。

君は肩をめいっぱいいからせ、ヘッドレストに頭をくっつけ、目をきつく閉じていた。

蝶ナットを、右上から左下、左上から右下と、対角線上に締めていった。鉄板の間で肉が変形していく手応(てごた)えは、金属越しでもはっきり伝わった。低加水の硬いパン生地を、掌(しょう)底(てい)で無理に伸ばしているときの感触を私は思い出した。

知らず知らず、力がこもっていたのだろう。気づけば蝶ナットをつまむ親指と人差し指が真っ赤になっていた。私は意識してゆっくり呼吸し、手を振った。

「ふっ、ふっ、ふっくっ、ううう」

君は青ざめた顔で、浅く短く息をしていた。脛(すね)から流れ落ちた血が、足の甲にいくつもの筋を作っていた。

「安請け合いだったわね。思った以上に疲れるわ」

親指と人差し指の間が熱を持っていた。揉(も)みほぐしながら、私は軽口を言った。

「このうえ君の殺意を煽らなければならないわけでしょう」

私は電動ドライバーを君の眼前に持っていった。円筒に切り欠きの入った、蝶ナット用のビットがすでに装着されている。

君の瞳孔は、音がしそうなほどの速度で引き絞られていった。

ドライバーのトリガーを引く。モーターが唸りを上げてビットが回転する。君は懇願するような顔で私を見る。

私は口の中に渇きをおぼえた。舌の奥で唾液がねばついているのを感じた。汗でぬめった皮膚にニットのこすれる感覚が、いやに鋭敏だった。

「これは私の良心を満たすためだけに聞くのだけれど、今日はもうやめておく?」

昂りを落ち着かせようと、私は軽口を叩いた。君は首を横に振った。

「つづっ、続けて」

「もちろん、そのつもりよ」

切り欠きと蝶ナットはぴったりだった。

低速にした電動ドライバーが、空気を切り裂くような唸り声を上げて蝶ナットを一気に回転させる。肉と骨の抵抗を感じて、トリガーから指を放す。

蝶ナットを順番に締めていく。溝蓋に挟まれた君のふくらはぎは今にも破裂寸前で、いっそう白くいっそうきらきらしていた。軽く爪を立てただけでも、弾けて中身をぶちまけ

てしまいそうだった。私は破滅的な光景をどこかで欲望しはじめている自分に気づいて眉根をひそめた。

「ぐっ、く、ぎ、ぎぅ」

泣きたいのか吐きたいのかそれともその両方なのか、君の喉からは壊れかけたギロみたいな音が漏れていた。

短く素早く手際よく、私はナットを締め込んでいった。上段右側を回しているとき、ふと、抵抗が一瞬なくなった。

「ぁぁぁぁぁぁぁ！」

君は絶叫した。鉄板の間から、液果を握りつぶしたような勢いで血が噴き出した。ドライバーは一気にナットを締め上げた。こつん、と、硬いものに触れる感触が伝わってきて回転が止まり、モーターが凄まじい異音と焦げつくような臭いを吐き出した。

そこまできてようやく私は、肉が剥がれて鉄板が骨に達したのだと気づいた。私はドライバーを止め、膝立ちになって数歩下がった。拘束を逃れようと、君が暴れはじめたからだ。

君は椅子ごと横倒しになると、陸揚げされた魚のようにのたうった。踵を使ってジョイントマットを蹴り、頭が針で脚が鉛筆のコンパスみたいに床を回った。

圧し潰された君の下腿は再生と破裂を繰り返し、こぼれ続ける大量の血で床にいびつな円を描いた。

「どう？　そろそろ殺したくなってきた？」

問いかけると、君は血に染まった顔で私を見上げた。

「は、や、く」

「早く？　なにが？」

「はずし、外しっ、いぃいいいいいい！」

君は吠えながら長靴に挟まれた右足を振り上げ、床に叩きつけた。鉄板がジョイントマットを貫いてフローリングに突き刺さった。

「火事場の馬鹿力って本当にあるのね」

私は野犬に近づくような慎重さでにじり寄り、ナットを緩めた。ずたずたのふくらはぎが風船みたいに膨らんで、内側から鉄板を押し上げた。

椅子を起こして、君の右足から長靴を抜き取った。項垂れた君の髪は血と汗でぐちゃぐちゃになって、首筋にへばりついていた。

「もしかしてこれ裏側まで染みてる？　ジョイントマットは失敗ね、掃除が面倒になるだけだったわ」

足裏が君の血でべたついて、一歩ごとマットに吸い付いた。

君の呼吸は荒い。服の上からでも、呼気のたびにおなかがへこんでいるのが分かった。

「とにかく、お疲れさま。いろいろ課題が見えたわね」

蝶(ちょう)ナットを緩めて、長靴を脱がせる。

骨にへばりつくような薄い脛(すね)の皮膚は、やわらかく頼りないうぶ毛にうっすらと覆われていた。これに光が散乱して、だからきらきらしていたんだなと私は思った。

ふと、視線を感じた。

君と目が合って、君は笑っていて、その笑顔は、私の芯を炙(あぶ)っていた欲情に近い興奮を吹き散らした。

私はキッチンに移ると、シンクに手をつき、声を殺してえづいた。手足が冷たかった。内臓という内臓が、こぞって喉(のど)めがけ殺到したような気分だった。

あの顔を、私もしていた。

長靴に注ぎ込まれた熱湯の、無数の針が皮膚の内側から飛び出してくるような刺激を私は今でも覚えている。泣き叫んで横転して、こぼれた湯が太腿(ふともも)を焼いたこと、長靴を脱ごうとした私を押さえつける大きな腕。

それでも、私は笑った。

大丈夫だよ、と、笑みを向けた。

ただ一人、この世界に守りたいものに向けて、大丈夫だよ、と。

なんで君は、私を安心させようと笑った？

「どうしました」

戻ってきた私に、かすれた声で君が言った。

「ああ、いえ、別に」

言い訳は思いつかなかった。私は血だまりに腰を下ろして、君の脚に触れた。

「大丈夫ですよ、もうきれいさっぱり治ってますから」

「興味深いわ」

私は君の足を握り、足首を曲げ伸ばした。

「うはははは、なに！　急に！　くすぐった！　やめ！」

君は笑いながら体をくねらせた。

「えーびっくりした、魔女さんそんなじゃれつく人だったんですね」

「生まれてはじめてやってみたわ」

「いい感じでしたよ」

「そう、それならよかった」

私は手を離して君を見上げ、にこりと無害な微笑(ほほえ)みを浮かべた。

それから君の左足を手に取り、ローファーと靴下を脱がせた。

かひゅっ。みたいな音がした。君が空気を呑(の)み込み損ねる音だった。

ぱたたた、と、ジョイントマットに雫(しずく)が跳ねて、甘ったるい匂いが立ち上った。グアテマラ産の豆を、挽いてすぐコールドブリューにしたコーヒーの香りだった。透明な液体が、オフィスチェアから雨垂れのように落ちかかっていた。飛沫が頬に飛んできて、私は腕で口元を覆った。

「う、ぁ、あああぁ……」

あまりにも悲観的な声がして、私は顔を上げた。血の気の失せた君の頬を涙が滑っていた。濡れたプリーツスカートが股間にへばりついて、鼠径部のラインを浮き上がらせていた。

床に目を落とすと、君の尿がジョイントマットの継ぎ目に凄まじい勢いで染み通っていくところだった。

私は、恋をした。

恋のことなんて知らない。でも、これはきっとそうだ。灼けるような想いと、求めているもののたった一人の所有者になりたい感情を恋だとすれば、私は、恋をした。

私に与えられた右目の魔女の毒は、救うべきものを、ただの一つも救えなかった。

だってこの力で、私は家族を殺した。

辿り着くべき場所はどこにもなかったし、探しているものもなにもなかった。欲しいものなんてなにもなかったし欲しかったものはとっくに奪われていた。好きな人なんていなかったし好きだった人はとっくに死んでいた。守りたいものなんてなかったし守りたかったものはとっくに消えていた。

なのに自分から死ぬことも選べず、無価値な生存が長引けば長引くだけ、多くの人間が私の毒で死んでいった。

私は、君に恋をした。

右目の魔女の毒が、奪って殺す無意義なものではなく誰かを救うため与えられた意義ある力なのだと、証立(あかしだ)てる機会を君は運んできてくれた。

だから私は、君の死に恋をした。

君の死の、たった一人の所有者になりたい。

こめかみを膨らませ、耳の奥で唸(うな)りを上げる高速の鼓動がゆっくり収まっていき、私の鼓膜は君のかすかな泣き声を捉えた。

魚屋のような血の臭い、君の体内にある濾過(ろか)器官を潜(くぐ)り抜けてきたコーヒーの香り、空気に触れた尿がじわじわと孕(はら)みはじめた、アンモニアの刺激臭を私は感覚した。

「なるほど、必要なのはペットシートだったのね。これも学びだわ」

私は強(し)いて冷笑を浮かべ、皮肉を口にした。

「換気扇も回さなくちゃいけなかったわ」

君は全身をがたがた震わせて、泣きながら私を見ていた。これ以上は無意味だと、その表情で理解した。君は怯(おび)えきっていて、どれだけ痛めつけようと殺意を呼び起こせるとは思えなかった。

「チュートリアルはこれでおしまいにしましょう。いろいろ課題が見つかってよかったんじゃないかしら」

私はiPhoneのボイスアプリを立ち上げた。

「暴れ出したときのための助力、宵子さん。ジョイントマットは駄目、ブルーシートで目張りがよさそう。失禁対策に大型犬用のペットシート。おむつの方がいいかしら？　換気もちゃんと、あ、拷問部屋用の空気清浄機いるかも」

思いついたことを、片っぱしから口にしていく。

「あの……めっちゃ痒(かゆ)くなってきたんですけど。股間が」

君がおずおずと切り出したので、私はiPhoneをデニムのポケットに突っ込み、両腕を縛っていた結束バンドをカッターで切り裂いた。ずたずたになった手首の食い込み痕は、見る間に治っていった。

「終わったー！」

君は大きく伸びをした。

「やーすごい、爽快感ありますね！　一仕事終えた感じです。解き放たれた！」

「君の感想がそれでいいならそれでいいわよ」

「うはははは！　ほんとだ、なんもよくはない！　じゃあお風呂入ったら反省会しましよ！」

「その前に掃除ね」

「うへーい」

君はろくでもない返事をすると、拷問部屋を飛び出していった。

私たちはジョイントマットを全部ゴミ袋に突っ込み、床の汚れをきれいに拭き取り、除湿機能付きの空気清浄機をフル回転させた。

「けっこうがんばったのに、出入りするとめっちゃおしっこくさいですね」

君は言った。君の尿臭は、あらかじめそうであったかのような、ほとんど宿命的ともいえる頑固さで拷問部屋に根付きつつあった。

「いいんじゃないかしら。こんなに熱くて臭い部屋で痛めつけられたら、さすがに私のことを殺したくなるかもしれないわよ」

私が適当なことを言うと、君は感心したようにうんうん頷(うなず)いた。

「それでいきましょう。じゃあごはんしながら反省会ですね！　今日はなんですか？」

「ジョイナスまでトンカツを食べに行くつもり」

「おー肉！　豚肉いいですね、肉肉！　行きますか！」

私たちは夕暮れかけた鶴屋町(つるやちょう)をてろてろと歩いた。熱っぽい風が人気(ひとけ)のない路地を気だるげに吹き抜けて君の髪を揺らした。

「通りを挟んだところにあるラーメン屋、おいしかったわね。あっちのビルに入っているカレー屋もよかったわ」

私たちは歩道橋にいて、私は首都高の高架と新田間川（あらたまがわ）を挟んだ南側を指さしている。

「めちゃめちゃ詳しいですね。入店拒否されなかったんですか？」

「多分なんだけど、そういう度胸のある人はもうとっくに死んでいるんじゃないかしら」

「筋が通ってそうですねそれ。あれこのへんって、家系ラーメンのすごいのありませんでしたっけ」

「吉村家ね。それもあっち。ラーメンにする？」

「いえもう今日は完全にロースカツの口です。もはやカツ以外の全てを食いたくない」

私たちは首都高の下を通る橋を渡って、エキニア横浜のエントランスから地下街に入る。ぬるく熱い外の空気が地下街の冷たく乾いた空気に切り替わって、寒暖差に君はくしゃみをした。

横浜モアーズやエキニア横浜や相鉄ジョイナス、高島屋や横浜ベイシェラトンが複雑に入り組んだ明るい地下街を、私たちは歩く。多くの人間が私たちを遠巻きにし、スマホを向けている。そのうち一人に、君は微笑（ほほえ）みかけて手を振った。手を振られた一人はばつの悪い笑みを浮かべてスマホをしまった。

「なんだーおい、ばんばんSNSにあげてくれていいのに。バズりたくないのかおら！」

君は威嚇的に両腕を振り上げた。私たちを取り囲む人の輪の外周が、更に大きく広がった。

「自由意志を持って動き回る爆弾と友好的に接したい人って、あんまりいないんじゃないかしら。一般論だけど」

「それなんかエモいですね、生きてる爆弾って」

君は心の底からどうでもよさそうな相づちを打った。

「そんな小説、誰かが書いていたわね。空から降ってきた女の子が爆弾を自称して、町ごと吹っ飛んで一緒に人生終わりにしちゃおうって男の子を誘惑するの」

なんとなく私は口にした。

「エモいなーそれは。めっちゃ青春ですね。最後どうなるんですか？」

「致命的なネタバレにならないぐらいのところで言うと、女の子が男の子の目の前で消えておしまい。気の毒な女の子が死んで男の子がすこし大人になるの」

「いいですね。なんか。それ」

「そう？」

君はすこし黙った。

「さりがたき妻をとこ持ちたる者は、その思ひまさりて深き者、必ず、先立ちて死ぬ」

「なんで急に方丈記？」

「あすごい、分かるんですね。そうですそうです、養和の飢饉のくだり」

君は嬉しそうに何度か頷いた。

「飢饉では、愛の深い方が先に死ぬ。なんとか手に入れた食べものを、まず相手に食べさせるから。そういう話よね」

「それじゃあ、生き残った方は愛が薄いってことになりますよね？」

君がそう言って、私は一瞬、きつく目を閉じた。

ほんのわずかな時間、おぞましいほど甘ったるい空想が私の胸を優しく焼いた。

もしかしたら君と私は、似たような寂しさを抱えているのかもしれない。

私は目を開け、鼻を鳴らした。

「知らないわよ。鴨長明が勝手に言っているだけだし」

「鴨長明にそんな言い方してるの生きててはじめて聞きました」

君は満面のうつろな笑みを浮かべた。

二十分後、ロースカツをほおばった君はとろけそうな笑顔だった。

「やっぱいこれ、この、ロース、脂がもう、やばい甘くて、このソースすご、えーすっごい、うますぎるまじで」

「ハマっ子はみんな、勝烈庵のぽってりしたソースで育ってきたのよ」

「やば横浜。魔女さんヒレカツですよね、フェアトレードお願いしゃす」

君は箸を伸ばして、私のヒレカツを一切れ奪った。

「うははは！　ヒレもすごい！」

ラードで揚げたどんくさい見た目のカツに、甘辛いどろりとしたソース。胃にずしりとくる、懐かしくておいしい味だった。

「いいですねえほんとこれ、そうこれだよなって、この、なんだろ、衣がねもうざっきざきで、ソース味わうための最強のテクスチャですよこれ」

君はとんでもない速度でロースカツを食べ進めていった。

「はーうまかった、あーまだ口の中がうまい。じゃあ反省会いきますか」

しじみの赤だしをすすりながら君が言った。

「準備不足は仕方ないとして、どうも君の心構えに問題がありそうね」

私がさっそく最大の問題点を口にすると、君はへらへらした。

「痛いところ突きますねえ魔女さん」

「明らかにPTSDだったわ。拷問前からフラッシュバックで倒れているんだもの」

「ですよねえ。予想外に冷や汗出ちゃいました。おしっこも」

「カフェインは摂らない方がよさそうね、利尿作用があるから。それで君に聞いておきたいんだけど、この線でいずれ私に殺意を抱けそう？」

「うーん……や、ちょっと、分かんないですね。でも他に良い案もないしなあ」

　私の問いに、君は腕を組んで唸（うな）った。

「ひとまずはこのまま、拷問を続けていきましょうか」

「そうですね、OODAがんがん回していきましょう。甘いもの食べたくなってきた」

　話題が急展開して、私は目を回しそうになった。

「君は自由でいいわね」

「くださいよ魔女さん、ハマっ子特有のやつくださいよ」

「すこし歩くけど、フードコートにフルーツサンドのお店があったわね。クリームが豆乳で、軽くておいしいの」

「いいですねそれ、断面がお花みたくなってるやつ絶対食べたい」

「じゃあ行きましょうか」

　私たちはてろてろと、地下街を歩いていく。次回の拷問について、議論を戦わせながら。

2　魔女と魔女狩りの断章Ⅰ

これは君が右目の魔女に、最後まで――自分の口からは――語らなかった、君が死を請うまでの物語だ。

２０１１／３／11。

君は六歳だったから、この日になにが起きたのかを知らない。もっとも、ほとんど全ての日本人にとって、この日付はとくべつな意味を持たない。

この日、日本のどこかで人魚が泡になり、彼女は心臓の魔女になった。

その瞬間を基点とした物語はこのように始まり、また、このように終わる。


「ねえ、一緒に帰ろうよ」

児童玄関の分厚い庇（ひさし）が斜めに切り取った空は、晴れでも雨でもない、どうでもよさそうな薄曇りだった。

タイルが張られた外階段に腰かけていた少女が振り向くと、転校生が立っていた。

（ところで君たちはまだ七歳で、まだ魔女狩りでもひとさし指の魔女でもなかった。だから、ここでは君たちに、転校生、そして少女という人称を与えたいと思う）

転校生と目が合って、少女は、今のが自分に向けての声掛けだと気づいた。

「やだ」

少女が言下に断ると、転校生は目を鳩（はと）みたいにまんまるにした。断られるとは思っていなかったのだ。

転校生は転校初日でこのあたりの地理に明るくはなく、しかもひそかに校内を探検していたところ、集団下校のタイミングを逃していた。そんなに深入りするつもりはなかったのだが、探検中になんか蛇みたいなにょろっとしたものが廊下を這（は）っているのを見つけ、夢中で追いかけてしまったのだ。

したがって転校生には、帰路を案内してくれる相手が必要だった。

「なんで？　なんで一緒に帰らないの？」

「うちら喋（しゃべ）ったことないもん」

「いま喋ったし」

「その前の話だし」

「うはははは！　そうだね、ほんとだね」

転校生はさっさと口論を切り上げて、にこにこしながら少女の隣に腰を下ろした。それで二人はしばらく、薄曇りの空を見上げた。

「なんで帰れないの？」

転校生が再び同じことを言った。

「知らない」

少女は答えた。たいへんハードボイルドな回答だったので、転校生は笑った。気を悪くした少女は俯き、唇を尖らせた。

「なんで？」

なおも転校生は追及し、少女は黙り、再び追及され、とうとう根負けして、

「サンタがいないから」

と答えた。すると転校生は更なる掘り下げを要求した。サンタとはなにか、サンタクロースであるのかそれとも類似した特徴を持つ存在なのか、それはどこに行ったのか、帰って来る見込みはあるのか、あるとしていつごろなのか。少女は人生ではじめて、へきえきするという感情を抱いた。

「猫」

少女が短く応じると、転校生は断固としていろいろ訊ねた。うんざりする気持ちはやが

て哀しみに取って代わり、少女は泣きはじめた。

「パパがね、サンタは遠くに行ったたって言ってた。サンタが帰るまで帰らない」

少女はべそべそしながら言った。

「わたしのママも遠くに行ったたってパパが言ってたよ。だから引っ越したの」

「だからなに」

少女は転校生を睨んだ。

「探すかぁー？」

転校生は少女に笑った。

「なにを」

「サンタ」

「いないでしょ」

「いるかも分からんよ」

「いないもん」

少女はまた泣いた。サンタは少女が生まれる前から家にいた猫だったが、最近はなんだか様子がおかしくなって、あっちこっちでやたら吐いたり、体からおしっこの臭いがするようになったりした。ある日サンタの鼻に透明な管が刺さっていて、その管は、やけにきゅうくつそうな黄色い服の中に続いていた。

両親によれば、いじめているわけではなく、変な服も怖い管もサンタに必要なものらしかった。

そして昨日、学校から帰るとサンタはいなかった。母親はあれこれ言ったが、少女は泣いて暴れるのに忙しくてほとんど聞いていなかった。業を煮やした父親は少女に向かってこう怒鳴りつけた。

——遠くに行ったんだ！　すぐに帰って来る！

すぐに帰って来る、の部分は絶対に嘘だと少女は思った。あの管や服でサンタを苦しめたのだ。理由は分からないがそうに決まっている。とはいえ、めったに怒らない父親の大声にすっかり消沈してしまった少女は、かんしゃくを引っこめることにした。

今日、家に帰らないのは少女なりの抗議だった。両親からありったけの心配を引き出すことで困らせてやろうと思っていた。

「いるよ！　大丈夫！」

転校生は少女の手を取って無理やり引っ張り上げた。

「探そう！　わたしが見つけてあげる！」

少女と転校生は手を繋いで学校を出ると、田んぼと家しかない土地を蛇行しながら走る茨城県道２０１号線を越えた。曇ってじっとりした六月の大気を敢然とかき分け、花室川の川沿いをてこてこ歩いた。

その頃には少女も冒険の気分がやや勝り、あぜ道で拾ったかっこいい棒を振り回していた。

「いい棒だねそれ」

転校生が棒をほめると、少女はぐっと気をよくした。

「でしょ」

「わたしもほしい」

「あげない。うちの棒だし」

少女は一瞬にしてつけあがり、棒をひゅんひゅん振り回した。

「いいもん鞭(むち)あるから」

転校生は葛(くず)のつたを引き剥(は)がして振り回し、空気と少女をうならせた。

「かっこいい」

「鞭だもん」

「じゃあうちは剣だね」

「そうだよ。無敵だし」

ところで、二人は間もなく、花室川と県道24号線の立体交差に差し掛かるのだけど、一点、重要な情報を補足しておきたい。

そこには舟状骨(しゅうじょうこつ)の魔女がいる。

２０１１／４／18。他の多くの日と変わらず、大きな事故もテロも疫病もなかった平凡な日、女は舟状骨の魔女になった。毒を得た魔女が最初にしたことは、地域猫を片っぱしから殺して回ることだった。

日本災害対策基盤研究機構つくば中央研究所は、猫の死体を抱えて花園の住宅街をふらついていた舟状骨の魔女を保護した。研究所に連行された舟状骨の魔女はつくばの職員に向かって、父親がどれだけろくでなしだったか、その愛人がどれだけ自分をじゃけんに扱ったか、世間がどれだけ自分に冷たかったか、発情期の猫がどれだけやかましかったか、そして世間がそんなくだらない動物をどれだけ可愛がっていたかについて三時間ほど熱弁した。

長話にうんざりした職員を毒で殺した舟状骨の魔女は、研究所から脱走し、花室川と県道24号線の立体交差に潜伏した、という次第だ。

「疲れた！　いないし！」

少女は立体交差の下で足を止めた。

「じゃあ休憩だ」

転校生がそう言って、二人は羽虫がわんわん飛び交う日陰に腰を下ろした。

「あんたのママはどこまで行ったの？」

少女が訊ねた。

「分かんない。奈良かも」

　転校生が答えた。

「奈良ってなに」

「知らない。遠く。でもそれは人間だからだよ。猫は奈良まで行かないし」

　転校生のまああ論理的っぽい回答に少女はいたく感心した。

「じゃあサンタも近くにいるの？」

「そうだよ、だから大丈夫だよ！」

　転校生は、また泣きそうになった少女の背中をごしごしさすった。

「なんでサンタのこと探してくれるの」

　鼻をすすって、少女は言った。

「かわいそうに思ったから」

　転校生は端的に答えた。少女が納得しなかったので、こう付け加えた。

「ママがね、みんなにやさしくしなさいって言ってたの。なんでって聞いたら、そうすると世界がよくなるって言ってた」

「分かんない」

　少女は鼻をすすって首を横に振った。

「わたしも分かんない。でもママの言ってることだもん」

土手にはびこる葛の群落に身を隠していた舟状骨の魔女は、小学一年生二人の会話を聞いていた。そして彼女は、心の底からうんざりした。舟状骨の魔女は子どもの声が大嫌いだった。よく通って耳に刺さってしばらく抜けないからだ。

土手を駆け下りた舟状骨の魔女は、転校生の首根っこを掴んで担ぎ上げた。

「猫で我慢してやってたのに」

魔女は言った。転校生も少女もぽかんとしていて、それがますます彼女を苛立たせた。

「猫ならいいだろ⁉　人じゃなかった！　我慢してたんだよ！　なのに、なんでいつもいじめるんだ！」

魔女の手首に、鉤状の刃が生じた。魔女は刃を、転校生の背中に突き立てた。皮膚と筋肉に深く切り込んだ刃は子どもの頼りない肋骨をやすやすと断ち割り、心臓と肺を掻き裂くと胸から飛び出した。

舟状骨の魔女は、力の抜けた転校生の体を地面に投げつけた。無抵抗に叩きつけられた転校生は、目を薄く見開いたままで動かなくなった。

血が地面を走ってぎざぎざのかたちを描いた。少女は凍ったように転校生を見ていた。

それを舟状骨の魔女は見下ろして、足を振り出した。

蹴とばされた少女は石みたいに地面を転がって、その痛みが少女の全身を再起動した。

汗が噴き出して心臓が唸りを上げ、熱いようで冷たく、自分が容赦のない暴力をふるわれているのだと実感した。

舟状骨の魔女は少女を捕えようと腕を伸ばした。少女は魔女に背を向け、這って逃げた。少女が数秒で稼いだ十数センチを半歩で踏み越え、魔女は少女の髪を掴んだ。

「叫ぶな！　耳に痛い！」

引っ張り上げられて悲鳴を上げた少女に向かって、魔女は怒鳴った。手首から鎌状の刃が飛び出した。

「いッ⁉」

魔女が悲鳴を上げてのけぞった。髪を握っていた力が緩み、拘束から抜け出した少女は地面を蹴ってころころ前転した。

振り返ると、血みどろの転校生が、舟状骨の魔女の足首に噛みついていた。

「なんで……なにをっ⁉」

魔女の疑問に、転校生はこう答えた。

「ふぃがごぎぎぎぎ！」

「っだァ！　やめろ、ガキ、このっ！」

転校生の前歯は、めりめりと音を立てて魔女の腱に食い込んだ。魔女は悲鳴を上げ、ボールでも蹴るように足を振った。転校生は数本の前歯と共に宙を舞い、肩から落下した。

「魔女だ！　おまえ魔女だ！」

転校生は血のあぶくを撒き散らしながら叫んだ。

「あア⁉　だからどうした！　ガキのくせにいじめやがって！」

「殺す！」

転校生は、舟状骨の魔女に小さく鋭い殺意を叩きつけた。

殺す、という単語を知ったのは三か月前のことだった。3／11。ほとんど全ての日本人にとって、とくべつな意味を持たない日。

この日、母親が死んだ。

奥歯の魔女に殺された。

殺すとか殺さないとかいう概念がこの世界にあることを、それがどうやら万人に適用されうるものであることを、そして自分の母親がそうなったことを、転校生はこの上なく明白に理解していた。

どうして、魔女に殺されたと知ったのか。

彼女自身、その日、魔女になったからだ。

転校生を保護しに来た日災対の職員に向かって、父親がこう言ったからだ。

――魔女に殺されて！　子どもが魔女になって！　取り上げるんですか⁉　おれから子どもまで奪うのか⁉　ふざけるな！　ふざけるな、ふざけるな、ふざけるな！

こうして転校生は、父と共に、つくば中央研究所近辺に引っ越すことになった。

ママは遠くに行ったんだと説明する父親の笑顔はあまりにも弱々しくて、だから転校生は、母の教えを守ることにした。つまり、みんなにやさしくしなさいという教えを。

父の嘘に、そうなんだ、と、言った。いつ帰って来るんだろうね、と、笑ってみせた。

父親は泣きながら、ほっとしていた。転校生は安堵した。母の教え通り、やさしくできたことに。

転校生が――魔女が浴びたのは、心臓の毒だった。

心臓の魔女、その毒は、不死。

「殺すって、おい！　おまえ、他人に向かってそんなことをこのガキが！」

舟状骨の魔女は我を忘れて駆け出し、二歩目でつまづいて前のめりに転んだ。少女が、さっき拾ったかっこいい棒を魔女の脚の間に突っ込んだからだ。

「ってぇ！　ふざっ」

魔女の悪罵はそこで止まった。心臓の魔女が、舟状骨の魔女の首筋に噛みついていた。

「はぁあああ？　待っ、おい、やばい、ばかばかばかばかなにやって」

魔女の疑問に、心臓の魔女はこう答えた。

「ふぃがごぎぎぎ！」

舟状骨の魔女は立ち上がり、ぶら下がった心臓の魔女を何度も手首の刃で突き刺した。

心臓の魔女は繰り返し死にながら顎に込める力をいささかも緩めなかった。

皮膚が裂け、胸鎖乳突筋に前歯が当たった。舟状骨の魔女は心臓の魔女の体に腕を回し、背中に刃を突き立てると尻まで一気に引き裂いた。命に到る深い裂傷はただちに治癒された。

筋肉を裂いた前歯が、頸動脈に触れた。舟状骨の魔女はどういうわけか脳天に釘でも打たれたような痛みをおぼえた。

「やめてぇ……」

舟状骨の魔女は、心臓の魔女をずたずたに引き裂きながら泣いて懇願した。あまりにも理不尽だった。親と社会に迫害されたが、歯向かったり、他人を傷つけたりしたことなんてなかった。ただ地域社会にはびこるうるさい小動物を片付けただけだ。

「なんでぇ」

すがるように、舟状骨の魔女は問うた。

「魔女は！　狩る！」

頸動脈を犬歯に引っ掛けたまま心臓の魔女は断言した。

「なんでぇ⁉」

狩る、という単語は、引っ越してから覚えた。

どうやらこの世界には魔女狩りという存在があり、魔女狩りは文字通り魔女を狩り、そして狩るとは殺すということだと、漏れ聞いた話の断片を繋ぎ合わせて、心臓の魔女は理解していた。

　人にやさしくすれば世界はよくなると母は言った。母はやさしかったので、世界をよくしていた。その母を殺した魔女はつまり世界をよくなくしていたということで、だとすれば、魔女を殺せば世界はよくなる。

　心臓の魔女は、そのようにして世界の秘密を解明した。

「わたしは！　魔女狩りになるんだ！」

　前歯が、舟状骨の魔女の頸動脈を両断した。腕から力が抜けて、心臓の魔女は背中から地面に落ちた。

「うあああああ……やばいやばいやばいやばい止まんない止まんない止まんない」

　血の噴き出す傷口を手で押さえ、ぐにゃぐにゃした数歩を歩み、舟状骨の魔女は土手を転がり落ちて落水した。

　川面が血に染まり、背を上にして、死体がぷかりと浮かび上がった。

　心臓の魔女は、ゆっくり流れていく魔女の死体を開きっぱなしの瞳孔に映しながら、犬みたいに荒く呼吸した。

　その肩に触れるものがあって、心臓の魔女はびくっと飛び跳ねた。

「ねえ」

　肩越しに振り返ると、少女が立っていた。

「だい、じょうぶ？」

うなじのあたりが、鳥肌にちくちく痛くなるのを心臓の魔女は感じた。

これが、魔女を狩るということなのだ。殺されるはずだった誰かが、まだ生きているということが。

少女に手を借りて、心臓の魔女は立ち上がった。何度も何度も呼吸して、肋骨を執拗にノックする心臓の大暴れを落ち着かせた。

それから、笑った。

「うはははは！　勝った！」

心臓の魔女にとって、はじめての魔女狩りだった。

その後、君たちの間に巻き起こった騒動は、些事としていいだろう。一つだけ付記することがあるとすれば、それは愛猫サンタの行方についてだ。

舟状骨の魔女を狩った次の日、少女が学校から帰って来ると、サンタはお気に入りのクッションの上で丸くなっていた。いくらか痩せてはいたものの、それはたしかにサンタだった。

ぶったまげた少女はめちゃくちゃに泣いた。近所の住民が慌てて駆けつけるほどの大声で泣いた。二十分後、血相を変えた母が駆けつけた。隣家の住民が勤務先に連絡したのだ。

猫を指さして泣く少女を見た母は、にっこりして抱きしめ、ごめんね、と謝った。

サンタは入院していただけだったのだ。

これは不幸な行き違いとでも言うべきものだった。サンタがいなくなった日、少女は泣いて暴れるのに忙しく、母の説明に聞く耳を持たなかった。そして父は、独身時代から共に暮らしていた猫の病気で憔悴し、喚きまくる少女に対して冷静に接することができなかった。一刻も早く静かになってもらうため、くだくだしい説明を省き、遠いところに行ったと口走って少女を黙らせたのだ。

慢性腎不全で余命二百日と診断されたサンタは、家族の献身的な介護と持ち前の生命力によって、その後、四年半生きた。認知症を併発し、いよいよとなったとき、少女たち家族はたっぷり時間をかけて誠実に話し合い、安楽死の決断を下した。サンタは家族に見守られ、安らかに逝った。

サンタは二十五歳だった。寿命だろう、と、父は言った。少女は愛猫の死を受け入れた。辛くはあったが、哀しくはなかった。サンタのことを考えるだけ考え、愛するだけ愛したという確信が少女の中にあったからだ。

君たちの世界は愛と希望でかたちづくられ、前途には無際限の夢があった。そして君たちは勇気と努力によって、夢を——全てとはいわないまでも、おおむね——その手で引き寄せ、掴み取った。

これは、君が死を請うまでの物語だ。

3　第二の拷問、オーストリア式梯子（しきはしご）

君は再び暗闇の中にいた。

腕は背中に回され、両手首をくくられていた。足首もまとめられていた。食い込む感触から、プラスチックの結束バンドだろうと君は推測した。

頭が痒（かゆ）くて、全身が汗と脂の薄膜に覆われたようで、鼻の奥に酸化臭を感じた。どれだけ風呂に入れていないのだろうかと君は考えた。君に時間を計る術（すべ）は無かった。飢えも渇きも君を殺せず、したがって時間経過のバロメータになってはくれなかった。

舌先でなぞる歯の裏に、粉っぽい歯垢（しこう）とざらつく歯石の感触があった。

頬（ほお）のどこか一点が熱を持っていた。できかけだったにきびが悪化したのだろうと君は思い、悲しくなった。自分の不潔さにではなく、他人の尊厳をこうしたかたちで奪い去ろうとする悪意が世界に存在することを、君は悲しく思った。

縛られたままで床を転がり、にきびにうずく頬をコンクリートに押し当てた。冷たさと圧迫感で、痛みはましになった。

泣きわめいたり、暗闇に向かって呼びかけたりはしなかった。熱い使命を胸に秘めた歴戦の魔女狩りは、生き延び、ヒラタ即ち椎骨の魔女を狩る算段を闇の中で立てはじめた。

脱出も魔女狩りも、容易いことだろうとは考えていた。今すぐ動き出さない理由は二点あった。一つは椎骨の魔女がどのような毒を持っているのか分からないことで、もう一つは不死ゆえの慎重さだった。なにをされてもどのみち死なないのだから、焦る必要はない。もっとも穏便に解決するための手段を、君は選べる立場だった。


君は話を途中で止めて、不満げな顔で私を見る。

「魔女さんめっちゃ信じてなさそうな顔してません？」

私と君は私の部屋にいて、相変わらず窓用エアコンは怒声を上げている。私たちは今日も拷問と日常を往還している。

「こないだ突っつかれたから急に言い訳してきたみたいに思ってるでしょ絶対。死なない体になれば気持ち分かりますよ絶対」

事実その通りで、私は君の言葉を信じていない。不死がための熟慮という話を聞かされるのは二度目だ。君にとってこの理由付けは、よほど気が利いたものなのだろう。

「君の話にくだらない邪魔を入れてしまって、心から申し訳なく思っているわ。どうぞ」

杏仁茶を鉄釉の黒い湯呑みに注ぎ、カカオニブを散らして君に出す。

「おうお、うっま、なにこれ呑む杏仁豆腐？」

一口で君の表情から不満が吹っ飛び、私は満足する。

「的確な寸評だわ。レシピは杏仁霜にバターミルク、はちみつ、とろみづけに蓮根粉」

「はちみつ以外知りませんけどこれめっちゃうまいです。この、上にのってるなんだろ、黒いくしゅくしゅしてるのもうんまい」

君は指をグラスに突っ込んでカカオニブを掬い上げ、犬歯で噛み潰す。

「カカオを砕いたものよ。酸味と苦味を足してみたの」

「チョコ以外にいけるんですねカカオ。無限の可能性じゃん」

「それで、君が思いついた、もっとも穏便に解決する手段って？」

私が軌道修正すると、君は指先に残った杏仁茶を舐め取った。

「もちろん魔女狩りです」

椎骨の魔女を殺害し、残りの構成員に降伏を迫ろうと君は結論づけた。魔女はどのみち殺さなければならないのだから、この外科手術的攻撃ならば実質的に死者はゼロだというのがこのときの君の価値観だった。

いかにして奇襲を成功させるか検討しはじめた君の視界に、光が点った。

冷たく人工的な光点は揺れる輝線を曳きながら迫り、闇の中に、汗ばんだ中年男性の顔が浮かび上がった。君の体は瞬間的に硬直し、だというのに下半身は溶けて無くなったかのように無感覚だった。

現れたのはイノウエだった。右目は腫れてふさがり、見開かれた左目が君を見下ろしていた。

イノウエが腰を下ろすと光も近づいて、君は目を細めた。光源はイノウエが左手に持ったスマホの背面フラッシュライトだった。右手にはサバイバルナイフが握られていた。

「動かないで」

イノウエは落ち着いた声で言った。君はゆっくりと深く何度か呼吸し、意思と無関係に跳ね回る心臓の動きを抑えつけた。

即死ならば問題ない、と、君は自分に言い聞かせた。痛みを感じる間もなく死ねるのであれば、恐怖はなかった。魔女を狩る闘いの中で、君はそうした経験を何度もしていた。

イノウエはナイフの背に刻まれた鋸刃で、君の手足を拘束する結束バンドを切り裂いた。

「どうして」

口に出してから、君は、自分の声に音が乗らないのに気づいた。

「ここは寸沢嵐だよ相模原の。ここを出て駐車場の方の、ずっ道を、ずっと、まっすぐ下って歩いて行けば民家がある。今はかいっ、ユウイチさんとカンダさんが買い物に、行っているから来れたんだ。ヒラタさんも俺がいれば問題ない。大丈夫？　俺の話、ちゃんと伝わってる？」

額に汗を浮かばせながら、イノウエは、つっかえつっかえの早口で一気に喋った。

（ところで、寸沢嵐という地名が宵子さんの口から出たことを、私はもちろん記憶している。だとすれば、君が死を望む理由とこの監禁事件は繋がっているのだろうと私は考える。が、考えるだけだ。話にくだらない邪魔を入れるつもりはない。

真実を知りたいだとか、嘘を暴きたいだとか、ましてや君が死にたい理由を理解したいだとかの浅ましい欲望はない。君が死を望んでいて、私は君の死に恋をしていて、重要なのはそれだけ。以上、話に戻ろう）

イノウエの言葉に、君は罠の可能性を検討しながら頷いた。椎骨の魔女の目的が不明である以上、これが相手方の作戦である可能性は排除しきれなかった。

「わたしが逃げたら、あなたはどうなるんですか」

「でも、かわいそうだから。君が」

イノウエは言った。

君は信じると決めた。

「ここは地下一階なんだけど地下二階でっていうのもあれで入り口が二階にあるからそこを一階にしたらここが地下二階。ここ坂道に建てられてるから。意味分かる？　大丈夫？」

「はい。ここから二フロア上がれば出入り口があるってことですよね」

イノウエはひきつったような笑みを浮かべて頷いた。その笑顔に、君を落ち着かせたいという気持ちがはっきり表れているのを君はきちんと感じ取れていた。

「タガミ君とリナさんはたぶん二階でヒラタさんは三階のウインドウピクチャーズルームにいるいつも。今日もいるから。かっ逃げるなら一階のっていうか地下一階の階段の窓からビッグステージに出て駐車場に降りれば大丈夫。分かる？　平気？」

混乱したイノウエの言葉を、君は慎重に咀嚼していった。

「このフロアからすぐの階段に窓があって、そこから抜け出せば気づかれないんですね」

イノウエは痙攣的に頷き、息を長く吐いた。彼は冷水のただなかにでもいるように震えながら、異臭を放つべたついた汗で全身を濡らしていた。

君は微笑み、イノウエの手を取った。

「ありがとうございます、イノウエさん」

イノウエは、咥えた綱を主人と引っ張りあう犬みたいに、激しく首を振った。

「違う。ごめん」

「それでも、ありがとうございます」

イノウエはきつく目を閉じ、君が手を放すまで開こうとしなかった。

「ごめんなさい、イノウエさん」

遠ざかっていくフラッシュライトの光に向かって、君は小声で謝った。

イノウエが去るのを待って君は立ち上がった。心臓の魔女の毒は君の肉体を万全な状態に留め置いていた。

「お風呂ですねお風呂。終わったらまずお風呂」

君は軽口を叩(たた)いて殺害に向かう自分を鼓舞した。

手探りで歩き回り、体感時間で数分後、君の指先がドアノブに触れた。レバーを押し下げて、引いた。

暗闇は続いていた。気圧の変化に耳と鼻が痛んだ。

君は膝(ひざ)をつき、指先の感覚を頼りに進んだ。

君の指はひんやりしたコンクリート、かさかさする干からびた古い紙、じっとりと濡れた布、ちくちくする裂けた木材の断面、でこぼこしたモルタルの壁、ざらりとしたスチールドアの感触を君に伝えた。

両方の掌(てのひら)をドアに押し当て、立ち上がりながらノブを探り、見つけ出して下げた。

ドアのすぐ向こうには、昇り階段があった。十段ほどで折り返し、踊り場を挟んで上の階へと続いていた。

踊り場からの光が、積み重なる残置物を浮かび上がらせていた。

階段に貼られたカーペットは、赤かったのが色あせたらしい薄汚いサーモンピンクで、ところどころめくれあがり、灰色のフェルト下地がむきだしになっていた。

表面の欠けたゴルフボール、錆(さ)びて崩れかけた蚊取り線香の缶、割れた蛍光管の破片、古新聞が階段に取り残されていた。

くっきりとしたカラー写真が君の目を惹(ひ)いた。２０２０／２／６、一週間前の朝刊一面だった。その年の夏に開催された――君の話の時系列ではこれから開催される――東京オリンピックに関する、希望に満ちた記事が書かれていた。

「あ、記憶の蓋(ふた)開いた。今ので。急に」

君は不意に話を中断する。

「そうそうそう、てのひらの魔女と戦ったんですよわたし。オリンピックで」

「大舞台ね」

私はボウルの中の生地を掌底(しょうてい)で圧(お)し伸ばしながら相づちを打つ。

「魔女さんもしかしてパン捏(こ)ねてます？」

君は私の作業に興味深い目線を送る。

「餃子の皮。イーストは入れてないわ。薄力粉とセモリナ粉とコーンスターチと塩と水だけよ」

「あ、あー……餃子の皮って、そうか、作ってる人がいなきゃ生じないですよね。当たり前ですけど。なんかそんな意識なかったな全然。自然発生するぐらいに思ってました」

「買った方があらゆる意味で低コストなのはたしかね。それで？」

てのひらの魔女は君の分類に従えば『居直ったろくでなし』型の魔女で、オリンピックの閉会式に乱入して東京都知事を殺害し、五輪旗を奪おうと目論んでいたのだと君は話す。

「狩られる前に目立ちたかったみたいで、都知事のツイッターに殺害予告送ったらしいですよ」

「おめでたい魔女もいたものね」

「魔女さん同じようなことしてません？」

「私のは結果よ。承認欲求を満たそうとしたら知らない人が勝手に死ぬの」

「お、いい理屈じゃないですかそれ。人を殺すことは手段じゃないんですね」

私は満足して頷く。

「それ、都知事は死んだの？」

訊ねると、君は面喰ったように言葉を失う。

「やばいですよ魔女さん、この世になんも興味ないじゃないですか」

「なにがあろうと私には関係ないもの」

私はつやの出てきた生地をいたずらに平手で叩く。いい音が鳴って、満足する。

「ＪＫコスで、関係者です。みたいな顔して会場入りして、都知事の身代わりにてのひらの魔女の毒を一発もらったんです」

「なんならオリンピックがあったことすら記憶が曖昧だわ」

「うははは、やば！」

オリンピックの魔女狩りについて語り終えた君は、日常から拷問へと移る。


地下の暗闇を脱した君は、音を立てないよう、爪先で探りながら階段を昇っていった。

踊り場まで辿り着くと、イノウエの言っていた窓があった。

ガラスの向こうには奇妙な光景が広がっていた。

無数の単管パイプをクランプで縦横に接いで、言うなれば巨大なジャングルジムのような構造を作り、樹脂製のパレットやベニヤ板、合板、コンパネなどを積み重ねた、がらくたの山だった。

あちこちでコンパネやベニヤ板を突き破って竹が直立し、パイプにはキヅタが巻き付いていた。ところどころに転がるソファはファブリックが裂けて黄色いスポンジがはみ出していた。

苔の生えた発泡スチロールのトロ箱、横倒しになった銀色の業務用冷蔵庫、濁り水の溜まったペール缶を君は見た。

ビッグステージというイノウエの言葉を君は思い出した。単管パイプを基礎と柱と梁と根太（ねだ）に、コンパネやパレットを床と天井と階段に見立てた、凄（すさ）まじくいびつな構造物は、かつてそう称されていたらしかった。

君は踊り場を越えて階上に歩を進めた。階段は折り返しながら上へ上へと続き、フロアとは画されているようだった。君は誰とも出会わないまま二階に辿り着いた。

君はフロアと階段を分けるスチールドアに躊躇（ちゅうちょ）なく手を伸ばした。押し開けると、ごく短い通路と三つの扉があった。扉の上にはそれぞれ部屋名を書いた木切れが貼り付けてあった。

サンルーム。フランクロイドの間。ＷＣ。イノウエの言っていたウインドウピクチャーズルームの名は無かった。

冷や汗が噴き出して、歯茎（はぐき）が痺（しび）れるような焦燥感を君はおぼえた。

イノウエはこの建物のフロアに関して、説明しながら自分でもこんがらがっていた。入り口のある二階をグラウンドフロアとすれば、君が監禁されたのは実質的に地下二階だと、余計な情報を付け加えたばかりにこちらもわけが分からなくなっていたのだ。

なお悪いことに、フランクロイドの間のドアノブが回った。

君は後ずさりし、音を立てずに階段の扉を閉めた。

心音が激しくなった。鼓動に合わせて耳鳴りがした。膝（ひざ）が震えた。壁に背中を押しつけて、君は頭に浮かんだ二つの選択肢を検討した。

ひとつ、階段を駆け上って三階に踏み込む。

ふたつ、階段を駆け下りて地下室に戻る。

前者には非魔女を戦闘に巻き込む危険性があり、後者を選べばすくなくとも現状を維持できた。

扉の向こうから、かちりと金属音が鳴った。撃鉄を起こす音が君には想起された。第三の選択肢が浮上した。一般人を、殺す。君の心臓は潰れるような音を立てて鳴った。

「外で吸えってまじで」

扉の開く音がして、咎めるような男の声がした。

「こもるだろ。臭いが」

「急に外まで行くのだるくなっちゃった」

冗談の色を含んで、女の声が応じた。

「数メートルがんばれよ」

男。笑い声。

「っせーな」

女。笑い声。

金属音は、ライターを点火する音だった。君は鼻から静かに安堵の息を吐いた。

「今日またやんの？」

女が訊ねた。

「すげーの用意したってカンダ君が。まっぷたつにできるって魔女狩り」

男が答えた。

「してどうすんのそれまっぷたつに。生き返るでしょ。キモいだけな気する」

「自殺させせんだって。自分でなら死ねるでしょ」

「ほーん。グレートだぜ」

どうでもよさそうに女は言った。

初日のヒラタの発言を足し合わせると、君を監禁・拷問した連中は、魔女狩りの自死によって世界の終わりを防ぐつもりでいるようだった。

君は階段を昇りながら、ヒラタの目的についてこれで見当が付いたと思った。椎骨の魔女は生き延びるため、無知な一般人を唆し、使命感を抱かせて拷問へと駆り立てたのだ。

なにもかもがまったく間尺に合わない計画だった。魔女狩りに自殺の術は無いし、魔女を狩らねば世界は滅びるし、そもそも魔女狩りの前に姿を晒すのが無謀と言えた。一つの毒しか持たない魔女では、魔女狩りに抗し得ないのは明白な事実だった。

君は一切の躊躇を捨てた。身一つで向かってくるならばともかく、市民に終末論を吹き込んで扇動するような卑劣漢に、同情の余地はなかった。

三階に続く扉を開けた。すりガラスのはまった引き戸が目の前にあった。床には、ウインドウピクチャーズとマジックで手書きされた木板が転がっていた。

途切れ途切れの低いうめきと、肉を打ちつけ合うような音が引き戸の向こうから聞こえてきた。だが君は注意を払わなかった。冷たい義憤が君の精神を石棺のように覆っていた。椎骨の魔女が如何なる毒でこちらを苦しめようと、もはや君には無関係だった。

引き戸を開いて目に飛び込んだ光景は、一瞬にして決意を挫いた。

太く毛だらけの裸の両脚が、こちらに向かって投げ出されていた。その足裏が黄ばんでいるのを君は見た。

その上にまたがり、下になった相手の両脚を自分の両脚で挟んだ男が、やけにつるりとした白い尻を打ちつけていた。

つまり君が目撃したのは、ヒラタとイノウエのセックスだった。


「寝バックだったの？」

私は思わず机に身を乗り出してから、すぐに我が身を省みる。

「こういう態度はよくないわね。冷静さを欠いてしまったわ。その、ということは……イノウエが言ったのはそういうことだったわけね。ヒラタは俺がいれば問題ないって色仕掛けのことだったのね」

君の話を遮ってしまったことについては後悔しかないが、私は、自分の早口を止められない。

「めっちゃ早口になってますよ。寝バック好きなんですか？」

「のけぞった受けの口をSっ気出した攻めが手でふさぐんだけど受けの開いた口に入ってきた攻めの中指を受けが祈るような気持ちで噛むのよ。どう？」

君は呆れて笑う。

「強い手札切ってきましたね魔女さん。でもわたし、GLが必須栄養素の人間なんで」

「それで、どうなったの？」

「かつてないんだわ興味の惹かれ方が」

ヒラタとイノウエの寝バックを前に、君はしばし立ち尽くしていた。他人の情事を目撃したのは生まれてはじめてのことで、それが自分を拷問していた相手ともなれば尚更衝撃だった。

君は感慨さえ抱いた。生き延びるために無知な他者を騙し、他者の尊厳を残忍に奪い去るような人物でも、人並みに性欲があって他人の肌を求めるのか、という感慨だった。

「あ？」

ヒラタが振り向き、君と目が合った。

「なんだよ。逃げてんじゃん」

塗りつぶされたような黒い瞳が君を見ていた。

「終わりかこれ」

ヒラタはイノウエから自分のものを引き抜くと、あぐらを掻き、床に手を這わせた。煙草の箱を中指で引き寄せ、一本抜き取った。火をつけると、うまくもなさそうに煙を吸い込んだ。

「けっこうがんばったのにな。無駄か。全部」

不快な微粒子の臭いが鼻を衝いた。

「殺しゃあいいよ殺しゃあ。そんで終わり。あんたも俺も」

ヒラタが無気力な仕草で君と自分を交互に指さして、その身振りで、君は魔女狩りとしての自分を取り戻した。

「ふぁああああ」

間抜けな声がして、君とヒラタの間にイノウエが立ちふさがった。

胸にはあばらが浮いて、だというのに腹ばかりだらしなく弛んだ裸体を、滑稽で、悲壮で、勇敢だと君は感じた。

「イノウエさん。どいてください」

君は静かに言った。イノウエは首を振った。君は右目を手でふさぎ、左目でイノウエを睨んだ。イノウエの開いた左目が恐怖に見開かれ、瞳孔は針先のように縮んだ。

魔女がその毒を解き放つのに、いちいち宣言したりポーズを取ったりする必要はなかった。君はまだ、示威行為でなにもかもが平和裏に片付くと考えていた。

「左目の魔女の毒」

他者の扁桃体に働きかけ、過剰な恐怖心を引き起こす毒だった。

君はイノウエの睾丸がうねりながら縮んでいくのを見た。イノウエは引き下がらなかった。震えながらヒラタの前に立っていた。

「あ、そういう？」

ヒラタが口を開いた。

「無辜の……まあ無辜じゃねえな拷問してる時点で。とにかく、一般人は殺せない？　もう人来ちゃうと思うけど」

面白がっているような声色だった。

「イノウエ、魔女狩りが言うこと聞かなかったらオマエ自殺しろ」

ヒラタは、イノウエにというより君に言い聞かせるような口調で命令すると、床のガラス片を手に取った。自分の額を切り裂くと、壁に傷口を擦りつけた。

「こういうのがさあ、けっこう重要なんだよ。激情を見せておくっていうのが」

血まみれの顔でヒラタは皮肉っぽく笑った。

「けっきょく最後に物を言うのはパワハラなんだよ。なんだかんだでさあ、みんな好きなんだよな、権威主義が」

階段を駆け上がる音がして、部屋に二人の男女が飛び込んできた。

「うっおやっば」

二階にいた女の声だった。

「ヒラタさん！　大丈夫ですかヒラタさん！」

男が、入り口から遠巻きに叫んだ。

ヒラタは両手で顔を拭うと立ち上がり、歩き出し、君を通り過ぎ、拳を振りかぶって男をぶっ飛ばした。

「分かってるのか！　タガミ、おい、タガミ、タガミ！　甘ったれてるんだ！　分かってるのか！」

ヒラタは失神した男にまたがり、鼻を殴りつけた。

「終わるんだからな！　やるしかないぞ、やるしかないぞ、やるしかないぞ！　おい！　聞いているのか！　終わるんだぞ！」

無抵抗なタガミの、顔が血まみれになるまでヒラタは殴打を続けた。このときの外傷がもとでタガミは死んだらしいと、君はやけにそっけなく付け加えた。

立ち上がったヒラタは女に目をやり、君に目をやり、顎をしゃくった。

「魔女狩りを連れて行け、リナ」

「うぇっはい」

女はおそるおそる君に歩み寄った。

「手、すんません、その」

両手を結束バンドで縛られながら、君はイノウエと向き合っていた。服を着て、ナイフを自分の首筋に当てて、イノウエは君をじっと見ていた。殺風景な失望の視線が、君の心を抉って（えぐって）いた。

「全員殺せば？　って思ったでしょ魔女さん。いいんですよ言っても」

キッチンの私に向かって、君が声を張り上げる。

「思ったけれど、いちいち言うことじゃないとも同時に思ったのよ」

居室の君に向かって、私も声を張り上げる。

「自己犠牲は規範的なヒーローの十分条件だもの。洗脳された一般人には手を出さない。とても立派な志だわ」

「すーぐ皮肉言う」

私は一時間ほど寝かせた生地を麺棒で伸ばしている。直径二十センチほどの円形になったら打ち粉をして、次の生地に取りかかる。

「餃子の皮、いくらなんでも手間かかりすぎじゃないですか？」

「作戦を忘れたの？」

私は重々しく言う。

「いや覚えてますけど。宵子さんにお願いするんですよね、拷問の手伝い」

「そのためには気持ちよく酔ってもらって、理性が溶けたところで承諾を得なくてはならないのよ。だから手の込んだ酒肴を用意する必要があるの」

「そごう行けばお高いおつまみ普通にあるくないですか？」

君はばかを見る目で私を見た。

「なにも分かっていないのね。宵子さんはこういう、手作りの料理に弱いのよ。激務すぎて、いつもウーバーイーツと出前館だから。ここまではいい？」

私は自分の言葉に確実性を付け足すため、人差し指をぴんと立ててみせる。

「もうすこし泳がせたらどうなるか見物ですね」

「きっと浴びるようにお酒を呑んで大量の愚痴を吐き出したあと、変な話を聞かせてしまったと私たちに負い目を抱くはずだわ。そこも利用するの。言うなれば二段構えの作戦ね」

「ヤリ目のセックスフローにしか聞こえないんですけど。抱きたいの？」

伸ばした生地を深皿にかぶせる。生地の中央にくぼみを作る。

「その方がまだましでしょうね。宵子さんにとっては」

私がそう言うと、君は黙る。

クミンと一味唐辛子、にんにく、塩こしょう、うまみ調味料で炒めてあら熱を取った挽き肉を、生地のくぼみにのせる。挽き肉の上にシュレッドチーズを、チーズの上に生卵を落とす。

生地を二つ折りにして、フライパンに張った油で両面を揚げる。生地が引き締まり、きつね色になったら油から引き揚げる。

皿に盛ってドライオレガノを散らし、ナイフとフォークを添えて君のところまで持っていく。

「はい、味見用」

「悪いですねーどうも、へへ。うまそう。でっけえ餃子ですね」

「ブリックよ。チュニジアの餃子」

「チュニジアに餃子あるんですか？　あ、便宜的な？」

「そう、便宜的な餃子。具を小麦粉の生地で包んだものが、なんでもダンプリングって呼ばれるみたいなものよ」

「まずそのダンプリングから知らないですけどね」

君はブリックにナイフを入れる。からりと揚がった生地はざくっと音を立てて割れ、卵の黄身と溶けたチーズが流れ出す。

「えやっばこれ、見た瞬間うまい、あ、うっま、あっつうま、うお、チーズ、卵、肉、うおおおお」

「辛さは？」

「最高ですこれやっばいもう、油脂が過去最強に脳に効く」

「罪深い食べものではあるわね」

「やばい、ぺろっと食っちゃったしあと三ついける」

「次は耳を持って、どまんなかにかぶりつくといいわ」

「それだそれその食べ方が絶対に百点。卵とチーズと肉がどばーって出てくるんですよねやっば」

君は完全に興奮している。

「ツナとふかしたじゃがいものと、アンチョビソースで炒めたじゃがいもとチーズのとで、三種類ぐらい作るつもりなのだけど」

「全部四つずついけますわ。おおおおキマってきたダンプリングが」

「宵子さん待ちのあいだに、もうすこし話を聞いておきましょうか」

「えー話せるかなこれ、気持ち作れるか分かんないもう、油脂が効きすぎちゃって」

「タガミが死んだ。君はヒラタを殺せなかった」

促すような言葉を口にすると、君は不満げに私を見て、日常から拷問に戻る。

君は再び拷問室に連行された。

拷問室は二階、サンルームだった。君の流した血は拭われず、フローリングの上で絵の具のように干からびていた。あたためた膿のような臭いが満ちていた。君の撒き散らした体液に由来するものだった。

部屋には新たな拷問具が用意されていた。角材を組んで作った幅広の梯子を、壁に斜めに打ちつけたものだった。

アルミ製の手回しホースリールが梯子の脇に置かれていた。ナイロンのロープがリールの幅いっぱいに巻き付けてあった。

「リナ。脱がせ」

ヒラタは女に命じた。リナは懇願するような愛想笑いを君に向けた。

「抵抗しないから安心してください。でも、わたしの心を折れるとは思わないでくださいね」

君は言った。リナの表情は蝋が溶けるように弛んでいった。

「ごめんて。やんなきゃいけないことだからこれ。分かってる、分かってほしいとか言わないから。使命なの」

リナは一気にまくし立てながら、君の服を脱がしていった。

「そう、そうでしょだって。意味があってのことだし。理由もなしにこんなことしないよ。誰も悪くないんだよ。リナもあんたも。そうだよあんたはなんにも悪くないんだよ、なのに」

最後の方はほとんど涙ぐみながら、リナは喋り続けていた。殺してもいいんじゃないだろうかとは、さしもの君も思った。

拘束を解かれ、裸にされた君は自分の足で拷問具のところまで歩いていった。

「ユウイチ、カンダ、おまえたち出て行け」

君の胸や陰部に目線を向けていた二人の男に対して、ヒラタが命じた。男たちは顔を見合わせてにやにや笑い、俯き、肘で互いの脇腹を小突き合った。

「えぇ？　なんの配慮よ」

どちらかが小声で言った。ヒラタは憤然と突き進み、向かって右の男の目を殴りつけ、左の男の股間を蹴り上げた。

「分かっているのか！」

倒れた二人の男の顔めがけ、ヒラタは交互に踵を落とした。

「煩悩が！　好色が！　邪魔！　なんだ！　終わるんだぞ、終わるんだぞ、終わるんだぞ！　分かっているのか！」

激情の演技と手際の良い暴力が、空気を張り詰めさせた。ユウイチとカンダは立ち上がり、傷を押さえながら出て行った。

君は梯子を昇って仰向けになるよう指示され、素直に従った。背中と足裏に角材が食い込んだ。

背中に回した両手を、一本の横木にナイロンロープできつく結ばれた。手首が擦れて、じりっとした痛みを君にもたらした。

君は向かいの壁に貼られた正方形のシールをじっと見た。糊が風化して半分以上めくれあがったシールに、もともとはなにが描かれていたのかを考察した。その試みに行き詰まると、いつごろ、誰が貼ったのかについて考え始めた。

「宵子さん?」

私は君の話を遮る。

急に呼び出され、こんな話を聞かされ続けた宵子さんの顔色は、すっかり失せている。

「魔女狩り、あなたは……ひどい、ひどい話ですね。本当に、ひどい」

宵子さんは今にも君を抱き寄せそうに見える。ローテーブルを挟んでいなかったら本当にそうしていたかもしれないと私は思う。

君はすこし、黙る。

君は満面のうつろな笑みを浮かべる。

「ここからがまじ良いとこなんですよ」

宵子さんは眉根をひそめて俯く。きっと自分の無力さを宵子さんは悔しがっている。

「すみません、また余計なことを言いましたね。続けてください」

君の両足首に、ナイロンのロープが巻かれた。ロープはホースリールに繋がっていた。

「イノウエ」

ヒラタが命じて、イノウエがホースリールのハンドルを手にした。二度も巻くと、弛んでいたロープが張り詰めて君の足を引っ張りはじめた。

君は足首を曲げ、引く力に抵抗した。踵が梯子の段から外れれば落下し、後ろ手に縛られた腕は衝撃で脱臼するだろうと君は思った。絞首刑のように、と、君は自分の想像に付け加えた。

ロープを巻かれた足首の肌が裂け、流れ出した血が足裏に到った。摩擦を失った君の足が宙に躍った。

君は尻もちをついた。

なにが起こったのか、君にはしばらく理解できなかった。フローリングが君の体温ですっかりぬるくなった頃になって、

「あ」

と、イノウエが言った。

君はイノウエの視線を追って肩越しに梯子を見た。梯子が歯抜けになっていた。君の腕に縛り付けていた横木が裂けて、君ごと落下したのだった。結果として君は無傷で――フローリングにぶつけた尻は痛むにせよ――着地した。

更に信じられないことが起きた。拷問具と壁は蝶番(ちょうつがい)で留められていたのだが、ねじがすっぽ抜け、梯子がこちら側に倒れてきたのだ。

君の体は、倒れてきた梯子の、ちょうど歯抜けになったところを通過した。

思ったよりも静かな音を立てて梯子が床に伏し、埃(ほこり)がふわりと舞った。

君はくしゃみをした。

「カンダ！　ユウイチ！」

顔を真っ赤にしたヒラタが絶叫して部屋を飛び出した。君は階段で聞いたタガミとリナの会話を思い出した。この拷問具はカンダとユウイチが作ったものだが、いい加減な仕事だったのだ。

「……終わる？」

リナが言った。

答える者はいなかった。

「で、わたしは服を着て地下に戻りました。きったねえフローリングにけっこう長いことくっつけてたんで、めっちゃケツの穴が痒かったですねそのあとしばらく。二日目おしまい」

私は声を上げて笑った。宵子さんは唖然としていた。

「いやでもちょっと、そうなるかなーとは思ってたんですよ内心。体重預けただけで異常にたわんだし」

「まず実験するわよね。普通は。ロープを巻いて引っ張ってみるとか、せめてそれくらいは」

「あれ続いたらどうなってたのかは今も謎です。まっぷたつになってたのかな」

「なるほど、完全に理解したわ。つまり、こういうことね。私たちは、拷問のリバースエンジニアリングに挑む」

「それですな」

「それなんですか」

宵子さんは完全無欠に呆れ返っていた。

「まーよくないですか？　結論出たしそれはそれで。魔女さんわたしもうおなかがぺこちゃんですよ」

君は話をうやむやのうちに終わらせると、図々しいことを言った。

「宵子さんも食べていって。お酒も用意したわよ。よく分からないから適当なものだけど」

「はあ」

ため息なのか気乗りしない返事なのかその両方なのか、宵子さんはかすれた音の混じった息を吐いた。

二時間後、ワインのマグナムボトルを一人で飲みきった宵子さんは、頭を揺らしていた。

「これおいしいです、本当においしいこの、何回食べても何回でもおいしい、すごい、辛さとチーズが」

宵子さんは揚げたら揚げただけブリックを平らげた。私は挑戦的な気持ちと好奇心で、宵子さんがどこまで食べるのかを見届けた。

「あだめだ、すみません一口置きに行きます」

やがて宵子さんが言った。

「聞いたことない単語出てきましたね今」

「その、吐きそう、今すごく吐きそうなんですけど、吐く前に、予防的に吐いておくというか」

宵子さんは完全に理解不能なことを口走った。

「吐くのとどう違うのかしら」

「予防的です」

私はそれ以上の追及を諦め、トイレに向かう宵子さんを見送った。

窓用エアコンの轟音は、宵子さんの嘔吐する声をかき消してくれた。居室に戻った宵子さんは蒼白な表情で腰を下ろし、壁にもたれかかった。

「正気ですか？」

おそらくは私と君の両方に向けて、宵子さんは言った。

「どうして人体を、過酷な方法で破壊しなければならないんですか」

「死にたいからですね」

「殺せるから」

「そうじゃないでしょう。そこじゃなくて……」

宵子さんは言葉を探して天を仰いだ。

「辛くないんですか？」

君は絶句して、助けを求めるように私を見た。

「こういう人なのよ」

私は言った。

「明日の世界は今日より少しましなはずだと思ってるし、夢は信じれば叶うと思ってるし、困っている人を助けたいと思ってるの」

「おー」

君はなんの意味もこもらない、純然たる感嘆符を空気中のどこかに置いた。

「こんな純粋悪みたいな魔女さんの世話してて、よくまだ死んでませんね宵子さん」

「私も困ってるくくりなのよ。宵子さんにとっては」

沈黙する宵子さんに代わって、私が答えた。

「大量殺人犯が？」

君はちょっと面白がっているような顔で言った。

「その大量殺人犯が、どうしてあっちこっちにふらふら出かけたり、SNSで他人を煽ったりライブ配信できたりするのかしらね」

「無人の地下室にでも放り込んでおけば済む話ですよね」

「先に言っておくけれど、これはただの皮肉よ。私は、望まない力を与えられた気の毒な女の子なの」

「うはははは！」

君はのけぞって爆笑した。

「常識的な反応ね。今ので笑わない人たちが、国内外に一定数いるの。宵子さんもその一人」

私は宵子さんに目線を送った。宵子さんはまっさおな顔で項垂（うなだ）れていた。

「あーまあでも、海外にいませんもんね魔女も魔女狩りも。魔女だすぐ殺せ！　しちゃったら、日本やっぱ人権レベル中世じゃん圧かけたろってなるんだ」

「おかげで丁寧に暮らせているわ。感謝しないといけないわね」

「好きなだけいじってください」

宵子さんは捨て鉢な口調で言った。

「貴重な休日をデモで浪費したこととか？」

私がさっそくいじると、宵子さんはふくれっつらになった。

「言っておきますけど、面と向かって爆笑する人でなしはあなたぐらいですよ」

「無力な人間が集まって騒いで、なんの意味があるの？　私に声をかけてくれればよかったのに。宵子さんのお願いなら、誰でも殺してあげるわ」

「ところでそれどういうデモだったんですか？」

君が会話にくちばしを突っ込んできた。

「入管に長期収容されていた人がハンストで死んでしまって、そのことに対する抗議デモだったかしら」

「おー、繋（つな）がりましたね。ほんとに困ってる人を助けたいんだ」

君の声には、例えるなら、極限環境に棲息（せいそく）する変わった生物への新鮮な驚きみたいな色があった。

「なにもかも右目の魔女の言う通りです。明日の世界は今日より少しましなはずだと思っていますし、夢は信じれば叶うと思っていますし、困っている人を助けたいと思っています。そうでなければ、パワハラとサビ残が跋扈する低賃金の職場で、どうやって仕事を続けていけると思うんですか」

私は二本目のマグナムボトルを用意して、宵子さんのグラスに注いだ。

「だったらわたしの夢も叶えてくれませんか？」

君が言った。宵子さんは、正真正銘絶句した。

「死にたいっていうのは、叶えちゃ駄目な夢ですか？」

「それは……できることならば、その道を選んでほしくない、とは、思います」

「でもわたし、けっこう我慢してきたと思いません？　ずっと死にてぇーってなりながら魔女狩りの仕事はちゃんとこなしたんですよ。そろそろごほうびあってもいいんじゃないですか」

「それが、死なんですか」

「不死が望むものなんて他にあります？」

宵子さんは黙ったあと、

「あたしには、分かりません」

観念したように小さな声で応じた。

「宵子さんロードオブザリング観たことあります？」

君は話題を変えた。宵子さんは困惑しながら頷いた。

「あの映画エルフ出てきますよね。でエルフって基本は不死ですけど、生きるのにうんざりしたらフって死んじゃうらしいんです。裏設定っていうか原作設定なんですけど」

「そうだったんですね。それじゃあリヴ・タイラーもオーランド・ブルームも、あるとき急にふっと消えかねないわけですか」

宵子さんは警戒的に冗談を言った。

「ケイト・ブランシェットもですね。でわたしそれ知ったとき、めっちゃ納得したんです。宵子さんだって夜中、自分が過去にやっちゃったことを思い出してあーってなりますよね。それがどんどんどんどん増えていって、生きたら生きただけ重たくなっていって、あーに押し潰されるんです。それでフって死ねたらいいのに、エルフじゃないから今日も明日も生きなきゃならないんです。こういう言い方なら分かりますか？」

宵子さんはワインを一口、二口、グラスのふちを前歯で噛んで、音を立てないように息を吐いた。

「あたしにできることはありますか」

「ありがとうございます」

こうして私たちは、心強い協力者を得た。

十分もしないうちに宵子さんはいびきをかきはじめた。私は食べ残しと飲み残しを片付け、ローズヒップティーを淹れ、君の向かいに座った。

「なんとかなったわね」

君は私の膝を蹴った。

「魔女さんのせいですよ。作戦があまりにもくだらないから、泣き落としみたいになっちゃったじゃないですか」

「思いついたときには完璧だったのだけど。それに半分以上はうまくいったじゃない」

君は再び私の膝を蹴った。

「君、あんな風に自己開示できたのね」

君はみたび私の膝を蹴った。

「なによ。よかったじゃない、本音をぶつけられて」

「いじってますよね？」

「殺意を煽っているのよ」

「死ねおら」

君は尖らせた爪先で私の股間を狙ってきた。私は手で君の足を押し戻し、君は足に力を込め、私たちはしばらくローテーブル下の攻防を繰り広げた。

君は両足をテーブルの下に投げ出して、正座する私の腿に踵をのせた。背を反らして床に両手をつき、天井を見上げた。

「しんどかったんだねだけで良いじゃないですか。しんどい理由を知りたいなんて、そんなの聞いて自分が満足したいだけでしょ」

君は座り直すとカップを手にした。

「でも、まあ、いいんですよそんなことは。死なせてくれるんだったら、過去ぐらい差し出します」

声の震えをごまかすように、君はローズヒップティーを飲んだ。

「合理的ね」

「魔女さんは、ぜんぜん聞いてこないですね。わたしのこと」

「興味がないもの」

私はただ、私の毒が救うための力なのだと証明したいだけだ。必要なのは君の死で、君が死にたい理由ではない。

「なのに協力してくれるんだ。善人か？」

「君だって、私の事情には興味ないでしょう」

「そもそも事情のあるなしって想定がなかったです。なんかあるんですか？」

「あら、君は過去を差し出されたいのかしら」

「尽きませんねー皮肉の弾が。いや別に世間話のトーンですよ。傾聴したり一緒にわんわん泣いたりするつもりは全くないです」

「合意点が見つかったようでなによりだわ。この話は終わりね。片付けして、宵子さんを布団に運びましょう」

私たちは工作室で会議を始める。

「魔女狩りが受けた拷問は、オーストリア式梯子を模倣したものでしょう」

宵子さんは拷問に関する本のページを開いて作業台に置いた。

「あーこれこれ、これですね」

君は挿画を指で突いた。壁に対して斜めに取り付けられた梯子に、裸の男がくくりつけられている。

「これを角材でやっつけたわけね」

「底抜けに愚かとしか言いようがありません」

宵子さんは辛辣な感想を口にした。

「この拷問では引き伸ばしによる人体破壊の他、火のついたコールタールピッチや硫黄、熱した鉄などが用いられていたそうです。それから、腋をろうそくで炙ったり」

「嫌なところを確実に責めるわね」

「拷問ですから。お話を伺った限り問題は三点、主に強度に関わるものですね。梯子の材質の問題、設置場所の問題、そして鉛直方向への伸展です」

宵子さんは、握り拳をまっすぐ下に振り下ろした。

「ナイロンのロープと手回しのホースリールで、もうめっちゃホームセンターなんですよ。いくらなんでも道具を選べよって、今なら笑っちゃうんですけど」

君の補足と誘い笑いに、私はつられて吹き出した。

「それで横木が壊れなかったとして、引っ張り続けたらどうなったのかしらね？　ホースリールと梯子で、綱引きみたいになったんじゃないかしら」

「ですね、ハンモックみたいに宙吊りになってたと思う」

君は両手首を合わせて腕を伸ばした。

「その絵で笑わない自信がないわ」

「宙吊りが嫌でしたら、解決案はいくつか考えられますね。ひとつは滑車を利用する。もうひとつは回転可能な横木で、足を縛ったロープを巻き取っていく。身体の真下に回転機構を設置してもいいでしょう」

宵子さんがてきぱきと進行した。

「下に引っ張る部分はひとまずどうとでもなると。じゃあ梯子はどうするかって、実はこないだ宵子さんが来たとき、いろいろ考えてたんですよね」

君は作業台に置いたｉＰａｄのスクリーンを指でなぞり、大量に開いたタブのうち一つを呼び出した。

「あのー……ほら、体育館の壁に、梯子みたいのあるじゃないですか。垂直跳び以外で使われることないやつ。それです」

「そんなものあったかしら」

私が言うと、君はいささか仰天した。

「この体育館あるある通用しないの？　魔女さんどう生きてきたんですか？」

「肋木（ろくぼく）ですね。あたしも提案するつもりでした」

脱線しかけた話を、宵子さんが軌道修正した。

「学校の統廃合などで行き場を失った肋木が手に入らないか、あちこちにお願いしているところです」

「全然わたし楽天で安いやつ買うつもりでした。学校に置いてあるガチのやつ、多分めっちゃ頑丈ですもんね」

君はｉＰａｄを消灯した。

「最後に、設置場所ですね。Ｃ型鋼かコンクリートにビス留め、というのが一般的な肋木の設置方法だそうです」

「ちなみに魔女さん、このアパートは？」

「見ての通り、砂壁ね」

「魔女さん知ってます？　令和ですよ今」

「大家に言ってくれるかしら」

宵子さんが、ぱんと手を叩いた。

「以上を踏まえて提案したいことがあります。出かけましょう」

私たちはコンビニで買い物をして、宵子さんのラパンに乗った。

運転席についた宵子さんは、タブレットをマウントにはめて、地図アプリを立ち上げた。

「ボカロ曲かけて」

助手席の君はタブレットのアシスタントＡＩに呼びかけ、提案されたプレイリストから曲を選んだ。

ピノキオピーの『ラヴィット』に合わせて、君は小さく体を揺らした。

走り出したラパンのタイヤが敷石を踏んで音を立てた。

「ボカロ聴くのね」

「爆裂聴きますよ。魔女さんなに聴きます?」

「グッバイ宣言」

「へー、知らないです」

「じゃあなにを知っているの? 置きにいったつもりなのだけど」

「いやいやいやなんで置きにいったんですか、常識人か? くださいよ魔女さん、ガチなやつくださいよ」

「……………いーあるふぁんくらぶ」

「まあそれも知らないんですけどね」

私は黙ることにした。

「フォニイ」

宵子さんがぼそっと言って、

「最高ですね」

「いいセンスね」

私たちは合意に到った。

「次の配信で歌枠しましょうよ魔女さん。宵子さんと三人でボカロ縛り」

「それは楽しすぎるわね」

「あたしは結構です」

ラパンはナビに従って旧東海道をまっすぐのろのろと走った。首都高の高架を潜(くぐ)ったあたりで君は、膝(ひざ)にのせていた宵子さんのマイバッグを漁(あさ)った。

「おなかすいちゃった」

コンビニで買ってきたアメリカンドッグをかじりながら君は喋(しゃべ)った。

「魔女さんも食べます？　え、カットフルーツなんて買ったんですか」

「悪い？」

私はカットされたすいかの入ったプラスチックパックを君から受け取った。

「悪くはないですよ。でも買ったことないなーって」

両側面のテープを片側だけ剥(は)がして蓋(ふた)を外し、私はすいかに空色のピックを刺した。

「車でどこかに出かけるときって、食べたくならない？　特別な感じがして」

「そうですか？　わたしは特にって感じですけど」

私はすいかをほおばった。うっすらと甘くて、懐かしい味だった。

「あたし、分かる気がしますよ。いえ、カットフルーツではないですけど」

私は宵子さんに差し出そうとしたすいかを自分で食べた。

「小さい頃、近所に古い映画館があったんですよ。シートに煙草(たばこ)の焦げ痕があって、スクリーンが小さくて暗くて、子どもながらに経営を心配したくなるような箱でしたね。実際に、気づいたら潰れていましたけど」

「えーでもいいですね、古い映画館ってなんかエモい」

宵子さんが微笑むのを私はバックミラー越しに見た。

「そんな場所でも、両親に連れて行ってもらうときは楽しみでした。必ずケンタッキーのチキンとメロンソーダを買ってもらえて、映画を観ながら食べていたんです」

「持ち込みありだったんですか？」

君はアメリカンドッグの棒をバッグに突っ込んだ。

「シネコンと町の映画館は違いますから。いま思い出したんですけど、いつ行っても、右端の席でウイスキーをらっぱ呑みしている中年女性がいましたね」

「すごいストーリー感じますねそれ」

「今でも映画館に行くと、反射的にチキンとメロンソーダが欲しくなるんです。独特ですよね、映画館のあの雰囲気って。それで子どもの頃を思い出しちゃって」

「暗くて天井が高くて、一人なのに一人じゃない感じですよね。あーそっか今のでついに分かった、宵子さん抽象化うますぎません？」

「ありがとうございます」

「魔女さん思い出があるんですね、カットフルーツに」

私は窓の外を見た。晴れでも雨でもない、どうでもよさそうな薄曇りの下で、どうでもよさそうな旧東海道沿いの光景が流れ去っていくのを見た。

「……そうね。小さい頃、遠出するのに途中でコンビニに寄って、そういうときってなにを買っても許されるでしょう? そのときだけは、買い物が事務的ではなくなるのよ」

君はシートの背もたれに指を引っかけ、こっちを向いて口を開いた。私は君の口にすいかを一切れ押し込んだ。

「どうもどうも、へへへ。意外にうまいですね。なるほどー、これが思い出の味か」

「いじってるわよね?」

「違いますよ。食べたくなったんです今ので。ケンタも」

「あとで寄りましょうか。あたしもケンタッキーの口になってしまいました」

宵子さんが言って、君はちょっとはしゃいだ。

「ごみお願い」

私は空になったカップを、君が広げたマイバッグの中に放り込んだ。座席にもたれて、窓外に目をやった。

すいかのことを私は思い出す。

児童相談所の職員が運転する車に乗って、一時保護所に向かう途中だった。私と職員はコンビニに寄って、なにを買ってもいいと言われて、カットフルーツを選んだ。

家に戻るまでの二か月間、登下校の際は車で送迎された。学校帰り、ときどきコンビニに寄ってもらえて、すいかやパインやメロンやアソートを選ぶのが楽しかった。

助手席でこっそり食べるカットフルーツは特別な感じがした。それから、車のにおいだとか、先に学校を出た学生たちをあっという間に追い越していく速度だとか、薄暗い空の下でちかちかする信号の、ＬＥＤの粒立った光だとか。

人体を過酷な方法で破壊している今と同様、あのときも私は加害者だった。

小学生の私は一人きりで、常に苛立（いらだ）っていて、そのくせ動転して怯（おび）えていて、手が付けられないほど暴力的だった。

私にはお気に入りがいた。二学年下の女の子だった。休み時間になるたびその子を追いかけ回し、空き教室に追い詰め、泣きわめく姿を見て満足していた。私はその子をしつけているつもりだった。私という脅威が、その子にとって、これから経験するありとあらゆる社会的抑圧に対するワクチンになるだろうと考えていたのだ。

五年生のとき新たに赴任してきた担任教師は、おそらく経験豊富で発達心理学の心得があったのだろう。大暴れする私を見て、即座に児童相談所へと連絡を入れたのだから。

簡単なカウンセリングを受けた私は、家に帰ることなく一時保護所に移送された。カットフルーツは、そのとき買ってもらった。

話によれば私の暴力性は、家庭での虐待に原因があるらしかった。おかしな話だと子ども心に思った。そんな理屈が通用するなら、私のいじめは免責されてしまう。私がおかしいのは私の責任で、罪ならば罰が必要なはずだった。

すくなくとも、父は私に繰り返しそう告げた。私がのろまなのは、間抜けなのは、手の施しようがないクズなのは、私のせいだと。だから性根を直すためにしつけるのだと。

私は報いを受けた。一時保護所から戻ってきた私に対して、父は暴力をふるった。父も報いを受けた。私の毒に殺された。世はなべて事も無し。

私はすいかを噛み潰して、ぼんやりとした甘さが口に広がっていくのを味わった。

過去を誰かに差し出すつもりは、ない。同情されるのは嫌だったし、それ以外の反応にしても想像するだけで面倒だった。

ラパンは住宅街を抜けて緩い坂を昇り、第三京浜に入った。道路を挟んで立つでこぼこの防音壁に跳ね返った音は、洞窟の中の風みたいだった。

「おー！　すご！　でか！」

君は声を上げた。港北ジャンクションの、カーブしたり直進したりしながら複雑に交差する高架が眼前に現れたからだ。

「いや待って、そもそもどこまで行くんですか？」

「もうすぐ着きますよ」

急カーブが連続するオウムガイのような高架をぐるぐる回って、下道に入った。しばらく走って、見るからに私有地の草っ原みたいな空き地にラパンは突っ込んでいった。タイヤがでこぼこした地面を踏んで、車体が揺れた。

車が停まった。扉を開けると、夏の蒸れた空気だった。アブラゼミの耳障り(みみざわ)な鳴き声が私たちを取り囲んでいた。

私たちの前には、錆(さ)びたトタン壁の平屋があった。宵子さんは両開きの扉を引き開けると、私たちを手招きした。足を踏み入れると、鉄っぽい臭いがする真っ暗な空間だった。

ばつんと音がして、LEDの冷たく白い光が降ってきた。

「使途自由、スケルトンのレンタル工場です」

宵子さんが言った。

「周囲になにもない環境で、悲鳴を含めた騒音が問題になることもありません」

躯体(くたい)の鉄骨がむきだしになったがらんどうの建物を、私はやや呆然(ぼうぜん)と見回した。

「日災対の持ち物件かなにかなの？」

訊(たず)ねる私の声が反響した。

「そう思っていただいてかまいませんよ」

「いやレンタルみたいです。いま検索しました」

君はスマホの画面をスワイプしながら言った。

「やば、ここ賃料六十万って書いてますよ魔女さん。敷金礼金保証金二か月分だから

「……」

宵子さんはため息で君の言葉を遮った。

「子どもの気にすることではありません」

「日災対に通したんですか？　ここ借りるの。すごいな宵子さん」

君は宵子さんの言葉をてんから無視して深掘りした。宵子さんは諦めたように苦笑した。

「右目の魔女の担当になってから、無茶な稟議(りんぎ)を通すのは得意になりましたよ」

「ありゃーっす」

君は無邪気にお礼を言った。

「後日、仮設のトイレとシャワーを搬入する予定です。他にも必要そうなものはこちらでピックしますが、なにかあればいつでも連絡をください。といったところで、なにか問題はありますか？」

「最高です。もはや無敵ですね」

「どうかしましたか、右目の魔女」

宵子さんが、無言の私に目を留めた。

「別に」

どういう気持ちになるべきか、いまいち測りかねていた。拷問は君と私の間にだけ生じる個人的なできごとだと、なんとなく思っていたことに気づいた。稟議書だとか工場の賃貸みたいな社会的手続きがそこに挟まってくるのは、奇妙な感じだった。

でもそんなことを君は気にしていないし、宵子さんの手助けを求めたのは私だし、そもそもの最初から、魔女と魔女狩りは日災対を通して結ばれている。

これは単なる嫉妬なのだろうし、この感覚に自分でも、だからどうしたと思う。

「宵子さんの有能さにはいつも助けられているわ。ありがとう」

「大人にできることってこれぐらいですよ」

私の気持ちを斟酌したような言葉だった。見透かされている気がした。

「これまじでいいわ、めっちゃ楽しくなってきました。帰って喜びのケンタだな！」

興奮した君は工場内を走り回っていた。

「魔女さんメープルシロップありましたよね家に。ボウルに全部ぶっこんでビスケット沈めていいですか？」

「一度はやってみたい夢の食べ方ね。宵子さんもどう？」

「あたし、甘いものがあまり得意じゃなくて」

「それならピザアレンジしましょうか。お酒に合うと思うわ」

「どう考えてもおいしいやつじゃないですか、わたしも食べる！」

◇

一週間後、レンタル工場は立派な拷問場に様変わりしていた。

ニスでつやつや光る頑丈そうな肋木(ろくぼく)が、鉄骨に斜めに取り付けられている。根元近くの床に、大型車でも引っ張れそうな巨大な電動ウインチがボルト留めされている。一抱えもありそうなドラムには、ステンレスを編んだワイヤーがたっぷり巻き付けてある。

「一トンまで引っ張れます」

葉っぱみたいな無害そうな緑色に塗られたウインチを、宵子さんは平手でぽんと叩(たた)いた。

「巻き上げ速度はこちらで調整可能です。試してみますか？」

太いコードで本体と繋(つな)がれた無骨なリモコンを、宵子さんから受け取る。トグルスイッチとボリュームがあるだけの簡単なつくりだった。

「一秒かからず二つに裂けるのは、すこし味気ないものね」

宵子さんはウインチのロックを外し、ドラムからワイヤーを数メートル引き出すと再度ロックした。

私はボリュームを左にめいっぱい捻(ひね)り、スイッチを入れた。ワイヤーが瀕死(ひんし)の蛇みたいにのろのろと床を這(は)い、ドラムに巻き取られていった。

「うん、いいんじゃないかしら。ありがとう、宵子さん」

「そうですか」

宵子さんの声にはなんの感情もこもっていなかった。視線を、今にも倒れそうな君に向けていた。

「始めるわよ」

「え……はい」

「脱いで」

想定よりも上手に、冷酷な声が出せた。君はびくっと身をすくめた。宵子さんは、抑えきれない怒りの表情をこちらに一瞬向け、すぐに目を伏せた。

君はリボンを外してブラウスを脱ぎ、ハンガーでも探すように視線を走らせ、苦笑して床に落とした。スカートを、靴を、靴下を脱いだ。

ブラはどこで買ったのか、胸を支える機能のみ備えた白く地味な綿のものだった。気が抜ける色の、格子柄の綿のショーツが肉を包んでいた。

君はさっさと下着を脱ぎ捨て、肋木(ろくぼく)を昇ると、仰向(あおむ)けに寝そべった。私は君を縛るためのナイロンロープを手に、肋木に近づいていった。

ちょうど目の高さに、ひとつの裂け目みたいな君の性器があった。枯れかけの牡丹(ぼたん)みたいなくすんだ赤が目を惹(ひ)いた。

「これを食べられたのね」

「ナイフでぐりっとやられましたよ。魚さばくみたいに」

「ふうん」

なんとなく私は、性器に顔を寄せてみた。鼻の奥に粘り着くような臭いと熱を感じた。

「なになになにどうしたどうした」

「こんな風にまじまじと見たことって、一度もないなと思って」

「それ今ですか？」

「他にタイミングってあるかしら」

「知らないけど絶対に今ではない」

私は君の大陰唇を指で押してみた。脂肪の柔らかさの奥に、骨盤の硬さを感じた。

「痛い痛いめっちゃ押してくる。興味しんしんじゃないですか」

「探究心が湧いてきたわ」

両手の親指で開くと、とりとめない形状の粘膜が現れた。

「これが小陰唇？　イトミミズみたいね」

「ふざけてるんですか？　どひゃあ！」

君は絶叫した。私が君の小陰唇を舐めたからだ。

「探究心！　行き過ぎた探究心！」

私は舌先を親指でぬぐった。

「口内炎の味がしたわ」

「うははは！　ふざけんな！」

「ごめんなさい、巻きでいくわね」

私は、背中に回した君の両手を、横木にナイロンロープで結びつけた。

「あ、もしかして巻くだけに？」

「宵子さん、足はどうしたらいいの？」

私は君を無視して宵子さんに声をかけた。今にも死にそうな顔の宵子さんは、小さな楕円形のパーツと、巨大なペンチらしい器具を私に無言で押しつけた。

楕円形のパーツはアルミでできていて、二つの穴が横並びになっていた。おそらくこの穴にワイヤーを通してループを作り、ペンチでかしめるのだろうと私は推測した。

「なんでもやって覚えなくてはね」

ドラムから引き出したワイヤーを、アルミパーツの片方の穴に通す。君の両足のくるぶしをワイヤーでまとめて、先端をもう片方の穴に差し込む。

アルミパーツを滑らせていって、君の足をきつく縛る。束ねたステンレスが君の足を拘束し、皮膚がねじれる。

ペンチでかしめ、軽く引っ張って、ワイヤーがすっぽ抜けないことを確認する。

「う……」

足首を曲げようとしてワイヤーが深く食い込み、君はうめき声を上げた。青ざめた足の甲には血管が浮き上がり、五指の先端は紫に変色していた。

「あとはスイッチを入れるだけね。楽で助かるわ」

私はリモコンを手にした。宵子さんが制止するように手を伸ばしかけ、震える指をぎゅっと握り、腕を下ろした。

トグルスイッチを、焦らすように親指の爪で弾く。音が鳴るたび、君の顔色は白さを増していった。やや懇願の勝った憎悪の視線が私に刺さった。

「悪意があってのことではないのよ。君の殺意を煽りたいだけ」

私は言った。

「一思いにスイッチを入れるのと、どちらがいいのでしょうね。死刑囚の精神状態の変遷に関する本を読んだことがあるの。執行前の死刑囚は錯乱したり、失禁を繰り返したりするようになってしまうらしいわ。そうなっては殺意を抱くどころではないものね」

君の全身が、痙攣のように震えた。怒りによるものか恐怖によるものかは分からない。

「心臓の魔女の毒は、心の傷まで治してくれるのかしら？」

「はやく……」

君はかぼそい声で言った。私は君を無視して話し続けた。

「なにを以て治ったとするかは分からないけれど。すくなくとも君の死にたがりは、外傷と同じ扱いじゃないわけね。まずまず興味深いテーマだわ。にきびはできるのよね？　それじゃあ口内炎はどうかしら」

私は話の途中でスイッチを入れた。

「あぁ」

君はかすれ声を上げた。

抵抗する準備が整うより早く、ウインチがステンレスワイヤーを一気に巻き取った。君の踵はあっという間に肋木の横木を乗り越えた。

後ろ手に縛られた君の体が、腕の長さ分の弧を描きながら一気に落下した。大木を力任せにへし折るような音がした。肩関節が外れたのだ。

君の腕は鳥の羽みたいに背中から斜め後ろに突き出していた。

「があああああああ！　あああああああ！　かっぁっ」

君は肺の酸素を吐き尽くすまで絶叫し、息を吸い損ね、喉の奥でなにかが破裂したような音を立てた。

君を引っ張るワイヤーがびんと張り詰め、ウインチの唸りが高くなった。再生を試みる肉体とモーターの回転力が拮抗している。

私はボリュームを右にわずかに捻った。再生する力にトルクが勝り、ドラムはじりじりとワイヤーを巻き取っていった。

「いぃいぃいぃ！　ぎぃいいいい！」

君は歯を食いしばり、全身に緊張を張らせてウインチに抵抗した。ワイヤーが君の足首を掻き裂き、螺旋状に束ねられた鋼線の溝を血が走った。

「もうすこし強くするわね」

私は言った。君は首を横に振った。

「止めたいの？　だとしたら私を殺すしかないわね。君を拷問した相手の言葉を借りれば、君はなにも悪くないわ。こうするしかないのよ」

私は更にボリュームを捻った。君は頭を横木に押しつけ、どうにか膝を曲げようと必死になった。君の腿に、ふくらはぎに、限界まで力がこもっていた。皮膚と脂肪の下に隠れている筋肉が極限まで張り詰め、細く青い血管が浮き上がっているのを私は見た。

私はボリュームを左に回し、引く力を緩めた。モーターが甲高い音を立てた。君の膝がわずかに曲がり、踵が横木に乗った。

「はぁあ……い、づ、う、ふぅううう……」

土踏まずを横木に引っかけて一息ついた君は、ぐったりと項垂れ、嗚咽に濡れた息を吐いた。

「落ち着いた？　私を殺すなら、今がチャンスじゃないかしら。私、君が殺したっていうてのひらの魔女の毒を見てみたいのよ。どんな毒だったの？」

　君は顔を上げて私を見た。眼球がこぼれ落ちそうなほど目を見開いて、絞られきった黒点みたいな瞳孔は私を刺すようだった。

「うまくいきそうじゃない。ほら、もう一息よ。ここまでお膳立てされてまだ萎縮しているの？　他人の努力を君一人で台無しにするつもり？」

　思ってもいないような罵り言葉が、次から次にするすると飛び出した。

「また無駄な時間になるわね。ここまで準備をさせておいて――」

　私の言葉は止まった。どうしてこんな悪態を自分が身につけたのか、記憶が甦った。

　動画の収益で購入したといつも自慢していたデザイナーズハウス。ガラスの踏み面に映った私の泣き顔。螺旋階段の柱に吊されて脱臼した子どもの泣き顔。

　私は、私にとっての第二の拷問を思い出している。

　私を拷問した父が私に投げつけた数々の言葉が私から棘みたいに飛び出しているのを感じる。

　奥歯を噛みしめ、小さくうめいた。

「魔女、さん？」

　その些細な仕草を、君に見とがめられた。

　それから君はかすかに笑った。

大丈夫だよ、の笑い方で。

私がそうしたように。

「立ちくらみしたわ。日ごろ体を動かさないせいね」

冷笑を浮かべた。うまくいった、と、思う。

この恋を、私は必ず成就させる。

君の死は、私だけのものだ。

私は威嚇的にリモコンを振った。

「人の心配をしている余裕があるの？」

私はトルクを上げた。

血まみれの君の足はなんの引っかかりもなく横木を越えた。

「いだっ、や、だ、ぁ、ぁあああああ！」

ばづん、と、布を無理やり引き裂いたような音がした。靭帯のちぎれる音だった。鳥の羽みたいになっていた君の腕が真上を向き、肩から先の長さが伸びた。

私はよろめいた。支えを探して振り回した腕が空気をいくらかかき回し、そのまま尻もちをついた。

ウインチは粛々と君の体を引き伸ばし続けていた。モーターの唸りに混ざって、ジッパーを開くような音がした。君の腸骨と恥骨を繋ぐ靱帯が破断しつつあった。

君の大腿部は限界を超えて引っ張られ、照りとつやを帯びていた。壊れる寸前の張り詰めた皮膚が持つ美しさだった。

再び布を裂くような音がした。靱帯の抵抗が失われ、ワイヤーが一瞬だけ加速した。君の足は十センチほど伸びていた。

私は、私がそうなっていたかもしれない破壊された人体を、なんの感情もなくただ見ていた。君の下腹部が抉れたようにへこみ、肋骨が浮き上がるのを見ていた。腹筋が裂け、胴体が引き伸ばされていた。

おなかのあたりで、肌が白く、きらきらしていくのを私は見た。

手の中のリモコンが取り上げられた。モーターの回転が止んだ。宵子さんがウインチに飛びついて、ドラムのロックを外した。

逆回しみたいに、君の体が再生していった。損傷した筋肉と靱帯が繋がり、体が腕の長さ分の弧を描いた。君はあっという間に拷問前の姿に戻った。

「魔女狩りは、とっくに気を失っていましたよ」

宵子さんが言った。責めるような声音ではなかった。

「今日は終わりにしましょう、右目の魔女」

宵子さんは気絶した君の拘束を解いて抱き下ろし、マットレスに横たわらせた。

君はすぐに目を覚ました。ぐるっと周りを見て、大きく伸びをすると笑った。

「おしっこ漏(も)らさず済みました」

「カフェインを断(た)った結果よ。ひとつ前進だわ」

「毎日勉強ですな。服取ってくれます？」

「この下着どこで買ったの？　サイズも上下も合ってないしださすぎない？」

私は君に服を投げつけた。

「どうもどうも。覚えてないです」

どうしようもない下着を身につけながら、君はそっけなく言った。

「別によくないですかなんでも。魔女さんこだわりあるんですか」

「生まれたときからリサマリね。大きいサイズでもデザイン可愛(かわい)いし安いし」

「どれどれ」

君は私のサマーニットの襟に指をかけ、下に引っ張った。

「おー……ほー。あこれ可愛いです。えなにこれ欲しい、ギリシャの壺(つぼ)みたいな刺繍(ししゅう)可愛いじゃん」

「どういうこと？　あ、パルメット文(もん)？　努力すればそう見えなくもないぐらいのラインね」

「へへ。細いところ通せましたね」

「サイズ合うなら譲るわよ。他にもあるし」

「測ったことないですねサイズは。常人よりでかいことは分かるんですけど」

君の発言に、私はけっこう面喰った。

「どう生きてきたの？」

「魔女さんに言われるとは思いませんでした」

君は靴をつっかけて立ち上がり、爪先で地面を叩いた。

「おなかすいた！　魔女さん今日はなんですか？」

「なにも考えていなかったわ」

「じゃあケンタ！　なんかここ来るとケンタの気分になるんですよね。なりません？」

すこし前までまっぷたつになりつつあったとは思えない元気の良さで、君は私に絡んできた。

「まあ、そうね。ならないこともない」

「おー？　魔女さん今ちょっと照れました？　おいおーい、どうしたどうした？　思い出になっちゃったかー？」

「宵子さん、行きましょう」

私は君に背を向けた。宵子さんは躯体の鉄骨にもたれ、ぐったりと俯いていた。

「お疲れみたいね、宵子さん。すこし休んでいく？」

「いえ、いいです。帰りましょう」

宵子さんはこめかみを揉み、ふらつきながらの早足で工場を出て行った。一秒でも早くここから立ち去りたいと思っているのは明らかだった。

「知人が拷問受けた場所には、そりゃ思い出作りたくないですよね」

誰にともなく、君が言った。

「夕食は二人だけになりそうね。最寄りのケンタ……東口のポルタと南幸だとどっちが近いのかしら」

「だるー。遠いな東口。気合いで乗り切るか」

私たちは適当なおしゃべりをしながら外に出た。宵子さんがラパンのドアを開けようとしているところだった。急に君が走り出した。宵子さんに飛びつくと襟首を掴んで後ろに引き倒しながら、半分開いた運転席のドアを蹴って全開にした。

破裂音がした。ドアウインドウが無数の細かいヒビで真っ白になった。

「魔女さん！」

切羽詰まった声で、君が私を呼んだ。私はため息をつき、君と宵子さんのところまで歩いていった。

武装した数十人が草をかき分けて現れ、私たちを半円状に包囲した。

「こんなところまでご苦労なことね」

「これあれですか、魔女さん目当ての」

「君も見たでしょう？　私に襲いかかってきては、勝手に死ぬ連中よ」

おもちゃみたいなプラスチック製小銃の銃口が、私たちに向けられていた。

どうでもいいと言えばどうでもいい話ではあった。一人だろうと数十人だろうと、小銃だろうと素手だろうと、全滅までの時間が伸び縮みするだけだ。問題はここに宵子さんがいることだった。

「じたばたしないでね、宵子さん。すぐになんとかするわ」

私は宵子さんの背中に掌を当て、首を巡らせた。頭のいかれた連中は、私たちを照準しながら彫像のようにぴくりとも動かない。

「この人たちなんなんですか？」

「さあ？　あまり気にしたことがないもの。自分たちのことを、ブランチ……ブランチなんとか言っていたのを聞いた気がするわ。枝なのか遅めの朝食なのかは知らないけれど」

「支社とか分派とかのブランチかもですね」

私のどうでもいい回答に、君もどうでもよさそうな返事をした。

「そうね、そういう意味もあったわね。だとすると、いかれた組織のいかれた営業所が、せっせと無駄死にを量産していることになるわ」

「めっちゃ生産的な組織ですね」

「そういう皮肉好きよ」

「へへ。じゃあ宵子さんお願いしますね。ちょっと殺してきまーすうわわわ」

立ち上がろうとした君の背中に、宵子さんがすがりついて押し倒した。

「なんですか宵子さん」

「にっ逃げ、にっ」

「なんでですか？　楽勝で殺せますよ」

宵子さんは何度も何度も深呼吸して、まっさおな顔で君をまっすぐ見た。

「あなたたちに、それを、してほしくないんです」

「それまじで……いやまじで言ってるんですよね、だんだん分かってきました。一貫性えぐいな」

「ねえ、宵子さん」

私は宵子さんの背中をさすりながら語りかけた。宵子さんはすがるような顔を私に向けた。

「どうでもいい話していいかしら？　私ね、サービスの一環として、ときどきＳＮＳでお気持ち表明するのよ。はちゃめちゃに罵（ののし）られて毎日辛（つら）くて塩湖できるぐらいたくさん泣いてます、みたいな」

「うはははは！　うざすぎる！」

君は爆笑した。

「宵子さん、最初のうちは本気にしてたわね。あのときは電話をくれてありがとう。それで、どういう反応が来るかというと、いい、ほぼ百パーセントよ、ほぼ百パーセント、自業自得だって言われるの。殺害予告されようと、ディープフェイクポルノの対象になろうと、呼吸しているだけで誹謗中傷(ひぼうちゅうしょう)されようと、おまえは魔女なんだから仕方ないって」

「そんなんされてるんですね魔女さん。今度見てみよっと」

宵子さんはなにも言わなかった。

「ここからなにが分かるかというとね、一度ろくでなしと見なした相手のことは、積極的に、徹底的に、寄ってたかって好きなだけ私的制裁を加えるべき、というのが一般的な価値観らしいということよ」

「いいですね魔女さんそれ。逆に前向きで」

「一般的に推奨されているんだもの。フェアかつポジティブに殺し合うつもりよ」

「もうそれなんかいっそピースな感じするくないですか？　うーし、楽しくなってきちゃったな」

宵子さんは泣きそうな顔でじっと私を見ていた。

「あのね宵子さん。畜舎の豚に、どれだけ愛情を込めても無意味だと思わない？　腹が減れば鳴きわめくし、真心こめて断尾(だんび)をしても、意図なんか伝わらずに恨みを買うだけよ」

「魔女さんそのたとえ好きですよね。じゃあ殺してきまーす」

「フェアかつポジティブにね」

宵子さんの手を振り切って、君は立ち上がった。途端に自動小銃が火を噴き、君の頭の右半分を吹っ飛ばして左足を千切り飛ばした。君は両手をばたばた振り回しながら仰向けに倒れた。

「いいっうえっ……」

宵子さんが息を呑み、えづいた。

半端に傷を負うよりは即死の方が辛くない、と君は語った。合理的な戦術だ。

君は首だけ起こして、銃を構えた男を視界に捉えた。腕を持ち上げ、小指を立てて、男に向けた。

「小指の魔女の毒」

肘を支点に腕を曲げると、糸で結ばれたように、男の体が浮き上がってこちらに飛んできた。君の体の数メートル上で静止した男は、銃を取り落とし、悲鳴を上げながらもがいた。

君は五指を大きく広げた。

「てのひらの魔女の毒」

小指から一本ずつ折り畳んでいくたび、浮かんだ男の体が潰れていった。水族館の深海コーナーには、水圧の脅威を分かりやすく表すため、だんだん縮んでいくカップラーメンの容器がよく展示されている。ちょうどあんな感じだった。

「ひょっとして、私の希望を聞いてくれたの？」

「サービスですよ。いつも付き合ってもらってますから、これぐらいはね」

君は五体満足で立ち上がった。

「ねえねえ魔女さん、爆笑ギャグやるから点数ください」

君は握り拳をほどいた。圧縮された男が、打ち上げ花火みたいに炸裂した。君は両手を広げて背を反らし、血と肉クズと内臓の雨に打たれた。

「ショーシャンクの空に。はい何点？」

「強気の前置きに免じて十点」

私の過不足ない採点に、君はどうも不満足のようで口を尖らせた。

「ネタ部分の評価ないんですか？　審査員向いてませんね」

「知らないのよ、ショーシャンクの空に。そこの銃取ってくれる？」

君は足もとに転がる小銃を私のところまで蹴り滑らせた。

手に取ると、軽くてざらっとした、プラスチックの質感だった。ホームセンターで買える部品とグリップも、冗談みたいにけばけばしいオレンジ色。ストックもマガジンも3Dプリンタがあれば組み立て可能な小銃、FGC－9だ。

私は充電器からノイズキャンセリングイヤフォンを取り出し、耳栓代わりにつけた。ダブルタップすると、音楽が流れる。私は足でリズムを取る。

「それじゃあ、やりましょうか」

私は銃を適当な方向に向けた。銃口の先に立っていた女は、反撃しようとした瞬間、即死した。

「右目の魔女の毒」

私は左目を掌でふさいで相当かっこよく言った。君の真似をしてみたのだが、すこし気分が上がったのは否定できない。

「それいじってますよね？」

「まさか。純然たる憧れよ」

音楽が止まった。君が私の耳からイヤフォンを抜いたのだ。

君が自分の左耳にイヤーピースをねじ入れると、再び曲が再生された。

「お、なんかいいですねこれ。なんですか？」

「いーあるふぁんくらぶ」

「あ、これが魔女さんのガチ曲？　いいじゃないですか、好きですよわたしこれ」

棒立ちの連中を左から順にてのひらの魔女の毒で握りつぶしながら、君は体を揺らした。

「他の毒は無いの？」

私は発砲しながら君に訊ねた。

「腓骨の魔女の毒」

君は地面を蹴って数十メートル飛び上がった。ブランチの構成員はこぞって銃口を空に向け、むちゃくちゃに乱射した。

「膚の魔女の毒！」

君は私に聞こえるようわざわざ声を張り上げた。飛んでいった銃弾は、君の体の数センチ手前で弾けて火花を上げた。

「やればできるじゃない！」

「なに目線ですかそれ！　肩甲骨の魔女の毒！」

君の背中から、皮膜を張った骨が突き出した。翼長五メートルの怪物となった君は、羽根を広げてゆっくり降りてきた。

君は空中でローファーと靴下を脱ぎ捨てた。

「踝の魔女の毒」

君の足は、猛禽類のような、一本が対向する三本の鉤爪に変形した。君は翼を畳んで鋭く落下し、三人の構成員をまとめて鉤爪で挟み潰した。

「はいこれ」

丸めた靴下をローファーに突っ込み、着地した君に投げつける。君がもたもたと靴を履く間、私は小銃を乱射してバックアップした。

曲が終わる頃、襲撃者たちは全員死体になっていた。

「お疲れーお疲れお疲れ。やりましたね」

「私の事情に巻き込んでしまったようね。悪く思うわ」

「ぜーんぜん。東口まで歩く方がだるいですから」

私はイヤフォンについた返り血を服で拭（ぬぐ）い、充電器にしまった。

「シャワー浴びてこよっと」

「私も」

宵子さんが、私たちの前にふらつきながら歩み出た。

「あ、宵子さん大丈夫でした？　怪我（けが）してません？」

つんのめるようにして、宵子さんは、私と君を抱きしめた。

「えぁ……ええ？　なにしてるんですか。血まみれになりますよ」

「ごめんなさい」

なにに対してなのか、宵子さんは謝罪の言葉を口にした。

「ごめんなさい。なにもできなくて、ごめんなさい」

宵子さんは、頼りなく震える腕に力を込めようとした。

視界の端に君の顔があった。君は、怒ったらいいのか悲しんだらいいのか分からなそうな表情だった。私も同じ顔をしているかもしれない、と、思った。

「ひょっとして宵子さんも殺したかったんですか？」

君は無理に冷笑を浮かべると、宵子さんを突き飛ばした。

「だったら早く言ってくださいよ、宵子さんの分も残しておいてあげたのに。次からはそうしますね」

感情を隠すような早口で一気に喋（しゃべ）ると、君は血まみれの服を脱ぎ捨てながら仮設シャワーに向かった。

宵子さんは、声を殺して泣きながら車に向かった。

私は、シャワーと車の間にある中途半端な空間に、ずっと突っ立っていた。

4　魔女と魔女狩りの断章Ⅱ

２０１７／10／30。人魚が泡になり、心臓の魔女は魔女狩りになった。

君は中学生になった。君は愛と勇気と努力によって、希望をその手で引き寄せ、掴み取ることができると信じていた。

実際、君たちにはそれが可能だった。

「ねえ、一緒に帰ろうよ」

放課後の教室で、魔女狩りは少女に声をかけた。

「なんか懐かしいじゃん」

少女は笑った。

共に舟状骨の魔女を狩って以来、二人はかけがえのない親友になった。心臓の魔女が魔女狩りになっても関係は変わらなかった。

「今日はいいの？」

訊ねながら、少女は帰り支度を急いだ。

「オフだよ。毎日は無理でしょ魔女狩り」

君たちは田んぼと家しかない県道２０１号線をてこてこ歩いた。刈り入れを済ませた田んぼは黒っぽい土がむきだしで、土手の草はからからに枯れて黄土色だった。

「おじさんから聞いたよ。またいっぱい殺されたんでしょ」

少女が言った。

「まーリスポするからねわたし。もともと心臓の魔女だし」

魔女狩りはへらへら笑いでごまかそうとした。

「リスキルされまくったらどうするの？　それに相手は魔女だけじゃなかったって」

「そうそう、なんか組織だった。そんで普通の人まで殺すわけにいかないじゃん。魔女だけやろうとしてあっちこっちうろうろしてさー、余計に死んじゃったよね」

「あんまり心配させないでよ。おじさんのことも。うちのことも」

やり過ごそうとした魔女狩りは、少女があんまりに真剣な表情で睨んでくるので、顔を引き締めた。

「ごめん。もっと強くなるから」

少女はため息をついた。

「そういうことじゃないんだけど。あでも、いや、うーん、あれ？　でもそうか、そういうことにはなる、のか？」

「うははは！　どうした！」

「いやだから危ないことはあんまりしてほしくないでしょ。でも言っても聞かないでしょ。それで——いやなんでまじめに説明してんのうち。ばからしくなってきた」

少女はおおげさに肩を落とし、魔女狩りの罪悪感を煽ってみせた。いつもこうだった。魔女狩りはまああとか言ってみたり、うははは！　とか笑ってみたり、ちょっと筋が通っていそうなことを言ってみたりで、少女の小言をいなすのだ。

「ままま、いいじゃんいいじゃん。ねえ今日スイッチ持ってきた？　わたしんちでマイクラやろ」

「それは持ってきてるけど」

いなされたことは分かっていても、少女はつい魔女狩りを許してしまう。これまたいつものことだった。

「おーし！　やるぞー！　ダイヤ一スタック掘るぜ！」

「だる！　だるすぎる！」

駆け出した魔女狩りを、少女は笑顔で追った。

君たちは同じ本を読んで、同じ絵を観て、同じ映画を観て、同じゲームを遊んで、同じ動画を一つのスマホで再生した。同じものを食べて同じものを好きになって同じものを嫌いになった。

宮沢賢治より梶井基次郎が好きで、徒然草より方丈記が好きで、フェルメールよりラッヘル・ライスが好きで、七人の侍よりも羅生門が好きで、オムライスはチキンライスよりバターライスが好きで、夏より冬が好きだった。

トケイソウが好きで、ねずみ色が好きで、ガラス石が好きで、サンマルクカフェのチョコクロワッサンが好きで、マインクラフトが好きで、目を覚ましたときに雨の降っているすこし暗い朝が好きで、薄く切った生のいちじくをたくさんのせたフルーツタルトが好きで、平日に行く市営の小さな水族館が好きだった。

けれども君たちには大きな断絶があった。魔女狩りは魔女狩りで、少女は少女だった。君たちの間に横たわる、決して越えられないはずの大きな亀裂には、ある日いきなり、橋が渡された。

日災対つくば中央研究所の小会議室に呼び出された魔女狩りは、パイプ椅子に腰を下ろし、漫然とゲームをしていた。以前ここに来たのは、魔女狩りに選ばれた日だった。魔女狩りのなんたるかについて、ビデオ講習を受けたのだ。

いわく魔女とは、人魚が泡になる際世界に撒かれた毒であり、放置すればとんでもない災厄が訪れて世界が滅びること。

魔女狩りとは、魔女が死んだ際、その毒を受け止める器であること。

本来であれば一民間人であるはずの魔女狩りに魔女を始末させるなど成熟した民主主義社会では言語道断の振る舞いではあるがうんぬん、さまざまな毒を持つ魔女に対抗するため、ぜひとも力をお借りしたいかんぬん。またビデオ講習かとうんざりしていた魔女狩りは、遅れて入って来た相手を見て唖然とした。

「スイッチ持ってきてたんだ。マイクラする？　ダイヤ一スタック掘る？」

少女は冗談を言って、ひとりで笑った。そしてこう言った。

「うち、魔女になっちゃったみたい」

魔女狩りは最悪の予感に全身を凍らせ、のみならず、軽くえづいた。少女は魔女狩りの背中をごしごしさすった。

「職員さんが言ってたんだけど、魔女がちょっと残っても世界って滅びないんだって。だから大丈夫だよ」

「吐きそう」

「じゃあゲームやめろ」

少女は魔女狩りの隣に座った。

「ひとさし指の魔女だって。知ってる？」

机に突っ伏した魔女狩りは、首を横に振った。

「なんか魔女の場所が分かるみたい」

ひとさし指の魔女、その毒は指向。魔女の毒までの距離を感知する。

「つまりその……」

「一緒に戦えるってこと」

魔女狩りは頭を抱えた。

「どうせ無茶するんでしょ。だったら近くにいてくれた方がましだし。おじさんにも告げ口できるしね」

「あまりにもばかすぎる」

「そう？」

少女が――ひとさし指の魔女がへらへらし、魔女狩りはむっとした。

「その笑い方やめて」

「いつもやってるじゃんそっちが」

「だからやめてっつってんでしょ」

「一緒にいられて嬉しくない？」

「あー」

魔女狩りはあーと言った。うーとも言った。しばらくなにか考えている風情で天井を見上げた。

「いやでも、そっか。あーそういうことか。んんーなるほど」

「どうしたの」

ひとさし指の魔女は唸る魔女狩りにやや引いた。

「あのね」

魔女狩りはやけに折り目正しく背筋を伸ばした。

「はい」

「めっ……ちゃ嬉しい！」

「急だ」

「まじで！」

「まじか」

魔女狩りはひとさし指の魔女の両手を取ってぶんぶん振った。あんまりにも無邪気な喜びようだったので、だんだんひとさし指の魔女もその気になってきた。

「うち役に立つと思うんだよね。こないだ魔女の場所が見つからなくて、しかも一般人に邪魔されて何度か殺されたんでしょ。うちがいれば魔女だけ見つけて狩れるんだよ」

ひとさし指の魔女は、興奮に顔を紅潮させて早口でまくし立てた。魔女狩りはにこやかにうんうん頷いた。

「やるしかねえなあ？」

魔女狩りが言った。ひとさし指の魔女は椅子に座ったまま小刻みに跳ねた。

数日後、ひとさし指の魔女は実戦投入された。

そして二人の共同作戦は、見るも無残な大失敗に終わった。

魔女の強さは、得た毒で決まるものではない。数多くの毒を持つ魔女狩りが、能力のぶつけあいで魔女に負ける道理はないからだ。したがって、どれほど面倒な状況を作り出せるかどうかが一つの指標となる。

「そういう意味ではめっちゃ強いよね、左目の魔女」

魔女狩りは、本気では思っていなさそうな口ぶりで言った。

「ごめん、ごめんね、ごめん。うち、こんな、ごめん」

「ままま、いいじゃんいいじゃん。気楽にいこう」

魔女狩りは、涙目でがたがた震えるひとさし指の魔女の肩に手を置いた。

君たちはつくばエクスプレスに乗車していて、電車は守屋駅を出発したところだった。

この一か月、つくばエクスプレスでは大幅な遅延が常態化していた。乗客が原因不明の体調不良を訴える、パニックを起こした乗客が傷害事件を引き起こす、非常通報ボタンが一日に平均して三十五回も使用される、等、常識では考えられないようなトラブルが多発したのだ。

調査の結果、日災対つくば中央研究所はこれを魔女災害と認定、犯人と考えられる左目の魔女をリストに入れた。左目の魔女、その毒は恐慌。偏桃体(へんとうたい)に働きかけて過剰な恐怖心を引き起こす力だった。

左目の魔女は日災対の保護下になく、正体も目的も不明。しかし毒の効果範囲を考慮すれば、つくば駅からみどりの駅の間で乗車し、南千住駅から秋葉原駅の間で下車していると考えられた。

こうした魔女を相手取るのに、指向の毒を持つひとさし指の魔女は適任だった。

「ごめん」

ところで、ひとさし指の魔女が泣きべそなのは、左目の魔女の毒を浴びたからではなかった。

ひとさし指の魔女の毒は、毒までの距離を感知する。そしてこの毒は、もっとも強大な毒の保有者である魔女狩りの位置をひたすら感知し続けた。

つまり、魔女狩りが近くにいるとき、ひとさし指の魔女の毒は機能不全に陥るのだった。

「……来た」

ひとさし指の魔女を慰めていた魔女狩りが、不意に眉根をひそめた。魔女狩りは膝をつくと座席に突っ伏し、脂汗を垂れ流しながら奥歯を強く噛んだ。

「大丈夫？」

ひとさし指の魔女は、だらっと投げ出された魔女狩りの手を取った。死人みたいに冷たくて、しっとりと濡れていた。ぎゅっと強く握っても、反応はなかった。

どこかにいる左目の魔女の攻撃だった。だが、これは魔女狩りに向けられたものではない。島葉の魔女、その毒は引き受け。他者に与えられるはずだった痛みを、自らのものとする。

この毒で、魔女狩りは乗客全員を保護していた。

立ち上がった魔女狩りは、吊革にがんがん頭をぶつけながらよたよた歩き、すぐさま前のめりに倒れると声を殺して泣いた。

「ねえ、もうやめようよ」

ひとさし指の魔女は言った。

「別に死ぬわけじゃないじゃんそんな守らなくても。なんか怖！　ってなるだけで」

「や、ま、そうなんだけどね」

魔女狩りはひとさし指の魔女の腕にすがって身を起こし、涙をぬぐった。

「なんか怖！　ってなるの気の毒じゃない？」

「でも」

ひとさし指の魔女はあたりを見回した。わずかな乗客は、魔女狩りに奇異の眼を向けるか、スマホの画面に目を落として気にも留めていなかった。

魔女狩りの献身と、人々の徹底した無関心が、ひとさし指の魔女の感情をぐちゃぐちゃに引っ掻いた。

「いいよもう。なんで気を遣わなくちゃなんないの」

支えられながら、魔女狩りは前進した。

「一般人かばって何度も殺されたり、こんな目に遭ったり、意味ないじゃん。辛いだけだよ」

「まあね、まあね。ほんとそう。でもさ、ずっと思ってることがあって」

魔女狩りは鼻をすすりながら強いて笑った。

「死ぬの普通に痛くてしんどいし、たまには、いやけっこうだな、けっこう頻繁にふざけんなって思うし、でも、わたしのわがままだから」

「どこが？ なんで？ 傷ついてるだけでしょ」

「うん、だから、それ、わがままでしょ。わたしと引き換えに世界が幸せになれるなら、なんかもういいかなって」

ひとさし指の魔女は、きつく目をつぶった。同意することもできなかったし、かといって反論は思いつかなかった。魔女狩りの性格をよく知っていたから。

小学校一年生が、成人女性の首を噛みちぎって殺したのだ。相手が魔女で、こちらに不死の毒があるとして、まともな人間にそんなことができるだろうか。

出会ったその瞬間からずっと、魔女狩りは、どうかしていた。

「ごめん。だから、わがままなの。辛い思いさせちゃうから」

「ううん」

ひとさし指の魔女は、急いで首を振った。誇らしかった。自分と魔女狩りが同じ世界に属していることは、ひとさし指の魔女にとって幸福だった。

「それにね、話をしたいんだ」

魔女狩りは言った。

「左目の魔女と？」

「うん。だから、あんまり他人を傷つけてほしくない」

「狩るのに？」

「狩るのにね。ばかでしょ」

「ばかだよ」

「でも、望んで魔女になった人も、進んで狩られる人もいないから。わたしだけは知っておきたいの。どうしてこんなことをしたのかって」

「……ばかだよ」

「付き合ってくれるんでしょ？」

ひとさし指の魔女は泣き笑いを浮かべた。

「ダイヤ―スタックで手を打とう」

「だる。だるすぎるなー。ま、がんばるか」

車両を三つほど移ったところで、君たちは左目の魔女を発見した。

どうして発見できたかというと、左目の魔女が、毒を浴びて恐慌を来したような演技をしていたからだ。

背広姿の中年男性だった。パニックに陥ったふりをして、扉や乗客を殴打していた。

そこからの狩りはなんの問題もなく進んだ。靭帯の魔女の毒によって無害化された左目の魔女は、連絡を受けて南流山駅で待機していた日災対職員に引き渡された。魔女災害を引き起こした理由はつまらないものだった。左目の魔女は魔女狩りに向かってあれこれ言い訳を投げつけていたが、うっぷん晴らしの一言で要約可能だった。

帰りの電車で、ひとさし指の魔女はぐったりと項垂れていた。

「どしたどした？　円満解決できたじゃん」

「いやもうなんか……自分が嫌になった。びっくりするぐらい役立たずだったし」

「えーそうかな？　そんなことないでしょ」

「あるでしょ。あんな、もう、過去に戻って自分を殺したい。役に立つとかえらそうなこと言って」

魔女狩りは、ひとさし指の魔女の背中をごしごしさすった。

「でもわたし楽しかったよ。一緒にいられて」

「ううううう」

情けなくて気恥ずかしくてそのくせ魔女狩りの一言が嬉しくて、ひとさし指の魔女は耳まで真っ赤になった。

「またやろうね」

魔女狩りはなんでもないことみたいに約束を取り付けようとし、ひとさし指の魔女は情けなさも恥ずかしさも忘れて口をぽかんと開けた。

「……いいの？」

おずおずと、ひとさし指の魔女は言った。

「え？　あ、いいの？」

「いやそれはいいんだけど」

「じゃあいいじゃん」

「いいのか」

「いいでしょ楽しいし。行き帰りでマイクラできるし」

「気楽すぎる」

呆れるふりをしながら、ひとさし指の魔女は、むずむずして勝手に持ち上がろうとする口角の動きを、どうやっても止められなかった。

こうして君たちはバディになった。

幸福と不幸を、出会いと別れを、喜びと痛みを、君たちはどんなときでも分かち合った。

君が死を請うまでの語られざる物語は、おおむね高揚と疾走の内にあった。

5　第三の拷問、掃除屋の娘（または、あの映画に出てきたあれ）

宵子さんの一日は、難癖を付けられるところから始まるという。

「すり足やめろよみっともねぇから」

挨拶に対して返ってきた言葉が、これだった。宵子さんが「失礼しました」と頭を下げて着席すると、戸羽――日災対横浜研究所所長、宵子さんの直属の上司、国土交通省から天下ってきた元高級官僚にして人間のクズ――は、続けてこう言った。

「もういちいち細かいこと言わねぇけどさ俺も。どうせ直んねぇしなにをどう言っても。でもちょっとは効けよ」

胸の中で、スチール繊維のもつれた塊が膨れ上がっていくような気分だった。

ローヒールのパンプスを履いているのも、爪先から足を下ろしてすり足気味に音を立てず歩くのも、足音がうるさいと指摘されたからだった。しかし当の戸羽はそんなことを忘れていた。というより、瞬間的な怒りをぶつけられればなんでもいいのだろうと宵子さんは分析していた。

引き出しを開けて耳栓を取り出したところで、宵子さんの手は止まった。

「耳栓？」

私は口を挟む。赤いヨギボーに埋もれた宵子さんは、お酒で顔をクッションと同じぐらい真っ赤にして、据（す）わった目を私に向ける。

「聴覚過敏です。メニエール病やっちゃってから、いろいろな音がうるさく聞こえるようになってしまいまして」

「はじめて知ったわ」

「いちいち話すことではありませんから」

「もしかしてこのめっちゃうるさいエアコンもですか？」

宵子さんは、君が指さす窓用エアコンを一瞥（いちべつ）する。

「はやく夏が終わってほしいと心から思っていますよ」

「どうして黙っていたのよ。言ってくれればすぐ換えたのに」

「だから言わなかったんです」

「これから宵子さんの車乗るときは静かにしてますね」

神妙な顔をした君に、宵子さんはどうにかこうにかこしらえた柔和な笑顔を向けた。

「音楽は平気ですから。あたしも好きですしねボカロ。それでなんだっけ」

宵子さんはヨギボーから背中を離すことなく腕を伸ばし、ねだるように手をばたつかせる。私は宵子さんにグラスを持たせる。今日はドライメロンを沈めた日本酒。

「ああどうもすみません、甘いのにおいしいですねこのお酒。いや違うかそうじゃなくて、そうか、その──……耳栓ですよね」

私たちは、日常から宵子さんへの拷問に移行する。

宵子さんは二分ほどじっと耳栓を見ていた。恐怖感と焦燥感が噴き上がって、息が吸い込めず、冷や汗が止まらず、心臓がうるさいぐらいに跳ねていた。

今ここでこれみよがしに耳栓をしたら、悪く思われるのではないか。怒られるのではないか。二度と評価されないのではないか。言語化可能な一部を文字に起こせばこうなるのだろうけれど、そのとき宵子さんの心中を覆っていたのは、もっと広範で漠然とした、いわば、人生全般についての抽象的な不安とでも呼ぶべきものだった。

壊れかけている自覚はあった。宅配アプリでランチを頼もうとしたとき、わけの分からない恐怖感で決済ボタンを押せず、昼食抜きで仕事をしたのが数か月前。オフィスに配達員を呼んだら怒られるのではないかと、急に恐ろしくなったのだ。他の職員は当たり前に利用しており、そんなことで叱られる謂われがないのは分かりきっていた。

それが今日、とうとう耳栓に及んだ。本格的に精神が潰れかけているのだと、宵子さんは反射的に理解した。なにがなんでも早退し、数日ほど休んでから産業医にかかるべきなのは明白だった。気力が戻ったら人事に相談し、パワーハラスメントの認定を下してもらわねばならないと、ここまでのフローを宵子さんは瞬時に組み立てた。

直後、あれもこれも全てPMSだから仕方ないと自分に言い聞かせ、涙をこらえながら仕事を始めた。耳栓はしなかった。空調が凄まじい音を立てて冷気を吐き散らし、宵子さんは自分の震えが寒さのせいなのか、それとも心が砕けつつあるからなのか分からなかった。

嗚咽で話を続けられなくなった宵子さんは、くるりと反転し、クッションに抱きついて顔をうずめた。

「もう限界です。本当に無理。完全に駄目ですあたしは。最悪最悪最悪。なんでがんばれないんだろ」

「いつもこんな感じで愚痴言ってるんですか？　大変だなPMS、どうしたもんか——魔女さん？」

私は握り拳を眉間に当てて俯いた。ろくでもない記憶が甦りつつあった。

「こっちもですか。ピル飲めば？」

2020／2／23。

日本以外の全世界で、聞いたことのない名前のウイルスが蔓延していた。私にはなんの関係もない話だった。そのとき私は裸で風呂場に放り込まれ、冷たいシャワーを浴びせかけられ、震えていた。

冬の寒さを遮断するため、私は蓋（ふた）をした浴槽に横たわり、体を丸めていた。温かいシャワーを浴びて、服を着て、ついでに家族を一発ずつぶん殴ってから家を出て行くべきだった。理性は生き延びる術（すべ）についてきちんと弁（わきま）えていた。低体温症でぼんやりしはじめた心が、だけど、私自身を責めていた。私が上手に笑えなかったから、演じられなかったから、父を怒らせたから、この罰は仕方ない、悪いのはがんばれない自分自身だ。このまま凍えて死ね。

毒を浴びたのはそのときだった。

泡が浮いていた。

ちょうど両手で包めそうな大きさの、虹色にきらきらする、シャボン玉みたいな泡が、どこからか浴槽の中に漂い込んできていた。

泡が音もなく弾け、浴槽の底に奇妙な化け物が落ちた。

皮を剥（む）かれた猿の上半身と腐った魚の下半身をくっつけたような、腕の長さほどの化け物。私はどこかの寺に飾られているという人魚のミイラを思い出した。

私はほっとした。凍え死のうと決意した瞬間、どうやらいまわの際（きわ）らしい幻覚が見えたのだ。ものごとがこんなにうまく運んだのは生まれてはじめてのことだった。

人魚の幻覚は私に這（は）い寄った。私は無関心でいた。右目に腕を突っ込まれるまでは。

私は絶叫した。立ち上がり、足を滑らせて後頭部を壁にぶつけ、手足を振り回した。人魚は私の右目を両腕で突き崩しながら眼窩に侵入した。

人魚は胴を激しく振りながら私の内部に深く深く入りこんだ。

凄まじい痛みの中で、私は奇妙な光景を幻視した。たぶん、病院の一室。酸素吸入器をつけ、ベッドに横たわった老人が死んでいく数秒間を私は観た。

人魚が尾の先端まで収まった途端、痛みも異物感も幻視も消えた。

私は魔女になっていた。そのことを、ただちに理解した。

魔女になって最初にしたのは、温かいシャワーを浴びることだった。

ぬるいシャワーで末端を温めていると、父が風呂場の扉を蹴り開けた。悲鳴と大暴れには応答しなかったのに、給湯器の作動音は聞きつけたのだ。

どういうつもりだ、みたいなことを父は言った。私は無視し、シャワーの温度をじわりじわりと上げていった。指先がちくちく痺れて心地よかった。

父は猿のように叫びながら風呂場に踏み込んだ。私は父にシャワーヘッドを向けた。

「これは親切で言うのだけど、それ以上むきにならない方が身のためよ」

温水を浴びて怯んだ父に、私は言った。

もちろん、この助言に父は従わなかった。

「おーい魔女さん。おーい。やばいなこれ、ピルってアマゾンで買えんのかな」

私の肩を揺さぶる君の腕を、私は跳ねのけた。

「殺してあげるわ」

宵子さんに向かって、言った。

「私が、殺してあげる。その男のことを」

クッションから顔を離した宵子さんは、どろどろになった顔に力ない苦笑を浮かべた。

「ありがとうございます」

私はほんのすこしだけ、あくまでごくわずかに苛立った。

「あのね宵子さん、なにか勘違いしているわよ。今のは、人の心が分からない化け物なりの不器用な慰め、みたいなものではないの。端的にありのままの事実を口にしただけ。私が、そいつを、殺す」

宵子さんは私の鼻をつまんだ。

「ふがっ、ふがががががにするのよ」

「大人になってください、右目の魔女」

耳の先端がちりちり熱くなった。

「大人？　どういう観点から言っているの？　ものごとをできるだけ悲観的に見たり、夢なんて見るだけ無駄だと他人にけちを付けて回るという意味だったら、私は今でも十分に大人よ」

宵子さんはじっと私を見ていた。岩に向かって喋（しゃべ）っているような気分だった。

「やりますか」

君が言った。私たちは目を丸くした。

「意外な反応ね」

「ままま、いいじゃないですか別にどうでも。ぶっ殺しましょうよ。楽しそうですしみなとみらい行きたい。近いんですよね職場。魔女さん魔女さん、またハマっ子特有のやつください よ」

どうやら君は完全に乗り気のようだった。

「漠然としてるわね。みなとみらいのどこに行きたいの？」

私は君の話に乗ることを決めた。魔女狩りの助力は好都合だ。

「なんかそういうショッピングモールじゃないんですか、みなとみらい」

「お台場みたいなものよ」

「それも分かんないですけどね」

「なんなら通じるの？　みなとみらいにもいろいろあるのよ。赤レンガ倉庫とか」

誰でも知っていそうな単語を口に出すと、どうやらヒットしたらしく、君は目を大きく開いた。

「出てきたじゃないですかハマっ子特有のが。いいですね赤レンガ倉庫、案内してくださいよ」

「行ったことないわよ」

「おーまじか、でも地元っぽくていいですねそれ。逆に名所全然行かないやつ」

「ちょっと！」

宵子さんは声を荒げたあと、ぽかんとする私たちの顔を見てため息をついた。

「戸羽所長はたしかに、どの側面を切り取っても完璧なミソジニストで、ＳＮＳの中にしか存在しないようなマンスプレイニング上司です。ある日なんらかの事情で突然死したら喜ばない自信はありません、最後まで聞いてください」

言質を取ったと言いかけた私は、呆気なく見透かされて黙った。

「世界から一人の間抜けを取り除いたところで、なにも変わらないんですよ。次の無思慮なろくでなしがどこからともなく補充されるだけです。いいですか、右目の魔女、魔女狩り。手っ取り早く思える解決策というのは、いつもどこかで破綻して最悪のできごとを招くんです」

宵子さんの理屈にはそれなりの迫力があった。一人の高級官僚がくたばれば、別の高級官僚が天下りなり出向なりでポストを埋めるだけだろう。人類がいつまで経っても愚かなのはばかが補充されるからくりが営々と働いているからなのかと、蒙を啓かれる思いすらあった。

この説得の問題点は、私たちに世直しの意思など無いので完全に無価値である、というところにあった。

「納得しました。つまり死なない程度にぶっとばせばいいんですね」

君の言葉に、宵子さんは言葉を失った。

「いや、それは……そういうことではなくて、ええ？　なにを言っているんですか」

「尊厳だけぶっ壊しちゃえばいいんですよ。二度とやんなよって言い聞かせて。所長は所長のままでいられるし、宵子さんはもういじめられないし、新たな天下りが発生することもない。わたしたちは誰も殺さない。ほら、みんな幸せになれました」

宵子さんは助けを求める目で私を見た。

「そういうことなら、私たちはスペシャリストね」

「拷問やってきてますからね。実績がある」

「は？　なに、え、いや、え？　なんで？　戸羽所長に、拷問を？」

「パワハラの千倍ぐらい効くんですよ、一発です。任せてくださいって」

君は自信に満ちた態度だけでこの場を押し切ろうとしていたし、実際成功を収めつつあった。宵子さんは迷子みたいに純粋な当惑の表情を浮かべていた。

「明日はみなとみらいですね！　ピカチュウ来てるかな？」

君はｉＰａｄのロックを解除し、みなとみらいについて猛然と調べ始めた。宵子さんは、私たちが翻意するような気の利いた言葉を必死で探していたが、鼻を鳴らし、グラスに沈んでいたドライメロンをほおばった。

「急にばからしくなりました。なんでいじめっこを庇うためにいじめられっこが努力しなきゃならないんだ」

「そうですよそうそうそれそれ！　そういうの待ってた」

君は宵子さんをびっと指さした。

「言質を取れたわね」

「やりましょう」

宵子さんはヨギボーから身を起こし、ローテーブルに置いたタブレットのマップアプリを開いた。

「合同庁舎はここです」

航空写真の一点にピンを打つ。

「めっちゃ駅近じゃないですか。馬車道からぴゅーんですな」

「待ってちょうだい、魔女狩り。桜木町から行くべき理由があるわ」

「強気の前置き来ましたね」

「歩いても十分ぐらいだし、途中にシルスマリアあるのよ」

「生チョコのシルスマリア？　めっちゃうまいですよね。でも生チョコ歩きながら食べるの辛い季節じゃないですか？」

「生チョコソフトクリームがある」

私が手札を切ると、

「生チョコソフトクリームがある！」

君は完全に想定通りの反応をした。

「決まりね」

「いいですよねチョコ専門店の出すチョコアイス。絶対に食べるしかない」

私たちは君のiPadを二人で覗いて、みなとみらいについて詳しくなっていく。

◇

二日酔いとPMSで起き上がれない宵子さんを置いて、私たちは家を出た。珍しくすっきりと晴れていて、遠い大きな積乱雲は低い青空を突き抜けるようだった。

人肌みたいにぬめった熱風を浴びながら私たちは歩いた。君はコンビニで買ったアイスコーヒーを真空断熱タンブラーにプラカップごと突っ込み、数歩ごとにすすって涼を取った。

「暑さえっぐ。温暖化しすぎでしょ」

根岸線のホームで、君は屋根の向こうの空を睨んだ。

「魔女さんよくデニム穿いてられますね。しかもハイウエストの。死にません？」

「好きなのよ。ペーパーバッグ」

「可愛いですよねウエストのとこくしゅっとしてて。でも可愛いと引き換えに死ぬかって話ですよ」

君はブラウスにプリーツスカート、ローファー。ブラウスは汗で体にへばりつき、私の譲ったリサマリのキャミソールが浮き上がっている。

「お、魔女さん魔女さん、またＹａｈｏｏ！ニュースのトップですよ。右目の魔女と魔女狩り横浜駅に出没」

「うんざりするほど知能の低い速報ね」

「わたしたちヒトシマツモトぐらいＹａｈｏｏ！ニュース載りますよね。右目の魔女氏！　今回の外出の目的は！　どうなってるんですか！」

君はマイクに見立てたタンブラーを私に突きつけた。私はサングラスをかけるふりをしてから、つんとそっぽを向いた。

「うはははは、海外セレブだ！　でっけえ水のボトル持って散歩してそう！　えー意外だな、魔女さんゴールの決まってるネタもフったらやってくれるんですね」

――間もなく、三番線に、各駅停車、磯子行きが参ります。危ないですから、黄色い点字ブロックまで、お下がりください。

アナウンスで、私たちの会話は中断した。青いラインの電車がホームに到着して、扉が開くと、恐慌を来した表情の乗客が私たちから駆け離れた。

私たちの乗った車両に後から入ってくる乗客は一人もいなかった。君は座席に膝立ちになって窓に両手をつき、外を眺めた。

「電車久しぶりに乗りました」

「すぐ降りるわよ」

私は君の目線を追って、線路と併走する首都高の高架を見た。

「どうしてやる気を出したの？」

「宵子さん、良い人じゃないですか。あんなの仏ですよ仏。いい人が辛い目に遭うのは、よくないです」

「そう」

私は君の肩に手を置いた。

「おっと、どういう肩ぽんですか？」

「降りるわよの肩ぽん」

「えー？　褒めの肩ぽんだったでしょ絶対に今の。めっちゃ優しいタッチでしたよ」

「解釈は自由よね」

電車はゆるゆると速度を落としていった。

桜木町で降りた私たちは、シルスマリアでソフトクリームを買って駅前広場に出た。木陰のベンチに並んで腰掛け、イベントスペースに並んだ色とりどりのタープテントに、人々が群がっているのを見た。

君はカップに盛られたソフトクリームを口にした。

「うっまなに、うっま。やばいですねこれ、うんまい。チョコだこれ」

「そうね。こんなにおいしかったかしら」

冷たくて甘くて舌に重たくて、懐かしい味がした。

「みなとみらいでピカチュウ見たことあります？　夏になると来るんですよねたしか」

ソフトクリームを食べ終えた君が言った。

「あると言えばあるわね」

「含み持たせてきましたね」

「あのあたりで……」

イベントスペースを指さしてから私は口ごもった。

すこし迷ってから、けっきょく、話すことにした。

「弟が小さい頃、家族で来たのよ。あのあたりに、ピカチュウの、あれなんていうのかしらね。中に入って弾める……」

「バルーン？」

「そう、ピカチュウのバルーンがあって、暑い中並んだわ」

私は、握りつぶしたカップの縁を爪で弾きながら、気詰まりな思いでぼそぼそと喋った。

「並んでる途中で弟が泣き出して、だから父が機嫌を取るために買ってきたの」

「シルスマリアですね」

「ソフトクリームと、チョコのドリンク」

「そっか。そっかそっか」

君は何度も頷いた。言葉を探しながら。

「弟さんのこと好き？」

「どうかしら。でも、そうね。両親や私よりは、幸せになるべきだったと思うわ」

とぼけようとして、失敗して、私は中途半端な言葉の余韻を口の中で転がした。もっときちんとした言い方があるような気がして、だけど伝え方は思いつかなかった。

それ以上のことを聞かず、君は私のバッグを漁りはじめた。

「魔女さん良いバッグ使ってますよね。バーキンでしょ」

「どこを見てそう思ったの？　ケイト・スペードなのだけど」

「へー、知りませんけどいいですねこれ」

「いくつか余っているから、気に入ったものがあったら譲るわ」

「へへ、やったね。言ってみるもんだ」

君はバッグからイヤフォンの充電器を取り出した。自分の右耳と私の左耳にイヤーピースを差し込み、ダブルタップした。真島ゆろの『チチンプイプイ』が流れはじめた。

「なにしてるの」

私はイヤフォンの位置を直しながら君を睨（にら）んだ。

「夏に女子二人が木陰でアイス食ってイヤフォンシェアしたらエモくなんないかなーって」

「エモくしたいの？」

「いや特にしたくはないんですけど、いけっかなこれっていう興味で。単にクソみたいにあちぃしアイスうまいだけですね。でもこの曲好きだな」

バッグを挟んで私たちはすこしだけ距離を詰めた。

きっと見透かされていた。でも悪い気持ちではなかった。

「そろそろ行くわよ。赤レンガ倉庫でランチにしたいし」

「混む前にぱぱっと終わらせちゃいたいですね」

私たちはイヤフォンをシェアしたまま歩き出す。

大観覧車を前方右手に見ながら私たちは歩道を進む。

「あれ乗ったことあります？　でっけえ観覧車」

「ないわね。観覧車というものを体験したことがないわ」

「わたしも。面白いのかな？　今度乗ってみますか」

「遠慮しておくわ。地に足が着かない感覚って怖いのよ」

「そんなん言われたらまじで乗せたくなってくるな」

大岡川の河口に架かる北仲橋（きたなかばし）を私たちは渡る。視界から観覧車がゆっくりと後ろに流れ去っていく。君は歩きながら何度か振り返る。

「そんなに乗りたいの？」

私は笑いながら訊（き）いた。

「めっちゃ気になってきました」

「今度ね。また今度」

「まじか、アピールしてみるもんですね。約束ですよ」

「はいはい」

私たちは合同庁舎に辿（たど）り着く。

省庁関係の出先機関や独立行政法人が詰まった高層ビル。訪れるのははじめてだった。

「宵子さんこんなとこで働いてるんですね。立派だなあ」

「適応障害すれすれの精神状態で、手取り十八万でね。日災対は二十階よ。どうする？」

「普通に行きますよ」

君はスロープをずんずん進んでいった。植栽のへりに腰掛けてスマホを眺めていた中年男性が、顔を上げるなり慌てて逃げ出した。

「二十階かあ」

人差し指と親指で作った輪っか越しに、君はビルを見上げた。

「まーいけるっしょ。魔女さんはいどうぞ」

君は前のめりにしゃがみ、後ろ手にした掌をぱたぱたと上下に振った。

「なに？　おんぶされればいいの？」

私は君の背中に体重を預けた。君の肌は夏の風みたいにぬるくべたついていた。

君が小さく息を吐き、私たちは重力を失った。一秒かからず、正門の分厚い庇が眼下にあった。

「うお」

「魔女さん今うおって言いました？」

君のくすくす笑いが震えになって私に伝わった。

「言うわよ、それぐらい」

「肺胞の魔女の毒。ふわふわします」

目の高さにビルの窓があって、働く人々が私たちを呆然と見送った。君は手を振りながら上昇していった。私は腕に力を込め、君にしがみついた。

　適当なところで君は上昇を止め、窓をノックした。手招きすると、怯えきった表情の男性職員が近づいてきた。

「すいませーん！　お訊ねしたいんですけどー！　ここって日災対ですかー⁉　あ駄目だ聞こえてないわ」

　君はバッグからｉＰａｄを取り出し、メモアプリを起動して文字を打ち込んだ。身動きのたびに君の体はぐらぐら揺れて、私は何度か死を覚悟した。

　君はスクリーンを窓に押しつけた。男性職員は泣きそうな顔で左右を見回したあと、未開封のコピー用紙の包装を引き裂いた。紙にマジックで矢印を書き殴り、こっちに向けながら、人差し指で何度も上を指した。

「どうもどうも」

　頭を下げた拍子に一回転し、私は今度こそ死んだと思った。

　君は一階分浮上して、画面を窓に向けた。職員たちが血相を変えてオフィスから飛び出していった。

「声の魔女の毒」

　手を当てた瞬間、ガラス窓が粉々に砕け散った。冷たく乾いた風が屋内から噴き出して、私たちは回転しながら数メートル後退した。

「魔女さん大丈夫ですか？」

「こういうの苦手って言わなかった?」

「うははは! ごめんて! でもこれいけたら観覧車もいけるでしょ」

私たちは無人のオフィスに侵入した。ひんやりと涼しくて、清潔で、無臭だった。

「おらー! 戸羽! 出てこい戸羽っ! 所長の戸羽! 一分ごとにこのビル一階ずつだるま落としみたいに抜いてくぞ!」

デスクの上に飛び乗った君はふざけて声を張り上げた。

「実行可能な脅しって、冗談として成立しているのかしら?」

「出てこないですね。しょうがないな」

不意に音楽が止んだ。君は外したイヤフォンを私に投げ渡した。

「髪の毛の魔女の毒」

君の髪がかすかに膨らんだ。イヤフォンを充電器に戻してバッグにしまうまでの十数秒間、君は目を閉じて黙っていた。

「いたぁ」

見開かれた君の目は、鳥を見つけた猫みたいにくっきりと丸かった。

戸羽は男子トイレの個室に立てこもっていた。

「おら! 戸羽! 出てこい! 戸羽おら戸羽戸羽!」

君は個室の扉を繰り返し蹴った。

「扉を一秒に一センチずつ前進させて便器ごとぺしゃんこにするぞ！」

「かつて想像したことすらない最悪の死に方ね」

返事の代わりに、水を流す音がした。

内開きの扉を開けて、痩せた中年男性が現れた。

「アポ取れクソガキども。常識身につけてから来いボケ」

戸羽は口を開いた。たまたまトイレに長居していただけで私たちに怯えていたわけではない、とでも言いたげな態度だった。

「忙しいんだよガキと違ってこっちは。魔女と魔女狩りだか知らんがいつでも特別扱いされると思うんじゃねぇよ」

私たちを素通りした戸羽は洗面台に向かって手を洗いはじめた。この、いついかなるときでも自分のペースを絶対に乱すことはない、という姿勢はすぐに瓦解した。戸羽は口に咥えていたハンカチを洗面台に落としたのだ。歯の根が合っていなかった。

戸羽は震える指先で濡れたハンカチをつまみあげ、スラックスの尻ポケットに無理やり押し込んだ。私たちには目もくれず、トイレを後にした。

「めっちゃイキってるじゃないですか」

君は嘲笑と呆れが混ざった、笑いのような音を喉の奥で鳴らした。

「逆じゃない？　年齢的にというか、立場的にというか」

「弱いのに尊大なのがイキってるってことですよ。逆ならパワハラです」

「完璧な定義ね、反論の余地はなさそうだわ。それで、どうする？」

「そりゃ拷問でしょ」

私たちがトイレの外に出ると、戸羽は廊下を全力疾走していた。君は腕をまっすぐ伸ばし、小指をぴんと立てた。

肘（ひじ）を支点に腕を持ち上げると、戸羽がもがきながら私たちの方に飛んできた。

「あんなふてぶてしくしといて身も蓋（ふた）もなくダッシュします？」

「魔女狩り！　魔女！　つけあがってんじゃねぇぞ！　つくばが黙ってねぇからな！」

天井すれすれの高さでじたばたしながら、戸羽は叫んだ。

「失うものがない相手に、脅しって意味があるのかしら」

「そもそもつくばがなにかできるとも思えませんけどね」

「ああああくそっクソガキどもが！　なんでこんな奴らに力があるんだよ！」

私たちの頭上で、戸羽は虫みたいにもがいた。

「国家転覆も企んでないし、無差別殺人も……したか、しましたね、でもそれは正当防衛として、悪いことそんなにやってないのになあ。わたし、ちゃんと魔女狩りしてたと思いません？」

「だったら今すぐ死ね！　魔女を殺せ！」

「えー？　それは駄目でしょ。魔女さんはわたしの希望なんですよ」

君は後ろから覆い被さるようにして私に抱きついた。

「拷問向けの部屋どっかありますかね」

「トイレでいいんじゃないの」

肩にのった君の顎を、私は下から掌で押した。

「それは駄目でしょ魔女さん。みんな使うところですよ」

顎を押されてのけぞりながら、君は私をたしなめた。

「配慮が行き届いているわね。どこか適当な会議室を借りるのは？」

「おいおい天才か？」

戸羽を風船みたいに吊り上げたまま廊下をうろついて、使用中ではない会議室を見つけた。中に入って内鍵を閉め、長机や椅子を部屋の後ろに寄せると、程よいスペースができた。

君が毒を解除し、肩から落ちた戸羽は苦痛の声を上げながらカーペット材の上を転がった。

「はい、それじゃ説明しますね」

君は手を打ち鳴らした。

「あなたがめっちゃパワハラ野郎だという話を職員さんから伺いました。そういう性根をどうにかするため、今からあなたの尊厳をぶっ壊しちゃいます。拷問で」

戸羽は絶句した。

「わたしがいてよかったですね。魔女さんは殺すつもりでいましたよ」

「まじかよ」

「まじかよ⁉ まじかよって！ うはははは！ いい大人が、命の危機で！ 語彙力！」

君は体を折って爆笑した。

「それで、どんな拷問をするつもりなの？」

「映画で観たやつやろうかなーって思ったんですよね。もう本当にすごいんですよ。目に一生焼き付いて、絶対に忘れられないんです動かないで」

立ち上がろうとした戸羽は、背骨を限界まで反らしながら絶叫し、倒れて顎を打った。

「靭帯の魔女の毒。体を動かそうとすると痛いですよ」

「もうそれでいいんじゃない？」

私は言った。動けなさそうだし痛そうだし、拷問の諸条件を無理なく満たしているように思える。

「魔女さんと一緒にできるやつがいいじゃないですか。みなとみらいで作る二人の夏の思い出ですよ」

「……あ、エモくしたいの？」

ちょっと考えてから答えると、君は私を嬉しそうに指さした。

「それそれ！ へへ、待ってたやつもらっちゃったな。それでその、映画だとこう光がびかぴかーってして、音楽がずんずんぶーんぶーんなんですよ」

「目に焼き付いてないしほとんど忘れているわね」

「それをやってみたいなーって思うんです。どうですか？」

なにひとつ分からなかった。

「今のところ判断材料に欠けるわね」

「まあ見ててくださいよ。網膜の魔女の毒」

真夜中みたいに部屋が暗くなった。君は輝度を最大にしたｉＰａｄを戸羽の眼前に置いた。十五秒の動画広告の後、『Ｇｉｌｓ　Ｊｕｓｔ　Ｗａｎｔ　Ｔｏ　Ｈａｖｅ　Ｆｕｎ』のＭＶが爆音で流れはじめた。

「どうしてシンディ・ローパー？」

「ＹｏｕＴｕｂｅのおすすめに上がってました」

戸羽は顔を背けようとして激痛に顔を歪めた。まばたきしようと、目の周りの筋肉をひきつけみたいに動かした。

「君が観た映画って時計じかけのオレンジ？　それともグアンタナモ？」

曲が終わるのを待って、私は口を開いた。

「どっちも観たことないですね」

画面は一瞬暗くなって絶望的な戸羽の顔を反射し、再びＭＶを流した。抜かりなくループ再生だった。

「なんだっけな、ヤギとなんかと、なんかとなんかみたいな映画です」

「聞きたいんだけど、君はその映画のどの部分なら覚えているの？」

「千原ジュニアがプロモしてたのは覚えてます。好きなんですよね千原ジュニア。それよりこれどうですか？」

光と音楽を絶え間なく浴びせかける拷問は、それこそ『時計じかけのオレンジ』や『グアンタナモ、僕達が見た真実』に出てきた。シンディ・ローパーが使われていた記憶はないけれど。

「ゴールが無いわね」

私は適当に応じた。

「魔女さん今日はゴール欲しがりますよね」

「先にやりはじめたのは君じゃないかしら？」

「じゃあ分かりました。繰り返し交互にダメージを与えて、なんか聞き出したら勝ちにしましょう。こいつ上級国民だから絶対に悪いことしてるはずですよ」

「それはそれで差別的な考え方に思えるわ。とはいえ、肉体的にも社会的にもできる限り痛めつけたい、という観点からは同意できるアイデアね」

「よーしやりましょうか！　おらー戸羽！　吐けっ！　吐けーっ！」

君はドラムに合わせて戸羽の尻を繰り返し蹴り上げた。戸羽は蹴られるたびに低いうめき声を上げた。

「強情なやつめ！　いつまでその態度が続くかな！　はい魔女さんの番」

「今ちょっと思ったのだけど、この状態って口を利けるの？」

「いけねえ、やっちまった！」

戸羽の体がびくっと痙攣し、弛緩した。動けるようになった戸羽が最初にしたのは、iPadの画面を平手で叩いてMVを止めることだった。

「クソガキが……」

戸羽は横臥の姿勢を取ると、脂汗まみれの顔で私たちを睨んだ。

「なんも知らねぇバカのくせにつまんねぇ義憤で動くんじゃねぇよカスが。世界がどうなってんのかも知らねぇんだろ？　迷惑なんだよ出しゃばる無能がこの世で一番」

「いつも生きていて申し訳なく思っているわよ。あなたの世界観を教えてくれるかしら？」

私が皮肉を言うと、戸羽は小ばかにしたように笑った。

「どいつもこいつも知らねぇんだ。ワクチンを打つと体が磁化することも、アメリカ政府が人身売買の元締めなことも、水道水にはマイクロチップが含まれてることも！」

私たちは顔を見合わせた。

「まじで言ってんのかしら？」

「魔女さん今まじって言いました？　はじめて聞いた気がする」

「言うわよ。こういう場合には」

陰謀論者という存在は、SNS上に発生する泡みたいなものだと思っていた。生きて呼吸して動き回ったり、部下を執拗なパワハラで追い詰めたりするような、肉体と地位を備えた存在だとは対面してさえいまいち信じられなかった。

「クソガキども。いいか、自分たちが世界で一番賢いと思ってんだろ？　そういう態度だよ。他人の知性を尊重できねぇからバカなんだ。俺がなんも考えてねぇと思うか？　いじめは無条件で悪だと思うか？」

戸羽は一呼吸置き、溜めを作った。なにか劇的な言葉で、私たちに最大限のショックを与えたがっているようだった。

「宵子は、つくばのスパイなんだよ」

決定的な証拠を突きつけるような、演技がかった張り詰めた声だった。

私たちはもう一度顔を見合わせた。

「まじで言ってんのかしら？」

「うはははは！　待ってたやつそれ！」

君が狙い通り爆笑したので、私は満足した。

「信じられねぇか？　望んでガキでいようってんならどうしようもねぇよ」

「いえ、信じてもいいわよ。だってどうでもいいもの」

「まーじでどっちでもいいですね」

　戸羽の言葉が妄想だろうと、実際に宵子さんがつくば中央研究所のスパイだろうと、なにも変わらない。宵子さんは私たちに献身的、私たちは宵子さんのことが好き、おしまい。

「よく……はぁ？　よくねぇんだよ！」

　立ち上がった戸羽が、両手で私の胸ぐらを掴んだ。私は降伏するように両手を上げ、押されるがままに後退した。

　私は壁に押しつけられた。汗と脂にぬめって怒りに染まった顔がすぐ近くにあった。柔軟剤の甘ったるい臭いがした。

「これは親切で言うのだけど、それ以上むきにならない方が身のためよ——平気よ、気にしないで」

　身構えた君を私は制止した。

「なにがどうでもいいんだ！　言ってみろ！　クソガキ！」

　私は戸羽が左手薬指に指輪をしているのを見た。妄想に取り憑かれて他人の自尊心を踏みにじるような人間でも、結婚しているのだ。そして戸羽ないし配偶者は、洗濯するときに柔軟剤を使っている。私は戸羽の送ってきた人生を想像し、すこしだけ物悲しい気分になった。あるいは家族揃って陰謀論者で、友人や親戚の心ない言葉に憤ったり慰めあったりして、それなりに幸せなのだろうか？

「誰が世界を守ってやってんだ⁉　陰謀から！　魔女から！　人魚から！　魔女狩りから！　全員寝ぼけてやがる、俺たちだけが真実に目覚めてる！　ブランチが！」

私は目を剝いた。

「あなたが襲撃者の元締めなの？」

「理想は俺が支えてるんだ、スパインの理想は！　俺とブランチスパインが！」

突然、暗闇が吹き払われて部屋に真昼の光が差した。

スパイン。

背骨。

椎骨の魔女。

この瞬間、私は異常なほどの情報処理能力を——おそらくは命がかかっていたからだろう——発揮した。

戸羽の股間を膝で蹴って下を向かせ、首筋に両掌を当て、体重をかけた。私と戸羽はもろともに倒れ、直後、私たちの数十センチ上を力の奔流が駆け抜けた。

窓と壁が吹き飛んで空気が吸い出され、髪がはためいた。

人形みたいに目を見開いた無表情の君が、戸羽を見下ろしていた。

「残された最後の希望を、誤射で失うところだったわね」

私は軽口を叩きながら立ち上がり、戸羽の汗でべとついた掌をデニムで拭った。どうやら私の言葉は君に届いていないようだった。

「それとも忘れてしまった？　復習しましょうか。右目の魔女の毒は、私への殺意に反応するのよ。私のすぐ近くにいる他人ではなくて」

「あ……」

君は喉の奥の方から、吐息のような声を漏らした。

「私としては、どこでどう殺されようと気にしないけれど」

君は膝をついた。拡散しきった瞳孔が眼窩をふらふらさまよっていた。

魔女狩りを拷問した組織が日災対の上層部と繋がっているのは、考えてみればあり得る話だった。君がそれなりに信頼を置き、かつ君のスケジュールを把握しているのは日災対だ。一服盛って連れ去ることも可能だろう。私に襲撃者を差し向ける組織と同根だったことは、この際もはや些事だ。

「どうしたものかしら。殺したらすこしは溜飲が下がる？」

返事はなかった。君は嘔吐のような嗚咽を漏らしていた。

私は途方に暮れながら君のつむじを見下ろした。こんな風にむきだしの弱さと直面するのははじめてのことだった。君の、というより、他人の。

着信音が鳴った。私は机上のバッグからスマホを取り出した。宵子さんからだった。

「どうしたの？」

『右目の魔女、現状を把握していますか？　人質を取って立てこもったことになっていますよ』

「それほどずれた解釈ではないわね」

『ビルの一部が吹き飛んだ映像を見てご連絡差し上げたのですが、大丈夫ですか？』

「いくつか問題はあるのだけれど、一度に説明するのは難しいわね。宵子さんは体調どう？　平気？」

『薬飲みましたから。そうだ、お味噌汁ありがとうございます。いただきました、おいしかったです』

「そう、よかったわ」

私は肩越しに戸羽を見た。頭を抱え、うずくまっていた。君の一撃で、尊大な態度も逃げる気力も吹き飛んだらしい。

「掃除屋の娘を持ってきてほしいのだけど」

宵子さんはすこし黙った。

『三十分ほどお時間いただきます』

「お手数おかけするわね」

私はスマホをバッグに戻す。

君は足を床に投げ出してどこでもない場所を見ている。

「他人を慰めたことが無いから、こうしたやり方が正しいのかは分からないけれど」

私は言う。

「間接的にとはいえ、やったことをやり返す機会が来たわね」

君は俯いたままで満面のうつろな笑みを浮かべる。

掃除屋の娘と呼ばれる拷問具は、炭を掴むときに使う、支点が輪状になったトングに似ている。ただし百センチほどの長さを持ち、頑丈な金属でできている。

トングの持ち手の先を外側に折り返し、中央部に膨らみを持たせれば、同じような形ができあがるだろう。トングなら支点となる根元の輪に首を、中央部の膨らみに手首を、末端の折り返しに足首をはめればセットアップ完了だ。

この拷問は被害者に、胎児のような格好を強いる。ただし、羊水に浮かんでいるときのような気楽さはない。首は頸椎の限界まで前に曲げられて激しい痛みを引き起こし、足は胴を圧迫するほど曲げられて呼吸を阻害する。腕を動かすこともできないので、楽な姿勢を探ることさえ不可能だ。

君にとって、掃除屋の娘は最後の拷問だった。どうして最後になったかというと、怒り狂った君がなにもかも吹き飛ばしてしまったからだった。

ヒラタのみ排除して構成員に降伏を迫るつもりだった君が、なぜスパインのメンバーを皆殺しにしたのか、この話を聞いたとき私は訊ねた。君はこう答えた。

「なんかもういいかなって」

私は君の最後の拷問について君が語ったことを思い出す。

君が最初に殺したのはイノウエだった。

掃除屋の娘は長靴やオーストリア式梯子とは性質が異なり、人体をゆっくりと破壊するものだった。君は時間をかけて何度も窒息した。筋肉が繰り返し断裂しては再生した。血管が押し潰され、手足の指先が冷たく痺れ、壊死した。

ヒラタたちは、君の監視をイノウエに任せていた。君たちは二人きりで拷問部屋にいた。

イノウエからは、初日に見せた優しさも躊躇いも失せていた。君の裏切りがさせたことだった。君の肉体が再生するたび、イノウエは、手にした単管パイプで君の顔を、背中を、尻を、性器を殴打した。

なんかもういいかなと思ったのは、打撃によって肛門が破裂し、生暖かい血と便が下着の中に流れ出たときだった。

ありとあらゆる毒を、君は炸裂させた。イノウエはフロアごと声もなく消し飛んだ。頭上に青空が広がっているのを君は見た。

君の毒が建物全体を侵襲した。昼寝していたユウイチが、二人で食事を摂っていたカンダとリナが、毒に触れて燃え上がった。火柱となった三人は、煙の尾を曳きながら絶叫して走り回った。数分で芯まで焼け焦げ、倒れて崩れた。

君はヒラタが毒から逃れたことに気づいた。焼け焦げた右足を引きずりながら建物から飛び出したヒラタは、単管パイプの躯体にコンパネとパレットを重ねたビッグステージを這っていた。

君はヒラタを追ってビッグステージめがけ飛び降りた。着地するなり足もとの合板が裂け、君は最下段まで落下した。

水を吸ったソファが君の体を受け止め、むきだしの黄ばんだスポンジからぬるい汚水を吐き出した。

君は錆びたパイプにすがって立ち上がり歩き出した。地面を、そこに生える下草を、眼前の低木を、ところどころに敷かれたベニヤ板を、魔女の毒でどろどろに溶解させながら君は前進した。

斜めに立てかけられた樹脂製のパレットを、君は駆け上がった。藪のように立ち並ぶ単管パイプの向こうにヒラタがいた。笑いのような奇声を上げながらヒラタは走っていた。

実際にヒラタは笑っていた。

君はヒラタに向かって毒を投射した。ヒラタはなにが起きるかあらかじめ分かっていたかのように横に飛び跳ねた。ヒラタのいた空間が球状に消し飛んだ。単管パイプの支えを失った合板とコンパネとパレットとソファとブラウン管と壊れたエレクトーンと割れたマンドリンと色あせたぬいぐるみと水で膨らんだカラーケースが落下し、床をぶち抜いた。立ちこめた塵埃がヒラタの姿を隠した。

立ち止まった君は膝の裏に痒みをおぼえた。血と便と汚水の混ざった液体が、太腿を伝って垂れ落ちていた。

君はそのとき、きっとはじめて、満面のうつろな笑みを浮かべた。

「めっちゃ情けなく命乞いしてもらおうかなーって思ってたんですけど、急にどうでもよくなりました」

君は言った。

「帰ってお風呂入りたいんで、終わりにしますね」

君の毒が空間を噛み潰して圧縮し、生じた真空めがけて突風が吹き込んだ。

地面はアイスクリームディッシャーでくりぬいたように抉れていた。くぼみの底に君は立っていた。君の他にはなにも無かった。

こうして拷問は終わった。

「とまあ、こういうことがあったらしいわ。聞いた話だけど」

掃除屋の娘で拘束された戸羽は、私の話にたいした反応を見せず、脂汗を流していた。

「彼女ね、どうせ殺すなら一人ずついたぶり殺すべきだったと後悔しているみたいなの。あなたが代わりに命乞いしてくれたら、魔女狩りの気持ちもすこしは晴れるのかしら」

私は君を見た。机に腰掛けて腿の上に頬杖をついた君は、ぼーっと戸羽を見ていた。

「椎骨の魔女は、スパイン、は、世界を、救おうとしていた」

戸羽はあくまで信念を語った。

「呆れました。その馬鹿げた妄想が、この子たちをどれだけ傷つけたか理解できないんですか」

宵子さんに睨まれて、戸羽は笑った。

「つくばの、スパイが、よく言えたな」

「この拷問具、改良の余地ありね。もっとこう棘とか、締め上げる機構とかが必要なんじゃないかしら？」

「そうですね。次回は採寸してから作りましょう」

私の冗談に、宵子さんは大まじめな回答をよこした。

「ねえ、君はここからどうしたい？　当初の予定通り、いたぶり殺す？　それとも一生涯にわたる後遺症で済ませる？」

問いかける。君は私と戸羽を交互に見る。

「裁かれてください。ちゃんと」

君の口から想定外の言葉が飛び出した。

想定外なのは私にとってだけではなかった。口にしながら、君自身、ぎょっとしていた。

「……うそうそ。うそですよ。めげるまで単管パイプで殴りましょう。知ってますか？　この体勢ってやばいぐらい防御力下がるんです。筋肉ゆるゆるになるから殴られたら内部に来ちゃって」

君は取りつくろいの早口を私と宵子さんに浴びせた。

私はスマホをバッグから出して、ライブ配信アプリを立ち上げた。

「こんにちまじょまじょ。右目の魔女よ」

　　死ね死ね死ね死ね死ね

　　まじょまじょしてきた

　　まだ死んでなくて草

　　死ね

　　こんにちまじょまじょ

　　犯行声明きちゃあああああ

今横浜駅です殺しに行きますね笑

魔女狩りいて草

殺せよ雑魚

チャット欄はいつも通り荒廃し、リスナーもいつも通り数万単位。

「今日は突発コラボ。ゲストはこの方よ」

インカメラを戸羽に向ける。

誰？

は？

いや草

なんだこのおっさん⁉

知らんおっさんが拘束されてて草

馬車道ついたー殺しに行こうっと笑

ＳＭプレイｗｗｗ

誰⁉ねえ誰なの⁉怖いよぉ！

「日本災害対策基盤研究機構横浜研究所の戸羽所長。対談ということで、ざっくばらんに意見交換できればと思うわ。ねえ、どうして魔女狩りを拷問したの？　まったく無意味に魔女狩りを傷つけて、まったく無価値に構成員が死んだと思わない？」

「ヒラタの予言だ！　魔女狩りを殺せば世界は滅びない！　アメリカ政府に巣食った悪魔も取り払われる！　不幸が減るんだ！」

挑発に食いついてくれたのはいいが、戸羽は錯乱しつつあるようだった。これまでの拷問はきちんと効いているわけだ。

「すこし補足しておくわ。戸羽所長は、椎骨の魔女が率いるスパインという組織に属していたの。かつてスパインは——」

私は君にカメラを振った。君はリスナーに向かって手を振った。

「魔女狩りを拉致して拷問した。どこだったかしら？　相模原の？」

「寸沢嵐（すわらし）ですね」

君は答えた。

「ありがとう。寸沢嵐の廃ペンションに監禁したのよ。そうすることで世界が救えると思ったのね。どうなったかというと、魔女狩りが激怒してスパインは全滅。建物ごと吹っ飛んだようね」

相模原廃ペンション消滅事件じゃん草

まじなの？

死ね死ね死ね死ね死ね死ね

相模原廃ペンション消滅事件：ネットで有名な廃墟が一夜にして音もなく消滅。隕石の仕業とされるも謎が残る令和の怪事件

有識者ニキおるな

拷問した奴が拷問されてて草

「令和の怪事件になっていたのは知らなかったわ。まじょっこのみんなは有識者ニキに感謝して。事件後、戸羽所長はブランチスパインという組織の……どういう立場？　後援者？」

「俺がヒラタの理想の後継者だ！」

打てば響く名答だった。

「リーダーということでいいかしら。いずれにせよブランチスパインは武装して、繰り返し私を襲撃した。これも世界を守るため？」

「誰もなんも知らねぇんだ！　地球が平面なことすらも知らねぇのにえらそうにすんじゃねぇよクソガキどもが、力があるからって！　目を覚ませ！　飛行機雲がウイルスを撒いて

てる！　人口削減計画は最終段階だ！」

やベー奴で草
本当にいるんだなこういう人。。。
陰謀論よくばりセットおじさん
高学歴がカルト堕ちする生きた見本
よく見つけてきたなこんな奴w
このおもちゃもう壊れかけてるよ
はい切り抜き決定

チャット欄はリンチと大喜利の雰囲気になっていった。

生け贄は誰でもいいのだ。悪に見立てた誰かを積極的に、徹底的に、寄ってたかって好きなだけ嬲りたいだけなのだから。

「ゴールはどうする？」

私は君に問いかけた。君は机を降りて戸羽の前に立った。私はカメラを君に向けた。

「膵臓の魔女の毒」

戸羽を拘束していた拷問具が氷みたいに溶け、カーペットに染みていった。

「これが、スタートです」

君は笑顔でカメラに向き直った。

「ハッシュタグ右目の魔女集会とか切り抜き動画とかでどんどん拡散してくださいね。こっちは世界トレンド一位目指してやってますから。遊びじゃねーぞ！」

急に仕切るじゃん
今日本のトレンド1位だよ！
トレンド入りおめでとうございます
迷惑系最強来たわね……
キ〇ガイ観察してたらそれ以上のやベーやつ出てくるのは完全に想定外だな。。。
調べたらブランチスパイン破防法適用されてて草　これはガチ犯罪者ですねぇ
公安ＲＴＡきｔらああああああ

「というわけで魔女狩りとぉー？」

君は私からｉＰｈｏｎｅを奪い、肩を組んでインカメラを見上げた。

「右目の魔女がお送りしたわ。またね」

「ねえねえ魔女さん、配信者っぽいお別れの挨拶（あいさつ）ないんですか？　おつまじょーとか」

「採用ね。それじゃあみんな、おつまじょ」
「次回！　ボカロ縛り歌枠！　おつまじょでした！」

おつまじょ（順応）
てぇてぇでいいのかこれw
おつまじょでした！
ガチの神回だったリアタイできてよかった
おつまじょ！　おうた楽しみ！

君は配信を終える。

◇

事後処理を買って出てくれた宵子さんを残し、私たちは赤レンガ倉庫に向かった。道中、突如として中華の口になった君の希望で聘珍茶寮（へいちんさりょう）に寄り、海老（えび）入り蒸しぎょうざにシユウマイ、チャーシュー入り饅頭（まんじゅう）、海鮮肉まん、マンゴープリンをテイクアウトした。
私たちは海の見えるベンチに腰を落ち着かせ、料理を広げた。

「うっまこれ、蒸しぎょうざなにこれ、魔女さんこれうますぎる、むちむちしてますよ皮」

「浮き粉を使うんだったわね、たしか。今度作ってみようかしら」

　私は頭の中で蒸しぎょうざの手順を辿った。

「作れるんですか？　無敵か？」

「普段はやらないわ、手間がかかるもの。飲茶って買った方がおいしいし、手作りより安くあがるのよ」

「えーでも即時食えるの魅力的すぎる。作ってくださいよ」

「今度ね、また今度」

　海鮮肉まんのしゃくしゃくするくわいを噛み潰しながら、私は午後の光にきらきらする海を見た。その先には桟橋が、白い煙を上げる工場の煙突があった。

「あれもしかしてベイブリッジですか？」

　君が橋みたいなものを指さして、私は首を傾げる。

「知らないわ」

「まじで地元に詳しくないな」

「そもそもベイブリッジってただの橋じゃないの？」

「わたしも別に名前しか知らないですけど」

私たちはマンゴープリンに取り組み、そのあいだ、無言でいる。

「……うますぎますね」

君の厳かな口調に、私は頷(うなず)きを返す。

「これイデアですよ魔女さん。マンゴーのイデア。そうあるべき形」

興奮した君が口走り、私は同意しかできない。

食べ終えた君はｉＰａｄを手に欄干まで走っていき、画面と海を交互に見た。

「どうしたの？」

君を追いかけて、私は問いかけた。

「あれほら、さっきから正面に見えてるのベイブリッジかなーって。首都高っぽいですね。角度的に」

「そんなに見たいなら行ってみる？」

「確かめたいだけなんで。行ってただの橋だったら悲しいし」

私たちは欄干に手をついて海を見る。

君はなにか話そうとして、作りかけの笑顔のまま動きが止まって、曖昧な笑い声を残して口を閉じる。

君は傷ついていたし混乱していた。それぐらいのことは私にも分かっていた。

「なんか……終わってみればあほみたいな話でしたね」

君は言った。

君の物語は唐突に、奇妙な形で終わった。その物語は生き汚い魔女の嘘と陰謀論者の妄想が生み出したものでしかなかった。

被害者は加害者に、度外れた残酷さや壮大な計画性を求める。とんでもない間抜けが杜撰な計画のもとに悪い冗談みたいな犯罪を決行し、なんの意味もなくひどい目に遭ったなんて考えたくない。

単なる度しがたい冗談が、君を癒しがたく傷つけたのだ。まだ語られていない、きっと語られることのない拷問の先に、君は死を望んだのだ。

なにを言ったらいいのかよく分からなかったし、そもそも、なにか言いたくなっている自分のことが理解できなかった。私は君の死に恋しているだけで、君の抱える事情なんてどうでもいいはずだった。

「戸羽のこと、殺さなくてよかった？」

ずいぶん迷ってから、私は改めて訊ねた。君は頷いた。

「よかった、と、思います。たぶん。どっちにしろ後悔するんだったら、殺さない方が」

「そうね」

君は君の肩を私の肩にぶつけてきた。

「なんですかそれ。いじってくださいよ。大量殺人犯が急に倫理的じゃんとか」

私は君の言う通りにすべきだった。君の殺意を煽りたいのであれば。恋を徹底するのであれば。

その代わりに私は充電器からイヤフォンを取り出して、自分の左耳と君の右耳に挿した。ダブルタップすると曲が流れた。ナユタン星人の『木星のビート』だった。

君は呆れたように笑って、イヤフォンの位置を直した。

「エモくしたいんですか？」

私は肯定も否定もせず海に体を向けた。君もそうした。

ぬるい潮風が吹き渡ると、水面に生まれたいくつものさざ波が陽光を反射してきらめいた。遠くの空には入道雲が沸き立っていた。

「嘘ついてました」

どこかの瞬間、君が言った。

「本当はひとりじゃなかったんです。拷問、されたとき」

「そうだと思っていたわ」

「やっぱりばれてましたね」

「大事な人だった？」

頷いた君が泣くすこし手前の顔で私の横にいた。

「その人は？」

「死んじゃいました。わたしのせいで」

拷問の先にあった、語られないはずだった真実を、君は短く、呆気なく、口にした。

「そう」

「はい」

私は時速一センチで君に近づいていった。なにか言うべきことも、なにか言うべき理由も、一つとして思いつかないまま。

――さりがたき妻をとこ持ちたる者は、その思ひまさりて深き者、必ず、先立ちて死ぬ
君が引用した方丈記の一節を私は覚えている。

あのとき私は、君と私が似たような寂しさを抱えているのかもしれないと思った。

それはおぞましいほど甘ったるい、胸を優しく焼く空想のはずだった。

「弟も……私の弟も、死んだわ。私のせいで」

「そっか」

君の腕と私の腕がぶつかった。お互い汗ばんでいて、ぬるくて、触れた瞬間に輪郭線が無くなったみたいだった。

君の小指が私の小指に引っかかった。私たちはひとつの指を絡めて、同じ寂しさを抱えて、海のそばにいた。

6 クアドリエンナーレみなとみらい

「今日の配信はこれでおしまい。まじょっこのみんなも、オートミールを使ったブラマンジェとスキンケアで、おいしく美肌を目指してくれると嬉しいわ。それじゃあ、おつまじょ」

おつまじょー
おつまじょでした！
配信ありがとうございます
俺もキ○ガイ観察してただけなのにスキンケア配信見ることになるとはな。。。
美肌の秘密教えてくれてありがと！　おばちゃんだけどやってみるよ〜

私は配信用の部屋を片付け、君の部屋に向かった。居室の君は、私の部屋からかっぱらってきたヨギボーに埋もれ、iPadを撫でていた。
「おかえりー」

ディスプレイから目を切らさず、君は言った。

「ええ」

君は半笑いで私を見た。

「そんな返事あります？　ただいまでしょ」

「そうね」

君はにやにやしながらこっちを見た。

「なになになになに？　魔女さん照れてるんですか？　ただいまって言うの照れてるんですか？　かわいいとこあんじゃん」

「せっかくいじってくれたのに乗れなくて申し訳ないわね。疲れているのよ」

「それはお疲れさまですけど。見てましたよ配信。めっちゃうまそうでした」

「そう、ちょうどよかったわ。お茶にするから手伝ってくれる？」

君は、私がお盆を手にしていることにようやく気づいたのか、元気に跳ね起きた。

「それ配信のやつ！」

カシスピュレを垂らした、オーツミルクのブラマンジェ。丹波黒豆の甘納豆。キームン紅茶。私の部屋から持ち出した猫足のローテーブルに並べていく。

「うっまこれ、うっまい、丁寧に暮らしてる味。オートミールって燕麦（えんばく）ですよね、猫のエサだと思ってた。こんなんなるんだ」

「猫草(ねこぐさ)のこと？　毛玉を吐くために食べているらしいわよ」

「そうなんだ、他にやり方知らないのかな」

君は心底どうでもよさそうな感想を口にして、甘納豆をつまんだ。

「魔女さん、前から思ってたんですけどめっちゃ手慣れてますよね。生配信でコメント拾いながら料理して、余った材料で洗顔スクラブ作ってスキンケアするとこまで回せるの、工数管理やばくないですか？」

「趣味だもの」

「ノウハウあるみたい」

「そうかしら」

相づちを打ちながら、私は警戒的に沈黙した。かまをかけられている気がした。深く刻まれた私のデジタルタトゥーは、今もどこかで通信回線上のトラフィックになっているはずだ。

「昔ね。付き合わされていたのよ。家族に」

私はおそるおそる、本当のことを口にする。

「へえー？　じゃあノウハウですね」

「まあ、うん。そう。そんなところ」

「ほんでずっとやってるわけですか」

どうして今でも、こんなことをしているのだろうか。復讐に近いのかもしれない。めちやくちゃになった人生と破滅しきった人格を露悪的に公開して、醜く酷薄な生き物と化した自分を見せつけてやりたいのかもしれない。

相手はとっくに死んでいるのだけれど。

「でもあれですよね、最近は反転信者増えてきましたもんね。そりゃ楽しいわ配信してて」

私は紅茶を口に含む。緑茶のような渋みを舌に、甘い香りを喉の奥に感じる。冷房がすこし効きすぎた部屋で、あたたかさが心地良い。私は肩の力を抜いた。

「誹謗中傷は減ったわ。あの一件から」

戸羽所長は、ブランチへの資金提供手段から、素性を明かさずひっそりと運営していたSNSのアカウントまで暴き立てられた。執拗な追及を避けるためなのか、本当に心が折れたのかはともかく、入院したというニュースは日本を駆け巡り、良識的な人間はおおいに義憤を掻き立てられた。

SNSには今日も、景気の良い言葉が飛び交っている。テロ等準備罪のはじめての適用例になるべきだとか、被害者と同じ目に遭わせるべきだとか、とにかく今すぐ死んで罪を償えだとか。

「すこし寂しく思うわね。クソリプの数が千個ぐらい減っちゃったんだもの」

「知名度だけ残ってるじゃないですか。炎上商法大勝利だ」

私たちは笑った。

「次はどうするの？」

「あー、そうか。そうですね。そうだった」

君は気のない返事をした。

「掃除屋の娘もけっきょくまだだし、夾棍（きょうこん）に親指締め、大陰唇（だいいんしん）の切除……」

「ですねえ。なんもやってないんですよねえ」

君はヨギボーに身をうずめ、口に放り込んだ甘納豆を舌で転がした。

「死にたくなくなったの？」

冷笑を浮かべて皮肉を言うと、君は私をじっと見た。

気まずくなるぐらいの時間たっぷり黙ってから、君は口を開いた。

「もうやめますか？」

だしぬけに発せられた言葉は、冗談の声色を帯びていなかった。末端が冷えて、内臓が押し上げられるのを私は感じた。

「どうして？」

「だって魔女さん、拷問のたびにしんどそうですもん」

今度は私がたっぷり黙る番だった。

私は、破壊される君に過去の私を重ね合わせていた。破壊する私に、過去の父を見出していた。そのくせ、君の死に恋していた。

見透かされていたのだと、ようやく気づいた。君の浮かべた大丈夫だよの笑みは、私の過去に向けられたものだった。

どうにかこうにか、私はうすら笑いを引っ張り出して顔に貼り付けた。

「他人の肉体をずたずたに切り裂くのが、楽しいと思う？」

君は再び沈黙した。

それから、満面のうつろな笑みを浮かべた。

「そりゃそうですよね。最悪だと思いますよ」

「なるほど、私への同情が希死念慮(きしねんりょ)を上回ったのね。高潔だわ」

「別にそういうわけじゃないですよ。ただ単にそりゃそうですよねって思っただけです」

あてこすりをぶつけあう危ういやり取りはいつも通りのはずなのに、話せば話すほど、私たちは緊張と不和の霧に包まれていった。君は私を見透かした。おそらく私も、君がひた隠しにしているなにかにうかうかと触れてしまった。

だけど私たちは、お互いの事情について深く語り合い、傷を分かち合えるほどまともではなかったし、だいいちそんな関係ではなかった。君は死にたがっていて、私は殺したがっている。その根本が揺らげば、私たちがこうして同じ部屋でブラマンジェをつつく理由もなくなる。

「ままま、よくないですか？　今日はどうします？　泊まっていきます？」

君は冷笑し、話を切り替えようとした。乗るべきだ、と、私は思った。

「当分はね。エアコン、三か月待ちだったのよ。半導体不足だとかで」

「それもう夏終わってるくないですか？」

「壊した人間の言っていい台詞ではなさそうね」

「ごめんて。窓開けておかなきゃ駄目なの知らなかったんです。でもクーラーから煙出たとき魔女さんも爆笑してたじゃないですか」

「笑うしかなかったのよ」

ここ最近、私は君の部屋で暮らしていた。空気清浄機能付きエアコンは快適で、なにより静かだった。

「そかそか、じゃあとっておき出しちゃおうかな？　でーん！」

君はプラスチックの収納から、薄手のパーカーとショートパンツを引っ張り出した。

「見て見てこれ、ジェラピケのパジャマ買っちゃいました。魔女さんの分もありますよ」

「珍しいわね。君がルームウェアと外出着の区別を付けるなんて」

「へへへ。これ着てパジャマパーティ配信しましょうよ」

「それは、楽しすぎるわね」

私たちは揃いのナイトウェアを身につけて、日常を取り戻そうと努力しはじめた。

「なにをしているんですか？」

着替えたところで、宵子さんが来た。

「あ、お邪魔してます。これ崎陽軒の月餅、ええと」

宵子さんは手提げ袋の置き場を探してきょろきょろした。というのも、家具が全て部屋の端に寄せられていたからだ。

そしてお揃いの服を着た私と君は、部屋の中央で睨みあっていた。

「いらっしゃい、宵子さん。これはローション手押し相撲の練習よ」

私は言った。

「なるほど」

宵子さんは生真面目に頷いた。

「配信でやるかーって話になって、画角とか確かめようと思って。おりゃ」

「甘い」

私は君を引き込んで小外掛けで刈り倒し、そのまま横四方固めに移行した。

「ぐええ想像の六百倍強い」

「月餅ありがとう。今お茶を淹れるわ」

宵子さんは呆れ笑いを浮かべた。

紅茶を淹れ、月餅をお皿に盛り、私たちはテーブルを囲んだ。

「適応障害の診断が出まして、正式に休職というかたちになりました」

君が拍手して、私と宵子さんはぎょっとした。

「あれ？　これ違う？　いっぱい遊べるからやったーって思ったんですけど」

「そういう考え方もありますね。仕事に時間を取られないわけですから」

君の並外れて場違いな言葉を、宵子さんは真剣に受け止めた。

「今後はお二人のサポートが難しくなる、というお話をしようかと思っていたのですが」

「魔女さんの担当変わっちゃうんですか？」

宵子さんは首肯した。

「後任については日災対から追って連絡があるかと思いますが、取り急ぎ報告と謝罪に」

「そっかー。じゃあもう大がかりなことできませんね」

「申し訳ありません」

宵子さんは折り目正しく頭を下げた。

「でも遊べるならいってこいですけどね。月餅うっま、えなにこれ？　オレンジ？　めっちゃオレンジですよこれ、やば」

なにげなくかじった月餅のおいしさに、びっくりした君は背筋を伸ばした。

「限定のなんですけど、紅茶と合いますね。キームンですか？」

ティーカップを手にした宵子さんが、湯気の向こうで目を細めた。

「おー」

「好きなのよ。中国茶っぽくて、香りがよくて。オレンジ月餅とのペアリングは想像していなかったわ」

「えすご、そんな紅茶の名称って飲んだら分かるもんなんですか?」

「学生時代、お茶のサークルに入っていましたから」

返事をして、宵子さんはゆったりとお茶を味わった。

「それ解釈一致だ、宵子さんそういう文化系の感じします」

「懐かしいな、なんか。集まってお茶して、明日には忘れているようなどうでもいい話をするんです」

私たちの午後は、他愛のない言葉のやり取りでゆっくりと流れていった。

「これ人にすごい言いたかったんですけど、魔女さんティーバックだったんですよ脱いだら!　いきなりケツが出てきてまじ衝撃でした」

君は興奮気味に語った。

「そんなにおかしい?　いつもデニムだからなのだけど」

「いやエロでしょティーは。エロか?　おいおいエロなのかー?」

「君、そんな雑ないじり方もするのね」

面倒な気分になった私がそう言うと、君はへらへらした。

「へへ、甘えが出ちゃいました。ローション手押し相撲に付き合ってくれるやつなら雑ないじり怒んないだろっていう甘えが」

「ティーショーツの利点を君に教えてあげるわね」

　私は指をぴんと立てた。

「出るじゃん強気の前置きが」

「ケツにブツブツができない」

　君は爆笑した。

「うははははは！　駄目だ負けた、手札が強すぎる。明日からわたしもティーでいきます」

「それ本当ですか？　その、お尻のにきびが……」

「宵子さんまで食いついちゃった。みんなケツにブツブツできてたんだ」

　私たちはくだらない悩みを共有して笑いあった。

「よーしじゃあ遊びますか！　魔女さんハマっ子特有のやつどうぞ！」

「ベイブリッジ？」

「いや行ったことないでしょ魔女さん一度も」

「宵子さんはなにか無いの？」

「休職中ですから……いえ、そうですね。あたしのせいじゃない。悪いのはあたしじゃない。全部パワハラ上司のせい」

　宵子さんが自分に言い聞かせはじめ、私と君は笑いをこらえた。

「みなとみらいで芸術祭が始まったんですけど、行ってみませんか?」

「こないだネットで見た気するな、クアドリエンナーレみなとみらいでしたっけ」

クアドリエンナーレみなとみらいは、四年に一度、みなとみらいで開催される国際芸術祭らしい。そんな催しがこの世に存在していることすら私は知らなかった。

「ほーん。クアドリエンナーレみなとみらい2023。コンステラツィオン、物語と情。なんかすごそうですね」

君はiPadをスワイプして、公式サイトの情報を流し見する。

「昔から推してるアーティストが出展するんですけど、いちばん気になっているのは、参加するアーティストの間でジェンダー平等が達成されていることなんです」

私たちはどうやら、ぽかんとしていたのだろう。宵子さんは戸惑ったようにしばし沈黙した。

「つまり、その、男女比が半々になっているということなんですけど」

「それは理解できているわ。いえ大丈夫よ、追加説明はしなくて。前提として、こういう芸術祭に参加するアーティストはこれまで男性が多かったんでしょう? それを男女半々にしたのよね。その上でぽかんとしたの」

「それは、その、つまり、同じ女性として、元気が出るというか、率直にいい話だなというか……」

宵子さんは顔を真っ赤にし、気の毒なぐらい狼狽した。私たちが執拗にぽかんとし続けていると、やがてため息をついた。

「別に、いじっていただいてかまいませんよ」

「宵子さんのそういうところ、これまで擦りすぎてそろそろ滑るようになってきたのよね。でもいいんじゃないかしら、芸術祭。人生で一度ぐらいは行ってみても」

「おーいいですねいいですね、じゃあ芸術祭行くかー？」

君が景気づけに拍手して、私たちは約束する。

◇

みなとみらい線の車内で、私と君は君のｉＰａｄをシェアしてクアドリエンナーレみなとみらいについて調べた。パシフィコ横浜、横浜美術館、横浜市開港記念会館、プロット48、赤レンガ倉庫で展開する、思ったよりも大規模な芸術祭だった。

「これ一日で回りきれます？　こういうのってめっちゃ疲弊するじゃないですか」

地下鉄の走行音に負けじと、君は声を張り上げた。

「日程を分けてもいいんじゃないかしら」

私の提案に、君ははっとしたような表情を浮かべた。

「そうだった、暇人しかいませんでしたね参加者。でもなんでこんなあっちこっちでやるんだろ」

「タイトルがコンステラツィオンだからでしょうね。ベンヤミンよ」

「ヴァルターのベンヤミン？　はーそっかそっか、星座ですもんね」

君は納得して繰り返し頷いた。

「どういうことですか？」

吊革に掴まって私たちの前に立っていた宵子さんが、耳栓を外して訊ねた。

「宵子さん、星座は何座？」

「ふたご座ですけど」

私の質問に、宵子さんは戸惑いながら答えた。

「たとえば、ふたご座のポルックスは地球から四十光年ぐらい離れているわよね」

私は握り拳をひとつ、中空に浮かべてみせた。

「え？　うん？　はい、そうなんですか」

「アルヘナは百光年」

もう片方の拳をうんと突き放し、ついでに君の肩を小突く。私の意図を理解した君は、誰もいない座席に寝そべって腕をめいっぱい突き出した。

「プロプスは四百光年」

私は君の握り拳を指さした。

「ふつうに考えて、これだけ離れた物体をひとつのものとして結びつけるのは無理があると思わない？」

「魔女さんもういいですか？」

「ありがとう。下着見えてるわよ」

「ふぁぅっケツ叩くの止めてくださいティーなんだから。衝撃が直接ケツに来る」

君はわざとらしく尻をさすりながら身を起こした。

「ええと、つまり、あちこちの展示物やインスタレーションが星ということですよね。ばらばらのところにあるんだけど、星座みたいに、なにかまとまったもののように見える。それでは、星座そのものは？　どういう比喩になるのですか？」

「理念、あるいは真理、あるいは美。この芸術祭のテーマを借りるなら、物語でいいんじゃないかしら」

宵子さんは深く静かな混乱と沈黙の中に落ちていった。

「ベンヤミンって言いっ放しのとこありますからね」

君はややベンヤミン側に立った言い方をした。

「仕方ないわ、四十代で死んじゃったんだもの。でも、そうね……けっきょくのところ、人は見たいものを見る、ということじゃないかしら」

夜空に、真っ黒な闇と散らばる光が横たわっている。その無意味さは、とても恐ろしいことだ。だから星座の物語を想像する。被害者が加害者の愚かしさに耐えられず、度外れた残酷さと壮大な計画に基づく物語を願うように。

「めっちゃ魔女さんっぽい解釈ですね」

君が言った。

「いじってるの？」

「いやいやいや純粋に感想として」

「いじってるでしょう」

「おー？　やるかー？」

私たちは座席で手押し相撲を始めた。

「でも……あ、すみません。続けてください」

じゃれていた私たちは、宵子さんの言葉で手を止めた。

「いや続けられないでしょ手押し相撲。でも、なんですか？」

「その、星座のことなんですけど」

宵子さんは気まずそうに目を伏せた。

「解釈違いがあったかしら？」

「おっと解釈バトルだな？　レペゼン魔女さん来ますよパンチライン」

君はへたくそなヒューマンビートボックスでラップバトルの雰囲気を演出し、私に睨まれるとへらへら笑った。

「星座って、あれはしし座だとか、オリオン座なら分かるとか、うちでは鬼宿だよとかってかたちで、多くの人が物語を共有するから成立するものですよね」

私と君は顔を見合わせた。

「コンステラツィオンってどこに出てきた概念でしたっけ？」

「ドイツ悲劇の根源」

「イデア論じゃん。魔女さんも宵子さんもどっこいですよ解釈。公式が勝手に言ってるだけレベル」

「解釈バトルをしているつもりは最初からないのだけど。そもそもそんなことを言ったら、ベンヤミンこそ公式が勝手に言っているだけの元祖じゃない」

「えーそうかも。待ってくださいよ魔女さん、急におもしろ解釈ぶっこまないでくださいよ。追っかけたくなっちゃうじゃないですか」

「ドイツ悲劇の根源だって……宵子さん？」

とつぜん宵子さんが鼻をすすりだしたので、私たちはぎょっとして議論を止めた。

「えっなになに泣く要素ありました？　地下鉄うるさすぎて？　耳栓耳栓、耳栓付け直して。車移動すればよかったな」

「いえ、その」

宵子さんはハンカチで目元を押さえた。

「すみません。最近ちょっとしたことで涙が……もう、ほんっ、本当に、本当に失礼な話なんですけど」

「言うてみ言うてみ」

「おっ、お二人が」

宵子さんは言葉に詰まってまた鼻をすすった。

「こんなに、教養があって、すみません、なにを言っているのかは一つも分からなかったんですけど、でも頭がよくて、おしゃれでかわいくて、若くて、利発で、仲良しで、人生をもっとずっと楽しめるはずなのにって思えたら」

本当に失礼な話だったので、私はすこし笑いそうになった。

君は立ち上がって、右手を吊革(つりかわ)に絡め、左腕で宵子さんの頭を抱き寄せた。それから、

「ごめんね」

苦笑を浮かべて、そう言った。

宵子さんは首を横に振った。

——間もなく、みなとみらいです。パシフィコ横浜にお越しのお客様は、中央改札をご利用ください。出口は、右側です。

走行音に紛れてアナウンスが流れ、電車が減速を始めた。

「降りたらお化粧直しましょう。宵子さん顔でろでろですよ」

「すみません、もう最悪、なんですぐ涙出るんだろ」

ハンカチで目元を押さえながら、宵子さんはぐずぐずした。

「パワハラのせいですよパワハラの。また拷問配信します?」

「やめてください」

宵子さんはわずかに笑顔を取り戻し、君に支えられながらよたよたと電車を降りた。私は黙って二人の後を歩いた。

私たちはランドマークプラザのマックで昼食を摂る。
君は窓の向こうの曇り空に向けた顔を、傾けたりまっすぐにしたりしている。ビルとビルの間に設置されたジェットコースターのレールみたいなオブジェに、なんとか解釈を与えようとしているのだろう。
やがて諦めて、君はハンバーガーに向き直る。
「んまっ、うまっ久しぶりのマックうますぎる、やっぱダブチですよね。ダブチしか勝たん！」

「フィッシュじゃないの？」

「えびフィレオ」

泣きはらした顔の宵子さんがぼそっと言って、

「それじゃん」

「それね」

私たちは合意形成する。

「あの……どうでした？」

宵子さんがおずおずと訊ねた。私たちは横浜美術館で、宵子さんが昔から推していると
いうアーティストのパフォーマンスを観てきたところだった。

「なんでしたっけ、ネットでよく使われてる……あのー、あれだ。インフルエンザのとき
に観る夢」

君は、おそらく最大限に言葉を選んだ上で感想を口にした。

「おおむね同感ね」

なにも付け足すものがないと思ったので、私は短くそう言った。宵子さんは怯んだよう
に黙って、紙コップに突き刺さったストローを咥えた。

「でもけっこう楽しかったですよ」

君は急いで言い添えた。宵子さんはストローを犬歯で噛みながら笑みを浮かべた。

着ぐるみを着て家畜や牧場主や虫に扮したパフォーマーたちが、豚のかたちをした大きなバルーンから産み落とされたり、ダンスをしたり、観客と楽しく遊んだり、搾乳されたり、毛を刈られたり、と畜されて内臓を引き出されたりする、変な夢みたいなパフォーマンスだった。

宵子さんは公演の最中、なにに感極まったのかずっと泣いていた。私と君はひきつった愛想笑いを浮かべ、まとわりついてくるラバースーツ製の家畜や虫と踊った。

「世界は広いわね」

私も君に倣って、できるだけ中立的な意見を口にした。

「その、自由でいいなって思いまして。どうして泣いているのか、あたし自身よく分からなかったんですけど」

「あるわよね。そういうこと。映画を観たりしてると、どういう感情か謎の涙が出てくるのって」

頷いた宵子さんは、ストローを噛み切るのをようやくやめた。

「もっといじられると思っていました」

「そんな悲壮な覚悟で臨んだんですか？」

君は同情すべきか爆笑すべきか決めかねたような、気遣いのにじみ出る皮肉を言った。

「純粋に楽しみではあったんですけど……嫌なこと思い出しちゃって」

「言うてみ言うてみ」

「学生時代、付き合っていた男の子と映画を観たんです。ヘドウィグ・アンド・アングリーインチっていう、あたしの大好きな映画で、彼も好きになってくれるかなって」

「あれめっちゃ面白いですよね！」

「私も好きよ。ドラァグクイーンの話よね」

性別適合手術の失敗で男性器が一インチだけ残ってしまった歌手の半生を描いた、ミュージカル映画だ。主人公のヘドウィグは、映画のあいだほぼずっとひどい目に遭い続け、ほぼずっと怒りまくっている。愛する男性にふられ、別の愛する男性に盗作され、観客のほとんどいない会場で歌い続ける。安っぽいかつらと、ぎらついた衣装を身にまとって。

「映画が始まって三分で、彼、なんて言ったと思います？　一言ですよ、たった一言。きもっ」

「あー……」

君は同情と諦念（ていねん）が混ざったような相づちを打った。

「きもっ。思い出すだけで、体の中で金属音が響く感じになるんです」

「そいつどうしたんですか？　しばきました？」

君は険のある声で訊（き）いた。今の話で、すこしばかり義憤に駆られたようだった。

「しばきませんよ。別れちゃいましたけどね。いろいろあったのはあったんですけど、その一件がきっかけで」

宵子さんはポテトを一本食べるだけのあいだ、無言でいた。

「お互い子どもだったんでしょうね。だけどあたしは、あたしの好きなものを好きになってもらいたかった……というのも、すこし違いますね。ただ、こういうものもあるんだって思ってもらいたかったんです。好き嫌いとは関係なしに。だから、その、ありがとうございます」

「なにが？」

きょとんとする私と君に、宵子さんは穏やかな微笑(ほほえ)みを投げかけた。

「あたしの好きなものに、そういうものもあるんだって態度でいてくれて」

私はなぜだか、思い出す。

宵子さんが私に、大人になれって言ったときのことを。

ものごとをできるだけ悲観的に見たり、夢なんて見るだけ無駄だと他人にけちを付けて回るという意味だったら、私は今でも十分に大人だった。

ひどい扱いを受けて死んだ難民について、悲しんだり怒ったりすること。

どうでもいい芸術祭のどうでもいいアーティストたちの間で、ジェンダー平等が達成されたこと。

わけの分からないパフォーマンスやわけの分からない映画が、この世にあること。

私にとってはどれも、心の底から無関心な場所で起きている心の底から無関心なできごとだった。

だけど、宵子さんの人生にとっては本当に大事なことだった。

宵子さんにとっての大人について、私は考える。

つまり、誰かについて考えることを私は考えている。

そこには、失礼なことを口走って勝手に泣き出した相手を、座ったまま薄笑いで見上げるのではなく、立ち上がって慰めることも含まれているのかもしれなかった。

「ごちそうさまでした。宵子さん、次どうします？」

「もしかして、お二人とも疲れていますか？」

宵子さんは私たちの顔色をうかがって訊ねた。

「ちょっと疲れますよね、情報量多いから。でも回復してきましたよ。キメたんでね。ダブチをね」

「それでは、次は赤レンガ倉庫に行ってみませんか？」

宵子さんの提案を、私は検討してみた。

「歩ける距離ね。途中にパシフィコ横浜があるけれど、寄らなくていいの？」

「くたびれる前に、観ておきたい展示があるんです」

「そういやこないだ行きそびれましたよね赤レンガ倉庫」

君が言った。

「そうね、公園でお茶しただけだったわ。ちょうどいいわね」

私たちはトレイを手に立ち上がった。

私たちはパシフィコ横浜の手前で右折して国際橋を渡る。君は曇り空の下に広がる海を気にしながら歩いている。

「ベイブリッジ見えないかな」

「こだわるわね」

「見えていますよ」

欄干に手をついて身を乗り出した宵子さんが、腕を伸ばしてどこかを指さす。

「ほら、赤と白の煙突の向こうの」

宵子さんが指しているのは、どうやら根元が二股に別れた白い構造体のようだった。

「えあの塔みたいな？　だって塔ですよあれ」

「そうです、あの塔からケーブルを張っているんです」

宵子さんは両手の指を合わせて三角形を作った。

「ほーん？　ベイブリッジって吊り橋だったんですか？」

「そのようなものらしいですね。詳しくは知りませんが」

「はーすご、あれかベイブリッジ。魔女さん知ってました？」

私は首を横に振った。

「ハマっ子頼むよまじで」

君はしばらくベイブリッジを眺めていた。日帰り温泉の送迎バスがうがいみたいな音を立てながら通り過ぎて、熱い風にガソリンの匂いが混ざった。

橋を渡りきった私たちは、海沿いの道を歩いた。海から吹く湿ってぬるい風を浴びながら、痩せた松がまばらに作る木陰を選んで進んだ。

「こないだ中華食ったのこのへんでしたっけ？」

君は弾むように歩きながらきょろきょろした。

「もうすこし先よ」

「あれめっちゃうまかったな、思い出しちゃった。晩ごはん中華にしません？」

「聘珍茶寮ですよね。あたしもごま団子食べたくなってきました」

「決まりね」

私たちは赤レンガ倉庫に辿り着く。

「ここ、毎年ビールのイベントをやっているんです」

一号館と二号館の間の広場で、宵子さんは言った。

「お二人が呑めるようになったら、一緒に来たいですね。腕ぐらいの長さのジョッキを回し呑みするんです」

あまりにも無神経な発言だと思って、私は君を見た。

「いいじゃないですかそれ。呑んだことないですけどねビール。苦いんでしょ？」

君は屈託なく――すくなくとも、私にはそう見えた――答えた。

「あるんですよ、苦くないのが。バナナみたいな香りのものだとか、チョコみたいな香りのものだとか」

「はー完全に未知だわ。魔女さん知ってました？」

「さあ。宵子さんのお酒だって、いつも適当に買っているものだし」

「いいセンスをしていますよ、右目の魔女。将来が楽しみです」

「宵子さんの方がよっぽどハマっ子じゃん。魔女さんまじ負けないでくださいよ」

「努力するわ」

私たちは赤レンガ倉庫一号館に入る。

館内は静かで涼しくて暗かった。よく分からない展示や映像がライトを浴びていて、宵子さんはひとつひとつにいちいち足を止めた。君も、理解できないなりに向き合っていた。私もそうした。

その展示物は、フロアの片隅にぽつんと置かれていた。

「ハノイのコレクティブの新作です。お二人に観てほしくて」

日常と題された作品だった。

衝立（ついたて）みたいな二枚の大きなモニタには、どこかの町並みや道をスマホで撮ったような動画が映されている。モニタに片足と背中でもたれる格好の立像がある。立像はやや俯（うつむ）き、手にしたスマホの画面に目を落としている。

私は、拍子抜けしたような思いで作品を眺めた。宵子さんはかなり、じゃーん！　ぐらいの顔をしていて、どう反応すれば正解なのかが分からなかった。

「インスタレーションなんですよ。観客は立像に触（さわ）ったり、隣に立って自撮りしていいんです。モニタが強化ガラスになっていて」

宵子さんの補足説明は、なんの手がかりにもならなかった。

「これ……」

君が口を開いた。

「覚えてます。ぜんぶ覚えてる。国立競技場、浜通り、兵庫、丸ノ内線、熱海、郡山（こおりやま）……」

君は展示に近づいていった。立像を見て、おそるおそる、触れた。頭頂に置いた指は頬（ほお）から顎先（あごさき）にゆっくり降りていって、肩のあたりで止まった。

「わたし、ですか？」

宵子さんは頷いた。

「あなたが守った世界です、魔女狩り」

君は目をきつく閉じて上を向き、モニタに背中を預けた。しばらく、そうしていた。

君の気持ちを、私は推し量れない。私の知らない多くの過去を通って、君はここにいるから。私はそのことを寂しく思っている自分に気づく。どうしてなのかは私自身、理解できない。ただ、寂しいと。

シャッター音がして、私は振り向いた。

「すみません」

男女二人組の、男の方がスマホをしまい、女の方が頭を下げた。

気づけば私たちは、人垣に囲まれていた。誰もが怯えながら、物珍しげに、でもどこか好意的に、私たちを取り巻いていた。

「おーなんだなんだー？　どっかでバズったか？　おら来い！」

君は笑って両手を広げた。人々は一斉にスマホやデジタル一眼を取り出した。

「ほら魔女さんも！　ほらほら！」

「ええ？　私は関係ないでしょう」

「いいから」

君に腕を引っ張られ、私たちは立像の脇に並んだ。気詰まりに俯く私の脇腹を、君が小突いた。

「魔女さんスマホ」

「は？」

「貸して貸して」

手渡したｉＰｈｏｎｅを私に向けて顔認証を突破すると、君はカメラを立ち上げた。

「んーこうか？　魔女さんもっと詰めて」

私たちはぴったりくっついた。高く掲げたスマホを、君は右に左に傾けた。どうやら私と君と立像の三人が収まる画角を探しているようだった。

「目線くださーい！」

ひとりの若者が調子に乗って声を張り上げ、集まった人たちの笑いを誘った。

「しばし待たれよ！」

君は笑いながら応答した。

「ありがとうございます、魔女さん」

小声で、君が言う。

「お礼なら宵子さんじゃない？」

君は画角を探るふりをしながら、私と目を合わさず、顔を赤くした。

「いいじゃないですか。お礼の気分だったんです」

「どうして？」

「すこし前のわたしだったら、見た瞬間にぶっ壊してたと思います」

「そう」

「……世界を、よくしてって言われたんです。最期に。だから、戦いました。あの人はいろんなものを愛していたから」

拷問のとき一緒にいた大事な人のことを、君は今、話していた。

「いっぱい殺して、魔女を狩って、世界はきっとよくなったんです。だからもういいって、魔女さんに殺してもらおうって思っていました」

私は頷いた。

「魔女さんがいてくれて、よかったって思います」

「そんな風に思えば思うほど、君は死から遠ざかるんじゃないの？」

「それでも、よかったって思います」

ようやく画角が決まって、君は写真を撮った。

「へへ、これロック画面にしときますね」

「別にいいけど」

私は受け取ったスマホをデニムのポケットに無理やりねじ入れた。

「嬉しいでしょ本当は」

「やぶさかでないわね」

「うははは！　認めちゃったら逆に嬉しくない感じ出るくないですか？」

「押すなよ、押すなって！」

「広がって、通して、通して！　通してって！」

「早く早く早く早く！」

私たちの会話は途切れた。集まった連中の間で、揉めごとが起きているようだった。人ごみの向こうに見える通路を、数もまばらな人々が、猛スピードで走っていた。

階下で悲鳴が上がった。猿のような叫び声が上がった。

「止まらないで！　動いて！　早く！　動いて！」

誰かが血相を変えて叫んでいた。私たちを取り囲んでいた群衆は互いに顔を見合わせた。

「火事？」「さあ？」「怖っなんだろね」「やばーなんだようるせえな」「逃げた方がよくね？」「邪魔ぁ！　どいて、どいて、通して！」

人の塊と人の塊が目の前で衝突した。火災報知器かなにかのベルが鳴り始めた。私は宵子さんの体当たりを食らって突き飛ばされた宵子さんが、短い悲鳴を上げて倒れ込んだ。私は宵子さんの体を受け止めた。宵子さんにぶつかってきた、汚いパーカーを着た男は、私を一瞥して走り出した。

宵子さんの腕から力が抜けた。膝をついて、私に体重を預けた。私の服は濡れていた。

私は純粋で無意味な疑問符を口からこぼした。

どうして私の服は血で濡れているんだろう？

「宵子さん」

仰向けになった宵子さんのおなかから、なにかが飛び出していた。

刃物の柄だった。

心臓が潰れるような音を立てて跳ね、体中が冷たくなって、歯茎がじんと痺れた。頭が膨張したような感じがした。耳の奥で鼓動がじんじん鳴った。

汚いパーカーの男が逃げる女の髪を掴んで引き倒しまたがって腹にナイフを刺す、何度も。私はそれを見る。見ているだけでなにが起きているのか私の脳は処理を止めている。

非常ベルが鳴り続けている。悲鳴はますます大きくなって逃げ惑ういくつもの足音がして建物が揺れている。宵子さんが足もとで血を流している。

「ああ」

君が叫んだ。体中から空気を絞り尽くして、君は叫んだ。

通り魔が死体にすがる子どもにナイフを向ける。その右足が、破裂する。汚いパーカーを血と肉片で更に汚しながら通り魔は尻もちをつく。

巨大な不可視の両腕に頭と足を掴まれたみたいに、通り魔の体が引き伸ばされていく。脱臼し、骨折し、靱帯が裂け、筋肉が断裂する。

とっくに死んでいる通り魔の肉体が、血を噴きながら折り曲げられていく。胎児のような横臥のような格好は背骨の可動域を超え、アルマジロのような、ダンゴムシのような、カタツムリの殻のような形に近づいていく。

乾いた音がした。裂けた背中から血でぬらぬらする脊椎が飛び出した。

死体が浮き上がり、壁に叩きつけられた。何度も、何度も。かんしゃくを起こした子どもの八つ当たりみたいに。

通り魔が原型を留めない肉の塊になった。気づけば私は床に膝をつき、這うような格好になっていた。

「宵子さん」

私が名前を呼ぶと、宵子さんは薄目を開けてこっちを見た。

「そうっ、そうだ、おなか」

「抜かないで！」

知らない女性が私に向かって叫んでいた。私は宵子さんに刺さった刃物を引き抜こうとしていた自分に気づいて青ざめた。

「大丈夫、大丈夫ですよ。すぐに救助が来ますから」

その人は膝をつき、宵子さんに声をかけた。女の人のフレアスカートは血に濡れて脚にべったり貼り付いていた。女の人が私を見た。まっさおな顔だった。泣きそうな顔だった。

「お知り合いですか？　妹さん？　手に触れてあげて、声をかけ続けてあげてください。励まして」

女性は立ち上がって、フロアに横たわる別の怪我人のところに向かった。

「清潔なタオルはありますか⁉　ビニールと……ここを押さえてください。大丈夫です、大丈夫ですよ、助かります、必ず助かりますから」

女性は血まみれになりながら周囲の人に、怪我人に呼びかけ続けた。

死にかけている人がいて、死んでいる人がいて、助けようとする人がいて、遠巻きにスマホのカメラを向ける人がいた。

私はただ、宵子さんの横にいた。

「魔女、狩りを」

宵子さんが言った。

君はどこにもいなかった。

「あたしは、いいから」

宵子さんが、私の手に手を重ねた。冷たくて、血に濡れて、震えていた。

「あの子のそばにいてあげて」

「でも」

なにが「でも」なのか、なにを否定したいのか、どうしたいのか。私はとっくに考えられなくなっている。凍ったような血が体内を巡っている。

「あの子をたすけてあげて」

「どうして」

「おねがい」

宵子さんは死にかけていた、そんなことは私でも見ればすぐに分かった。死の淵で宵子さんは君のことを願っていた。君が傷ついていることを悲しんでいて君が救われてほしいと願っていた。

私は立ち上がった。

私は歩き出した。

傷つけられた人々がフロアに、通路に、階段の踊り場に横たわっていた。泣いている人がいて、怒っている人がいて、笑っている人がいた。

館外に出た。

急ブレーキの痕を刻んだトラックが広場に駐まっていた。トラックのフロントガラスには罅が入り、片方のヘッドライトは割れ、へこんだフロントパネルには血がべっとり付いていた。

　あちこちに人だかりがあった。誰かが誰かの命を助けようとしていた。私は君を探した。

　君は、広場に向かう人の流れに逆らい、ふらふらと、海の方に歩いていた。私は君を追った。距離はなかなか縮まらなかった。私は怯(おび)えていた。

　君が欄干の前で立ち止まった。二人でベイブリッジを探した場所だった。私の歩みは勝手に鈍(にぶ)くなっていった。なにか自分にできることがあるとは思えなくて。

　私は宵子さんのことを考える。

　大人になれって言われたときのことを考える。

　私にもできるかもしれなかった。傷ついた誰かに寄り添うことが、誰かを慰めることが、誰かについて考えることが、私にもできるかもしれなかった。だから私は歩いた。自分でも信じていないような願いにすがって君に近づいていった。

　私は手を伸ばして、君の肩に触れた。君の体が跳ねた。

「もう、嫌」

　君は私の手を叩(たた)き落とした。

「もう嫌だ！」

　私に向き直った君の顔は涙で濡(ぬ)れていた。

「もうやだ、もうやだぁ！　どうして！　なんで、なんでこうなるの！　なんで！」

君は頭を抱えて体を折って叫んだ。

「世界を救ったのに！　悪い魔女をたくさん狩ったのに！　言われたんだよ、世界をよくしてって、だから、よくなるって信じてたのに！」

欄干が、石畳が、ベンチが、ゴミ箱が、土が、痩せた松の木が、君の毒で腐って溶けた。

「なんのっ、わたしの、わたしなんてなんの役にも立たなかった！　よくできなかった、しっ死ぬ、死んで、みんな、みんな死んでくんだ！　あんなにがんばったのに！　辛くて辛くて辛くて何度も死にたくなってそれでもみんなが幸せになれるから、世界がよくなるからって！　わたしと引き換えにわたし以外が幸せになれるって思ってたのに、だから、だからがんばったのにぃいいいい！」

自分で作り出した汚泥に膝をついた君は、声を上げて泣いた。

この世界では、君とはなんの関係もなしに、頭のいかれた誰かが突発的に誰かを殺す。君の物語は無力だった。君がどれだけ傷つこうと世界はよくなんてならなかったし誰も幸せになんてならなかった。君は星座を見ていただけだった。きっと君自身、自分の見たい物語が真実だなんて思ってもいなかった。

「殺して、わたしのこと殺してよ、殺してよはやく！　もうやだ、もうやだ、もうやだ、無理なの、もう無理だよ、嫌だ、殺してよ！」

私はしゃがんで、覆い被さるように、君を抱きしめる。

「大丈夫、大丈夫よ」

私は君の頭を抱いて空虚な言葉を連ねる。なにがどう大丈夫だというんだろう。なにひとつ大丈夫なことなんてなかった。私は言葉を知らない、態度も知らない。どうすれば君を慰められるのか、すこしも分からない。どうして君を泣きやませたいのかすら分かっていない。

それでも、私にもできるかもしれなかった。

宵子さんみたいに君に寄り添えるかもしれなかった。

名前も知らない女の人みたいに、死にゆく人の手を取って、大丈夫だと言えるかもしれなかった。

「大丈夫よ」

君が顔を上げて、額がぶつかりあうような距離で私たちの目が合う。

君の瞳から涙が流れる。

涙の混ざった血が流れる。

君は笑う。

「……やっと」

君は満面のうつろな笑みを浮かべる。

「やっと、殺したいって思えました」

突き飛ばされて、私は体液みたいなぬるい泥に尻もちをつく。

君は立ち上がり、私に体を向けたまま、ゆっくりと後ずさる。

君の体が、空気でも吹き込まれたみたいに膨張する。ブラウスが、キャミソールが、プリーツスカートが、下着が裂けて、千からび、粉になって風に吹き流される。

「ああ……もう……」

なにか言いかけて、君の顔が破裂する。

腕が、脚が、顔が、筋肉が、内臓が、骨が、膨らんで弾ける。泡立つ断片となった君の肉体が、岸壁を越えて海に落ちていく。

海の方から吹いてくる風が傾いた松の梢に当たってごうごうと鳴る。

水柱が上がる。

私の頭上を遙かに超えて、高く噴き上がった水が影を落とす。水の塊には砂、小石、岩、魚、ヘドロ、錆びきって膨れ上がった金属、君だったものの欠片が混ざっている。

一挙に落ちてくる。

ぬるい海水が私に降り注ぎ、それは凄まじい重さを備えている。

首がじんと痺れた気がして、直後、私の意識は途切れる。

7　深海のリトルクライ

屋外スピーカーから流れる音割れしたサイレンで、私は覚醒する。

すすり泣く声。誰かの名前を呼ぶ声。怒鳴り声。無数のスマホから無数に流れる不吉な警報音。耳に障(さわ)る無数の音がどっと流れ込んでくる。

杭(くい)でも打ち込まれたような首の痛みと、締め上げられるような頭の痛みを感じる。

消毒薬の匂いと血の臭いと煙の臭いを私は吸い込む。

目を開ける。

アルミのフレームと白い化学繊維の天井が目に入った。

私はテントの中にいて、折りたたみ式簡易ベッドに寝かされているようだった。

身を起こそうとすると、頭痛がひどくなった。私は体を横にしてベッドの外に顔を出し、えづいた。

「吐きそう？　大丈夫？」

声をかけられて、顔の前にプラスチックの洗面器が差し出された。私は黄色い胃液を嘔吐(おうと)した。焼けた喉(のど)が痛かった。

私はありったけの力を振り絞って顔を上げた。カーディガンを羽織った中年女性が、心配そうな顔で私の背中をさすった。

「喋(しゃべ)れそう？　自分の名前は言える？　ああ、いいの。まだ寝ていて。大丈夫だからね、大丈夫だから。すぐに病院に行けるからね。後ででいいから、この紙に記入しておいてね」

女性は書類を挟んだバインダーを簡易ベッドのフックに引っかけ、テント内の他の怪我(けが)人(にん)のところに向かった。

遠い雷みたいな低い音がして、地面が揺れた。塊になった悲鳴がすぐ近くで聞こえた。狭いベッドの上でどうにかこうにか仰向(あおむ)けになって、腕で両目を覆った。できることならば、死ぬまでここで眠っていたい気分だった。

「進路予測を中区、西区全域に修正するんだよ寝ぼけてんじゃねぇ、ベイブリッジ落とされてるんだぞバカが！　開設済みの防災拠点は閉鎖して避難民を南区、磯子区に振り分けさせろ！」

外から聞こえる声が、テントに近づいてきていた。

「頭ごなしにやれっつってんだよ、区はすっ飛ばして運営委員に直(じか)に当たって開設させろ、ああ？　地域防災拠点だろ！　そのための日災対なんだよクソボケ！」

私は腕をすこし持ち上げてテントの入り口に顔を向け、目を疑った。

日災対横浜研究所の所長、戸羽が入ってきた。

「死人増やしてぇのか!?　一人でも多く救うんだよ、バカがよぉ！」

首にコルセットをはめ、左手の杖に体重を預けた戸羽は、右手に握ったスマホに向かって恫喝的な怒鳴り声を上げていた。

「要援護者はトリアージ区分1優先だぞ分かってんな、班分けでもなんでも使って急がせろ！　医療職、介護職、看護職は全員働かせろ！　避難民は客じゃねぇぞ！　今すぐ動け！」

通話を切った戸羽は、杖をつきながら歩いてきて私を見下ろした。

「寝てんじゃねぇよクソガキ。表出ろ今すぐ」

「なに、が……」

「なにがじゃねぇよ！　見せてやるから出ろ！」

「ちょっと！　怪我人ですよ！」

さっきの中年女性が戸羽に向かって叫んだ。戸羽は鼻を鳴らして私を指さした。

「こいつは魔女だ」

女性は言葉を失い、私に恐怖の目を向け、すぐに顔を逸らして後悔するように眉根をひそめた。

私はどうにか簡易ベッドから降り、濡れた靴に足を入れた。乖離と無感情が皮膚のように貼り付いていて、私は、たくさん歩くと思ってスニーカーを履いてきてよかったな、みたいな、くだらないことを思った。

先に出て行った戸羽を追って、私はテントの外に出た。小学校か中学校か分からないけれど、運動場だった。

泣いている子どもがいて、怪我をしている大人がいて、怒っている男性がいて、叫んでいる女性がいて、車椅子に乗っている人、カートに載せた酸素ボンベを曳く人、大荷物を抱えた人、妊婦、ありとあらゆる人間が集まっていた。

ハンドマイクを持ったスーツ姿の壮年男性が、ごった返す人々に向かって、指示に従うよう必死で呼びかけていた。

振り返ると、白いテントがいくつも並んでいた。

「怪我人が多すぎんだよ」

私に背中を向けたままで戸羽が言った。

「二人、は、どうしたの？」

「あああ⁉」

振り返った戸羽は杖を振り上げ、バランスを崩してその場に倒れた。

「こんなクソガキに、ちくしょう、くそっ、あああああくそっ、ふざけやがって！」

杖にすがって立ち上がった戸羽は、首が痛むのかコルセットをさすりながら歩き出した。私はついていった。他にするべきことを思いつけなかった。

校舎に入った戸羽は、出て行こうとする人の流れに逆らって進み、階段を昇った。階数が上がるたび、踊り場の窓から見える光景は変化していった。

立ち並ぶ住宅の向こうに上がる何条もの濃い塊みたいな煙。

疲れきった顔で歩道を行く人々、車道に放置された無数の車。

大きな力に押し流されたような、破壊された町並み。

戸羽を追って屋上に出た私は、フェンス越しに、それを見た。

「揚がって来やがった。クソが」

皮を剝かれた猿の上半身と腐った魚の下半身をくっつけたような巨大な化け物が、高波を伴って横浜港大桟橋に上陸した。

「ベイブリッジをへし折って倉庫を根こそぎ潰して市街地に這い出て殺しまくって、海に潜ったと思ったら今度はこっちだ。いかれてやがる。目に付くでけぇもんなんもかんもぶち壊さなきゃ気が済まねぇのか」

枝のような両腕を地面について背を反らし、下半身を泳ぐようにくねらせ、地表にあるものを薙ぎ払いながら怪物は進行した。

繋留していた大型船が、尾の一振りを受けておもちゃのように転覆するのを私は見た。

「人魚」

私は思わず口にした。巨大な化け物は、魔女の毒を私に授けたあの化け物とそっくりだった。桁違いに大きいだけだ。

「宵子が死んで、お前が最後の魔女になった。だから魔女狩りは人魚に化けた」

知っている名前が、頭にかかっていた霧を一息に吹き飛ばした。同時に、再び凄まじい吐き気に襲われた。私はフェンスに手をついて吐いた。

「なにも知らねぇクソガキが。言っただろうが。宵子はつくばのスパイだって。椎骨の魔女だったんだよ」

私は見開いた目を戸羽に向けた。諦念なのか度を越えた怒りなのか、戸羽はかえって冷静になっていた。

「椎骨の魔女の毒は限定的な未来視だ。宵子はこの未来を見て、お前らを連れ出した。だから言ったじゃねぇか。なんで人の話を聞けねぇんだよ」

「待って……どういう、だって、椎骨の魔女はヒラタで、死んだ、殺されたのに」

戸羽は黙っていた。うんざりするほど明白すぎる回答をするのは時間の無駄だとでも言うように。

人魚は振り下ろす掌でコンクリートを砕きながらまっすぐ進んでいった。逆三角形の大さん橋ふ頭ビルに衝突すると、前腕を使って乗り上げようとした。ビルは荷重に耐えきれず、焼き菓子のようにぐしゃっと崩れ落ちた。白煙と塵埃と瓦礫をかき分けて、人魚は前進を再開した。

「1995年。2011年。2016年。2020年」

戸羽が口を開いた。

「お前は生まれつきものごとを考えたことがねぇのか？　頭に藁でも詰まってんのか？　なんで日本にだけなんも起きねぇんだ。地震も、テロも、原発事故も、無差別殺人も、疫病も。魔女が、魔女狩りが、人魚が、肩代わりしてるんだよ。起きるはずだった災害を、大量死を、毒として」

――人魚が泡になり、毒が飛び散った。滅びに直面した世界で、君は魔女狩りに選ばれた。君は毒を浴びて魔女となった者を狩り、一万八千五十一個の毒を身に引き受けた。

誰でも知っている事実だ。

ここから先を、私は知らない。

「ヒラタには見えてた、俺たちに教えてくれたんだ。人魚が悲劇を肩代わりして、どんどんどんどん際限なしにでかくなっていく。行き着く先はどうなる？　なあ、おい、どうなっちまうんだよ？　見ろよ！　あれだ！　くそっ……だが、分からねぇこともある」

戸羽はフェンスを揺さぶって絶叫したかと思えば、彫像みたいに静止して小声で呟きはじめた。

「これがアメリカ政府の陰謀なのか、へびつかい座星人の人類削減計画なのか、決定的な証拠はまだ俺たちにも掴めてねぇ……だが隠された真実がどうあれ、スパインは魔女狩りを殺して堂々巡りを終わらせようとした。そう、そうだ、ああそうだ！　それがスパインだ、ヒラタの理想だ。災害と共存できる世界だ！　使命だったんだ！」

　水上警察署が破壊され、瓦礫が地すべりのように海中めがけてなだれ落ちた。高波が起きて、数艇の船舶が道路に乗り上げた。

「なあクソガキ、上級国民の言い訳なんか聞きたくねぇよな？　バカにでも分かるよう説明してやるからこの一度だけちゃんと理解しろよ。俺みてぇな天下ってきた元高級官僚の何が厄介なのか、ちゃんと分かってるか？　政治力だよ政治力。人脈があってあっちこっちに便宜図って融通利かせて現場の利害と衝突するから嫌われるんだ」

　戸羽は、人魚を鋭く睨みながら抑揚の無い声で一息に喋った。

「俺はその力で、人魚の覚醒を引き延ばしながら魔女狩り殺しの方法を探してた。つくばのスパイを、宵子を、椎骨の魔女を追い詰めて身動き取れねぇようにした。次期魔女狩り候補をつくばのリストにねじ込んで狩らせた。お前のところにブランチを派遣して危険度を上げて、右目の魔女がリスト入りしないように働きかけた。引き延ばして、引き延ばして、魔女狩りを殺す手段を探した」

　乾いた笑いを戸羽は笑った。

「お前だよお前。お前と魔女狩りが俺を拷問して現場から外したんだ。なあ、弱い者いじめって気持ち良かったよな？　自分が正しいと思ってんなら尚更だよな？」

戸羽の言葉は毒の飛沫のようだった。

「俺がいなくなって、つくばは時計の針を進めた。宵子には見えてたんだ、二人の魔女と一人の魔女狩りじゃあ、もう悲劇の肩代わりには数が足りねえ。どこかで災害が、テロが、無差別殺人が起きる。それがここだって、だから居合わせて、お前らの目の前で死んでみせた。それがつくばのフローだよ。おい、まだ分かんねぇか？　こんなに長々と噛み砕いて話してやって、まだ気づいてねぇのか？」

私は戸羽を見た。戸羽は自分の言葉が私にもたらした効果を確かめるように頷いた。

「魔女狩りは魔女を狩って毒を自分に溜める。魔女が最後の一人になったとき、魔女狩りは人魚に化けて泡になる。じゃあ、いいか、よく考えろクソガキ。次の魔女狩りはどこから出てくる？」

私はフェンスに体を預けた。立っていられず、指を金網にかけたまま、私の体はずるずると滑り落ちていった。

君は言った。自分と引き換えにみんなを幸福にしてきたのだと、弾けて死ぬ前に君は言った。私はようやくその意味を理解した。

「お前だよ、お前。もうどうにもなんねぇんだよクソガキ。責任だけ取って勝手に死ね。お前が、最後の魔女が、魔女狩りになるんだよ」

きっと君は、人魚になってしまう前に死にたかった。街を壊し、人を殺す前に、殺してもらいたかった。私はなにも分かっていなかった。理解しようともしていなかった。

「でき、ない……」

戸羽は私の肩に手をかけて無理やり振り向かせ、胸ぐらを掴み、引きずり上げた。

「あああ⁉ できねぇだと⁉ なあ、おい、まじで言ってんのか？ 人が死ぬんだぞ、死んでるんだよ今も！ 山ほど！ お前と魔女狩りのせいで！ ふざけるな、ふざけるな、ふざけんじゃねぇ！」

私はフェンスに押しつけられた。汗と脂にぬめって哀しみに染まった顔がすぐ近くにあった。柔軟剤の甘ったるい臭いがした。

「なあ、おい、頼むよ。もうどうにもできねぇんだよ。分かるだろ、なんにもできねぇんだよただの人間には。逃がすしか、生きてる奴を逃がして、死にかけてる奴を諦めて、それしかできねぇんだよ……」

戸羽は、泣いていた。自分の情けなさに泣いて、私にすがろうとしていた。

星座を見ていただけだった。

君の過去を一方的に収奪して、勝手に自分と重ね合わせて、私は、おぞましいほど甘ったるい空想に胸を優しく焼かれて、それが心地よかった。

君と私が、似ているなんて。

そんなはずはなかった。私は君にとって単なる拷問の主体だった、君の人生に這い寄った数多の人でなしと同じ、罰されるべき加害者だった。

「う、あ、あああ……」

喉の奥から勝手にうめき声が漏れた。

私は君にとってこのくだらない世界のひとつの無価値な構成物に過ぎなかった。君に寄り添うための言葉も態度も私は持っていなかった、探そうともしていなかった。

戸羽は私の体を投げ出した。私はフェンスに跳ね返り、そのままコンクリートにへたりこんだ。

「もういいよ、くだらねぇ。バカをバカにしても誰一人救えねぇ。俺は俺の仕事をする。お前はお前の仕事だ、人魚をみなとみらいから出すんじゃねぇぞ。何万人が被災するか、理解できるよな？」

杖の音が遠ざかっていき、人魚がなにかを破壊する音に紛れて消えた。

悲鳴が、泣き声が、サイレンが、音という音が遠ざかっていくような気分だった。

君は這い、壊し続けていた。横浜税関を、神奈川県警察本部を突き砕いた。腐った下半身を振り抜いてビルを崩落させて方向転換すると、万国橋に手をついた。君の腕が橋桁をぶち抜いた。前のめりに倒れた君は、橋だった残骸ごと、頭から運河に落ちた。振り回した腕で護岸を掴むと体を引き揚げ、横浜新港に上陸した。

君は中央広場を突っ切った。君の目の前には煉瓦造りの赤い建物があった。

「やめて」

私は口にした。

「お願い、やめて」

君の腕が、赤レンガ倉庫を二つまとめて呆気なく叩き潰した。

そこにまだ、宵子さんはいたのだろうか。それともどこかの病院に運び込まれているのだろうか。君が殺した数多くの死者と一緒に並べられているのだろうか。

私はフェンスに指を引っかけ、立ち上がった。

楽しいことなどなにもなかった。しょっちゅう他人に疎まれていた、本当は傷ついていた。辛さを認めるのが恥ずかしかった、それだけだった。もし魔女じゃなかったとしても、私は似たような貧しい人生を送ってごみ同然の死に方をしていた。虐待されて、家族を殺して、自分を傷つけることが、いもしない相手に対するたった一つの復讐だった。

もっとずっと早くこうするべきだった。殺してしまう前に。父を殺して家族を救った気になって母に殺意を向けられる前に。弟を、殺してしまう前に。

幸せになるべき人を差し置いて、私だけが生き延びた。死ぬことを選べず、毎日を無意味に消費した——違う、宵子さんがいてくれたから、私は生きていた。私とずっと、一緒にいてくれた。私に優しくしてくれた。辛抱強く付き合ってくれた。感謝も謝罪も私は口にしなかった。

戸羽の言葉が真実だったとしても、単なる自己正当化のための妄想だったとしても、私にとってはなにひとつ嘘じゃなかった。

それから、君がいてくれた。

君は私に、やり直す機会をくれた。それからもっと大きなものを。

私は、恋をした。

恋のことなんて知らない。でも、これはきっとそうだ。その人のことを理解したいと、そばにいたいと思う気持ちが恋だとすれば、私は、恋をした。

私は、君に恋をした。

君にとっては無価値な感情で、有害な懸想だったとしても。

私はフェンスを乗り越えた。やけに体が軽かった。

眼下には目隠しの藪とフェンスと住宅街があった。どう落ちたって死ねそうだった。

死ぬという選択肢があるだけでこんなにも気持ちが楽になるんだと、私ははじめて知った。私は、君の気持ちを理解できた気がした。心臓の魔女の毒が、君をどれだけ苦しめたのかを。死を奪われるというのが、人にとってどんな意味を持つのかを。

私は最後に君を——君だったものを見た。横浜新港を横断した人魚は運河を一息に乗り越えて再び市街地に上陸した。

雨の先触れの、湿った強い風が吹いて私の背中を押した。覚悟も躊躇もないまま私の体は宙に放り出された。どうでもいいな、と、私は思った。一秒か二秒、現世を眺める時間が減っただけだ。

まっすぐに、落ちていく。

世界が色の付いた帯になって流れて、きれいだと私は思う。心は意識を手放す準備に躍っている。

流れ去る世界を破って、くっきりとした形が私の前に現れる。

泡。

ちょうど両手で包めそうな大きさの、虹色にきらきらする、シャボン玉みたいな泡が弾けて生き物が飛び出す。

それは、皮を剥(む)かれた猿の上半身と腐った魚の下半身をくっつけたような形をしている。

人魚は私の胸に飛びつくと服を引き裂き、右胸に腕を突き立てる。

「どうして……」

皮膚を、脂肪を、乳腺を、肋骨(ろっこつ)をぐちゃぐちゃに引っ掻(か)き回して、私の肺をあらわにすると、頭から潜り込む。

「いや、お願い、やめて、もう、もういい、もういいからやめて、お願い」

濡(ぬ)れた風を浴びた私は紙くずみたいに回転しながら浮かび上がる。

上下も分からない錯乱した風景に、降り出した雨がぎざぎざの線を描く。

私は奇妙な光景を幻視する。フロアを走る炎。真っ黒な煙が吹き抜けに吸い上げられて建物に満ちる。炎に巻かれて、あるいは一酸化炭素中毒で倒れた、多くの死体。

これが、魔女の毒だった。どこかで起こるはずだった災害と死を、今、私が引き受けている。幻視が解けて、私の中に、肺胞の魔女の毒が宿っている。

毒は私から落下速度を奪った。ゆっくりと落ちながら、私は吹き流されていった。空が見えて、地を這う君が見えて、また空が見えて、君はずっと後ろにいて、私は背中から瓦礫の上に落下する。

重なり合うコンクリート片から、バス停の看板だったものが突き出していた。私はどうやら、かつて海岸通りと呼ばれた場所にいるようだった。

君の這い痕にはきらきらする粘液が残されていた。厚さ一センチほどの堆積物は沸騰するように泡立っていた。とめどなく吐き出される泡はシャボン玉のように浮かび上がり、あるいは風に流され、あるいはその場で弾けて小さな人魚を産み落としていた。君はその身に引き受けた一万八千五十一個の毒を吐き出しながら這っていた。

潰れた右足を引きずり、車道に放置された車の隙間を縫って歩く男がいた。転がったままの私に、男が目を留めた。

「大丈夫ですか？」

男は真っ白な顔に純粋な心遣いの表情を浮かべていた。私は返事をしなかった。

「近くの小学校が避難所になってるって話で、そこまで行こうかなって。立てますか？」

よろけた男は、車のボンネットに手をついた。苦笑を浮かべて手を持ち上げると、白いボンネットに、真っ赤な手形がついていた。指紋までくっきりと刻まれた血痕に目を落とし、男は苦笑を浮かべた。

「いや、そこで転んじゃって。くそウケんなって思ったんですけど。怪獣いるのにガラスで手を切るかよっていう。せめて怪獣に踏まれろよなっていう。足は瓦礫で潰されたんですけどねって笑えないかこれ」

私を安心させようと、男は穏やかな声と笑顔を絶やさなかった。

男の頭上で弾けた泡から人魚が飛び出して、男の喉に食いつくと、引き裂いた。頸動脈から噴き出す血の勢いで横転した男は、ボンネットに突っ伏した。えび茶色の手形は新鮮な赤い血で塗りつぶされ、動脈血を雨が洗った。

男を殺した人魚は私を一瞥するとどこかに駆け去った。

私は立ち上がった。

人魚を——君を追った。

殺してくれるかもしれなかった。君の撒いた毒が、私の首を噛み切ってくれるかもしれなかった。それは希望だった。死は希望だった。君がそうだったように。

潰れた車からはみ出す腕を私は見た。路上で息絶える親子を私は見た。雨の降る空を無数の泡が流れていった。なにかの記念でたくさんの風船を空に飛ばすみたいに。

泡が弾けて生まれた毒の人魚は、それぞれ違った振る舞いをしていた。ある人魚は産み落とされるなりフナムシみたいに素早く這って瓦礫の陰や車の下に逃げ込んだ。ある人魚は獲物を求めてうろつき、瀕死で横たわっていようが逃げ惑っていようが関係なく襲いかかり、殺した。ある人魚は誰かに毒を与えていた。

ある人魚は死にかけていた。

大きく裂けた腹から藻の色をした血を垂れ流し、横断歩道の上に転がっていた。私はそれを横目で見て通り過ぎようとした。

爆発のような音がして地面が揺れ、私は尻もちをついた。地面についた手を瓦礫から突き出した鉄骨が鋭く抉って、血が流れた。痛みはもう心と切り離されていて、私になんの感情ももたらさなかった。

轟音と震動は、君が高層ビルの横腹に尾を叩きつけているからだった。交差点を挟んで建っているそのビルは、日災対が入っている合同庁舎だった。君はビルを一階から順番にぶち抜こうとしていた。だるま落としみたいに。

薙ぎ払う尾びれがコンクリートと鉄筋とガラスと逃げ遅れた職員と植栽を破壊した。グラウンドフロアの半分を抉られた高層ビルは、崩壊しながら君めがけて倒れた。

ナイフで切れそうなほど濃い塵埃が、突風と共に押し寄せた。私は吹き飛ばされて地面を転がった。飛んできた無数のつぶてが、腕に、胸に、足に突き刺さった。煙を突き破って、頭ほどの大きさの瓦礫が飛んできた。私の腹めがけた軌道を描いているようだった。君を追いかけたのは間違いではなかった。ようやく死ねるのだから。なにかが、私と瓦礫の間に割って入った。横断歩道で死にかけていた人魚だった。人魚は瓦礫に飛びかかり、上から尾を叩きつけた。コンクリートの塊は真下に落ち、道路に突き刺さった。

瓦礫に続いて落下した人魚の下半身は、すり下ろされたみたいにぐちゃぐちゃだった。腐敗した肉から、骨みたいな半透明の組織が飛び出していた。

瞬間的に沸き上がった殺意が私の心を強烈な温度で黒く焦がした。立ち上がった私は、横たわる人魚の頭を踏み割ろうと足を振り上げた。

足を下ろして、私はへたりこんだ。

「ねえ、復讐なの？」

私の問いかけに、君は応えない。

殺せなかった私を裁きたかったのだとしたら、君の望みは完全に叶えられていた。

巨大な影が風を伴って頭上を横切り、わだかまる粉塵を払った。ほんの数メートル上に、君の尾びれがあった。

流動する皮膚からは絶えず泡が吐き出され、骨らしい節くれだった硬い組織が粘液の合間に覗いていた。

人魚は、泡になる。

「嫌だ」

煤に塗れた顔を私は片手で覆った。

魔女の毒を吐き出しきった君は、消える。

魔女狩りになった私を残して。

「嫌だよ、置いていかないで」

もう、私の体は動かない。

「ひとりに、しないで」

私の指に触れるものがある。

私は地面に投げ出された私の手を見る。

死にかけた人魚が、私の人差し指を、小さな五指で掴んでいる。嬰児がそうするように。

なにを意味しているのか、私には分からなかった。人魚は私に毒を与えようとしているのかもしれなかった。あるいは残った最後の力を振り絞って、私になにか更なる絶望を与えようとしているのかもしれなかった。

どうしてか私は人魚を抱き上げていた。ぬるりとしていて、あたたかく、頼りない柔らかさだった。

人魚は、ほとんど切れっ端になった私の服を引っ張った。空(あ)いた右手の人差し指で、通りの向こうにある一山の破壊痕を指さした。

腕の中で人魚が私を見上げた。眼窩(がんか)に瞳はなく、頬(ほお)に筋肉はなく、表情は分からなかった。だけど私は人魚の顔に、訴えかけるものを感じた。

人魚を抱いたまま、数十歩を歩いた。振り返ると、君の上半身は合同庁舎だった凄(すさ)まじい質量に埋もれていた。抜け出そうと、尾を振り回していた。

私は人魚の指さす瓦礫(がれき)の前に立った。折り重なった建材の奥から、雨音を突き破ってかすかな声が届いた。瓦礫の下に、生きている人間がいる。

「助けたいの？」

答えを期待しないで私は聞いた。死にかけの人魚は迷いなく頷(うなず)いた。

私は肺胞の魔女の毒を投射した。レンガ風のタイルを張ったコンクリートの外壁が、重力を失ったように浮かび上がった。次いでくしゃくしゃに歪(ゆが)んだシャッターが、粉々のガラスと窓の桟(さん)が、カフェの庇(ひさし)に張られたテント生地の裂けた断片が。

重なった瓦礫の隙間(すきま)に、若い女性が倒れていた。ブラウスとパンツとエプロン。たぶん、カフェのスタッフだった。

私は残った瓦礫やソファや割れ落ちた照明やバーカウンターや丸椅子をまとめて浮かび上がらせた。更地に横たわる女性の両足の、腿(もも)から下は失われていた。

人魚に服を引っ張られ、私はふらふらと女性に歩み寄った。

すこし離れた距離で私はしばらく突っ立っていた。死んでいく誰かに対してかけるべき言葉を私は知らなかった。

人魚が猫みたいに身をよじり、私の腕の中から飛び出した。頭から地面に落ちて小刻みに痙攣し、背を反った、いびつな格好で這った。動くたびに藻の色の体液を流しながら女性に近寄り、その人差し指に触れた。触れて、撫でた。

私は片膝をついて、彼女の手を取った。生きるのに必要なだけの血を傷から吐き出しきった体は、冷たかった。

「避難所が……小学校に」

なんの意味もない言葉だった。避難所に連れて行こうが病院に連れて行こうが、間に合うはずはなかった。

「きっと、助かるから。すぐに連れて行くわ」

私は言った。意味がないと知っていながら。

「あり、がとう、ございます」

感謝の言葉に、どう応えたらいいのか分からなかった。どのみち、彼女を連れて避難所を目指すことはできなかった。

君が魔女の毒を投射したからだ。

毒はおそらく、君を抑え込む大質量に向かって放たれたものだった。ビルの残骸は周辺の空気ごと一点に向かって収縮していった。

私は咄嗟に人魚を抱きしめ、肺胞の魔女の毒を起動して地面を蹴った。斜めに打ち出された体が君の真上を通り過ぎた。

アイスクリームディッシャーで抉ったような半球状のクレーターの底に君はいた。

生じた真空に吹き込む突風が私の体を捉えた。気流に捕まった私たちは為す術無く降下して急斜面に激突すると、君のいる陥没痕の底まで転がり落ちていった。

君が私の、すぐ横にいた。君は力なく伏していた。肋骨に薄い皮膚を貼り付けたような胸が、激しく動いていた。君が呼吸するたびに地面が震えて、小石が、礫片が、かたかたと鳴った。君は動こうとしなかった。毒の投射に体力を奪われたようだった。

私に抱かれて、人魚も同じように呼吸していた。きっと残っている時間はそれほど多くなかった。

「……君なの？」

私は腕の中の人魚に呼びかけた。人魚は私を見て、君を見た。

君は両手の五指を立てて地面を把持すると、尾を振り上げた。

叩きつける勢いで飛び跳ね、斜面の外に消えた。地面が水みたいに波打って、私の体は数メートル浮き上がった。

落葉みたいに空中で回転しながら、私の目は、地の底に点る冷たく白い灯りを見た。パンツのポケットから落ちたiPhoneが点灯していた。ひび割れたガラス越しにロック画面を私は見た。私と君を見た。

私は君を見る。

君は車や信号や標識を破壊しながら、北仲橋に向かってまっすぐ進んでいる。

いつか君とあの橋を渡った。君は観覧車に乗りたいと言った。

その先に桜木町駅があって、駅前広場があって、私たちはシルスマリアの生チョコソフトクリームを二人で食べて、すこしだけ私の家族の話をして、その先には横浜駅があって、ケイト・スペードのバッグをあげる約束をして、イヤフォンをシェアして、私のあげたキャミソールを君が着てくれていて、私たちの家があって、私たちは戸羽を拷問する約束をして、宵子さんを二人がかりで呆れさせた。

駅前広場を前にして、君は動きを止める。

君は首をすこし曲げてなにかを探すように地面を見下ろす。

体を持ち上げて、駅舎を押し潰す。

ゆっくりと落ちながら、私は君が辿ってきた破壊の道を思い出す。

ベイブリッジ。

赤レンガ倉庫。

合同庁舎。

桜木町駅。

私はまた星座を見ているだけだった。なんの関連もなく散らばった星を勝手に線で結んで、見たいものを見ているだけだった。

「ねえ、壊したかったの?」

だというのに、私は愚かにも、口にする。

「それとも、探しているの?」

腕に抱いた人魚が、返事をするみたいに腕を伸ばした。私は死んでいく人魚に頰(ほお)を寄せた。私の温度を差し出したくて。

吐き出される泡は、毒の人魚は、いずれも君だった。君の千々(ちぢ)に乱れた心だった。憎んで殺す人魚がいて、誰かに毒を押しつける人魚がいて、誰かを救おうとする人魚がいて、全部、君だった。

人魚を抱きしめる。

「いいよ。おいで」

人魚の小さな掌(てのひら)が、私の人差し指に触れて溶ける。毒が沁(し)みていくのを私は感じる。ひとさし指の魔女の毒を、私は受け入れる。

最期まで私に触れようとしてくれたのだと、私は信じる。

私はただ、星座を信じる。

私たちが私たちの星座を共有しているのだと信じる。

君は崩壊した駅舎を乗り越えて進む。君の進行方向には横浜美術館がある。

私は君に背を向ける。

足先に触れた濡れた地面を強く蹴る。瀬になって流れる雨水が、足もとで弾ける。

私は崩壊した横浜を走る。

汽車道のウッドデッキをまっすぐに走る。荒れて茶色く濁った川が足もとで渦巻き、押し流されてきた船舶が目の前で橋に激突して私はその場にひっくり返る。衝撃が後頭部から鼻先まで駆け抜けていく。

もう痛みは無い。流せるだけの血を流し、負えるだけの傷を負っていた。降る雨よりも私の体温は冷たかった。

一蹴りで船の腹に着地し、二蹴りで飛び越える。

白い棘のように波立つ水面を踏んで跳ね、斜めに突き出したロープウェイの支柱に降り、束ねた鋼線のケーブルを駆け、水面で跳ね回るキャビンに足を滑らせ運河に落ちる。激流に容赦なく押し流された私は、岸壁に、運河の底に、流れてきた瓦礫に、繰り返し叩きつけられる。

濁った水を弾丸みたいに突っ切っていく無数の影を私は見る。

君の産み落とした人魚たちが集まって、私の体を水上に押し上げる。

堤防を這い上がった私は、四つんばいになって血の混ざった水を吐いた。

君と私の間にはまだ一つだけ約束が残っていた。コスモクロック21、みなとみらいの大観覧車。

君がどこをどう移動しているのか、振り返らずとも分かっていた。ひとさし指の魔女、その毒は指向。魔女の毒までの距離を感知する。大きな毒の塊が、一秒ごとにすり減りながら近づいてきているのを私は感覚している。

歩くだけの力は残っていなかった。私は両腕の力で体を前に押しやり、肺胞の魔女の毒と慣性でわずかずつ前に進んでいった。

驚くべきことに、あるいはありがたいことに、観覧車は運行していた。乗り場では、スタッフらしい青い作業着の男性が喉を抉られ、死んでいた。運転を停止するなり乗客を救助するなり、なにかの責任を果たそうとして、人魚に——君に殺されたのだろう。

私はゴンドラにしがみつき、しばらく引きずられながらどうにか扉を開けると、内側に転がり込んだ。

叩きつける風雨で、ゴンドラは激しく揺れていた。開きっぱなしの扉から吹き込む悲鳴みたいな風の唸り声に混じって、数か国語のナレーションが切れ切れに聞こえてきた。

私は手すりを掴んで立ち上がり、椅子に腰を下ろした。

全面がガラスになったゴンドラからは、破壊されたみなとみらいと、這(は)いずる君の姿が見えた。横浜美術館を押し潰(つぶ)し、ランドマークプラザを半壊させた君は、寄り道することなくまっすぐこちらに向かっていた。

視界がちかちか明滅して、意識を取り戻すたび、君は近づいていた。

「急いでくれないかしら。そろそろ死ぬのだけど」

四半世紀に満たない私の人生は皮肉ばかりだった。いつだって死のうとしたときには死ねず、生きようとしたときには死にかけている。

一瞬のブラックアウト。

耳障(みみざわ)りな甲高(かんだか)い音に覚醒すると、君が大観覧車の真下にいた。

ジェットコースターの、黄色いレールの残骸の上に突(つ)っ伏(ぷ)していた。

「お互い息も絶え絶えね」

私は笑って、扉から這い出すと、雨の中に身を躍らせる。

まっすぐ落ちていった私の体は、小さな波紋を一つ残して君の体に沈む。

深い海のように、君の内側は暗く冷たい。

暗闇に光が点(とも)る。

深海魚のカウンターイルミネーションみたいに、冷たい緑色の光。

一つが二つに、二つが四つに、四つが八つに、やがて無数に。

漂う私は、君の中を泳ぐ光の群れが毒であり有り得た過去の剥片だと気づく。

いくつかの地震と無数の震災関連死が、多くの台風と水害が、事故が、テロが、大量殺人が、死が、悲嘆が、残像の航跡を曳きながら君の体を脱けていく。

深海で、君が泣いているのを私は感じる。君が叫んでいるのを私は感じる。

私の体はほどけていく。

指先が、腕が、足が、体が、髪が、顔が、ほどけていく。

「私を――」

私は君と一緒にいることもできないし、愛することも愛されることもできない。殺すこともできない、死ぬことさえできない。

だから、私を決して愛さない君へ。

こんな世界の責任を取る必要なんてない。

壊したいなら壊そう。

救いたいなら救おう。

私は君のどんな決断でも祝福する。なにひとつ大丈夫なんかじゃなくたって、私は、君を肯定する。

「君のために、私を使って」

最後に願って、私は消える。

8　魔女と魔女狩りの断章Ⅲ

君にとって魔女の毒は、全身に浸潤した癌と似ていた。君が毒として引き受け続けた無際限の死の過去は、無理に引き剥がせば命を落とすほど自身に深く食い込み、常に痛みをもたらした。

この世の全てにうんざりしていた。欲しいものなんてなにもなかったし欲しかったものはとっくに奪われていた。好きな人なんていなかったし好きだった人はとっくに死んでいた。守りたいものなんてなかったし守りたかったものはとっくに消えていた。

君は死者と交わした約束のために生きていた。守る意味のない約束だった。それだけが君と世界を繋いでいた。

死ねた、はずだった。

君の体は熟したカタバミみたいに弾け飛んだ。破片は腐敗しながら東京湾を漂ってやがて魚やゴカイの食事になるはずだった。

君の腕はベイブリッジの主塔を掴んでいる。

腕に力を込めて、体を引き上げようとする。主塔はねじ曲がり、傾き、折れる。

引きちぎれたケーブルが空気を切り裂きながら暴れ回る。橋を通過中だった車はケーブルに跳ね上げられて落下し、あるいは乗車していた人間ごと打ち割られる。

張力を失った橋桁（はしげた）は君の重量に耐えられず、斜めに傾く。滑り落ちてきた車両が霰（あられ）のように君を打つ。反射的に潜行した君は、尾を振って泳ぎ回り、岸壁に激突して陸地に這（は）い上がる。

重力が君の体にのしかかる。

君は君を地面に押しつける力から逃れようと暴れ回り、十分足らずで中区の沿岸地域にある全ての建造物を破壊する。

君を苦しめるのは物理法則だけではない。

君は体の内側から湧き上がってくる毒の痛みに我を失い、血肉を削（そ）いで毒を撒（ま）き散らしながら這いずり続ける。

泡を吐き出せば吐き出すほど、有り得た災害の記憶と有り得た被災の感情は君から剥（は）がれ落ちていく。その分だけ、君の芯に深く根付いた一つの毒がくっきりと色づく。

「あの、イノウエさん。わたしのこと、知ってますか?」

声が聞こえて、一つの光景が広がる。

第一の拷問、長靴。

　ところどころひび割れた、白塗りのモルタル壁。三枚の張り出し窓は黄ばんだ古い新聞紙で目張りされていた。

　２０１１／３／12の夕刊一面、九州新幹線の開業記念式典についての記事。

　２０１６／７／27の朝刊一面、最低賃金の上げ幅に関する記事。

「どうしたいのかは分かりませんけど、なにをしたいのかは分かります。でも、無駄なんですよ」

　拷問具を抱えてぼんやり立っているイノウエに、魔女狩りが話しかけていた。決して誰とも敵対しない、柔らかく包み込むような声で。

　イノウエは君に拷問具を手渡した。

　君が受け取ったのは、側溝にはめる蓋のような、パンチ穴がいくつも開けられた分厚い鉄板だった。真っ赤に錆びて粉を噴いていたので、実際に溝蓋をどこかからくすねてきたのかもしれなかった。

　四隅にはボルトが挿入され、もう一枚の、似たような鉄板と接合されていた。

　魔女狩りはきつく目を閉じて何度も深呼吸した。

「お願いです。傷つけるなら、わたしだけにしてくれませんか？」

投光器の向こう側で影になった五人へと、魔女狩りは呼びかけた。

「やるしかないんだ！　私には見えているんだぞ！　ひとさし指の魔女が、魔女狩りを終わらせる！」

ヒラタが応じて、君を指さした。

「終わるんだぞ、終わるんだぞ、終わるんだぞ！　分かっているのか！　世界なんだぞ！」

君は血みたいな錆(さ)びた臭いのする拷問具を手にしたまま、どうしてこんなことになったのかを思い出そうとした。

目を覚ました君が最初に感じたのは埃(ほこり)っぽい臭い、次いで暗闇、その次にあたたかさだった。君の手を魔女狩りが握っていた。

「大丈夫だよ」

魔女狩りが君に語りかけて、その一言で、パニックに陥りかけていた君は落ち着いた。

いつもそうだった。君が泣いたり怒ったりするたび魔女狩りは笑って大丈夫だよと言って、なんの担保もないたった一言で君の心は安らいだ。

まっくらやみに、ぽつんと赤い光点が点(とも)った。鼻の奥に入り込む不快な微粒子を君は感じた。煙草(たばこ)の臭いだった。魔女狩りは小さくくしゃみをした。

「誰かいますか？」

魔女狩りは訊ねた。気丈な声だった。魔女狩りの掌があっという間に冷たくなっていくのを君は感じた。

「あー？　起きてんじゃん。めんどくせえ」

打撃音とうめき声がして、繋いだ魔女狩りの手から力が抜けた。君は息を呑んだ。

「できればぎゃーぎゃー喚かんでな、ひとさし指の魔女。説明したいから」

服のこすれる音がした。魔女狩りを蹴った男は、君の前に腰を下ろしたようだった。

「私は椎骨の魔女だ。魔女狩りを殺したい。説明終わり。大人しくしてたじゃん」

なにか喋ろうとして、沸き上がってきた恐怖に君の喉は締め付けられた。なにもかもが君の理解を超えていた。

立ち去ったヒラタは、イノウエとタガミを連れて戻ってくると、君たちを拷問部屋に連れて行った。リナとカンダが、昏倒した魔女狩りをオフィスチェアに座らせ、結束バンドで拘束した。その間に、ヒラタが改めて説明を始めた。

「いいか、世界は終わるんだ！　だから私たちはしなければならない！」

スパインの前で、ヒラタは怒り狂った統率者の顔をしていた。部屋をうろうろ歩き回り、ときに拳を振り上げ、ときに足踏みをした。

「魔女狩りを殺す！　そうすることで世界は救われる！　おまえなんだ！　ひとさし指の魔女、分かっているのか！　終わるんだぞ、分かっているのか！」

君は泣きながら首を横に振った。

「おまえの手で終わらせるんだ！　魔女狩りを終わらせてやるのがおまえに与えられた慈悲の運命だ！　死を選ばせてやるんだ！　私には見えているぞ！　おまえの力が必要なんだ！　分かっているのか！」

君にとって魔女狩りはただ一人の友人だった。君がひとさし指の魔女になって、魔女狩りが魔女狩りになるずっと前から。

君たちは同じ本を読んで、同じ絵を観て、同じ映画を観て、同じゲームを遊んで、同じ動画を一つのスマホで再生した。同じものを食べて同じものを好きになって同じものを嫌いになった。

魔女狩りも君も宮沢賢治より梶井基次郎が好きで、徒然草より方丈記が好きで、フェルメールよりラッヘル・ライスが好きで、七人の侍よりも羅生門が好きで、オムライスはチキンライスよりバターライスが好きで、夏より冬が好きだった。

トケイソウが好きで、ねずみ色が好きで、ガラス石が好きで、サンマルクカフェのチョコクロワッサンが好きで、マインクラフトが好きで、目を覚ましたときに雨の降っているすこし暗い朝が好きで、薄く切った生のいちじくをたくさんのせたフルーツタルトが好きで、平日に行く市営の小さな水族館が好きだった。

君にただ一つ守りたいものがあるとすれば、親友だった。

きっと魔女狩りも同じように思ってくれていると君は信じていた。信じるに足るだけの優しさが魔女狩りにはあった。こういうものを愛と呼ぶのだろうという確信が君にはあった、君たちにはあったと君は信じた。

「やれよ」

ヒラタの声が、君を現在に引き戻した。君は拷問具を抱え、魔女狩りを見下ろしていた。

魔女狩りが君を見上げた。

「言ってしゃーなしだ。いいよ、さくさく進めちゃおうか」

君を安心させるように、魔女狩りはへらへら笑った。君の好きな笑い方だった。よく真似して怒られていた。その笑顔は君の日常に昔から寄り添っていた。

君は膝をつき、魔女狩りの右足の結束バンドをナイフで切り裂いた。拘束を解かれた足の、ローファーと靴下を脱がせた。君の指と魔女狩りの足裏の、互いに汗で濡れた皮膚が軋むようにこすれあった。

君は零下三十度の氷原にいるみたいに震えていた。足もとに置いた鉄板を爪先で蹴とばし、音と感触に仰天して尻もちをついた。

「あっ、あっあっ」

魔女狩りを見上げた君は、愛想笑いを浮かべた。魔女狩りは笑顔を返した。やっちゃいましたねえ。とでも言いたげに。

君は魔女狩りの脚に長靴を履かせ、蝶ナットを指でつまんだ。指が震えて、力が入らなかった。

「あれっ？　あれっあれ」

「落ち着いて。大丈夫だよ。ぐりっとやっちゃえ」

魔女狩りはまたへらへら笑った。君は魔女狩りの足にすがって泣いた。

「イノウエっ！」

不意に、ヒラタが叫んだ。君は背中に凄まじい熱を感じて悲鳴を上げ、床に突っ伏した。わけも分からず頭を抱えた。

「やめてください！　殺されたいんですか！」

魔女狩りが叫んで、静寂が訪れた。君は自分で作った暗闇の中でおずおずと目を開け、痛む背中に手を回して触れた。

体を持ち上げると、単管パイプを手にしたイノウエが、泣き出しそうな顔を君に向けていた。これで殴られたのだと理解して、体が冷たくなった。

君は拷問官であり、人質だった。

君は蝶ナットに手を伸ばした。

対角線上の蝶ナットを、君は順番に締めていった。ふくらはぎが鉄板の間で逃げ場を求めて動き回る感触を、君は指先に感じた。過呼吸が君の頭を真っ白にして、指先を痺れさせた。

「イノウエ！　おい！」

手を止めた君の背中に、単管パイプが振り下ろされた。痛みは、しかし、あまり感じなかった。魔女狩りがイノウエに労るような苦笑を送った。イノウエはひきつった笑みで応じた。どうやらイノウエは、寸止めのこつを掴んだようだった。

「さ、続きやっていこーう！」

魔女狩りは場違いな明るい声で君を元気づけた。

焦りと絶望と胃が押し上げられるような感覚に何度もえづきながら君は蝶ナットを締め込んだ。魔女狩りはヘッドレストに頭を押しつけ、爪先をぴんと伸ばして耐えた。

固まりかけの血が親指から垂れ下がり、飴のような照りを帯びていた。溝蓋に挟まれた魔女狩りのふくらはぎは今にも破裂寸前で、軽く爪を立てただけでも、弾けて中身をぶちまけてしまいそうだった。

気づけば蝶ナットをつまむ親指と人差し指が真っ赤になっていた。

「ちゃんと息してほら。わたしより死にそうになってるから」

魔女狩りに言われた君は、意識してゆっくり呼吸した。

これ以上、手で締め付けるのは無理そうだった。君が手を止めるとヒラタが激昂し、イノウエに電動ドライバーを投げつけた。額から血を流しながらイノウエは愛想笑いを浮かべ、君にドライバーを手渡した。

「む、りぃ……」

君は涙みたいに言葉をこぼした。ヒラタが単管パイプで君の背中を思い切り打った。

「ぎッ⁉」

ヒラタが、踏まれた犬みたいな悲鳴を上げて転倒した。

「何度言ったら分かるんですか？　傷つけるのは、わたしだけにしてください」

「おまえ、なんの、毒、ふざけてんのか……」

「ご自身はろくに説明しないのに、他人の釈明は求めるんですね。別にいいですよ、答えてあげると靱帯の魔女の毒です」

駆け寄ったタガミの手を借り、ヒラタはむせながら立った。

「どんどんやって終わらせちゃお。拷問RTAはい計測開始」

魔女狩りが笑った。君はほとんど無感情で、蝶ナットとビットを噛み合わせた。なにも考えず、トリガーを引いた。

魔女狩りは絶叫した。溝蓋の間から、液果を握りつぶしたような勢いで血が噴き出した。ドライバーは一気にねじを締め上げた。こつん、と、硬いものに触れる感触が伝わってきて回転が止まり、モーターが凄まじい異音と焦げつくような臭いを吐き出した。

折れた腓骨がふくらはぎから飛び出した。魔女狩りの体は、五人がかりで押さえつけられた。限界まで背を反らした魔女狩りの喉から、あぶくが通り抜けるような音がした。カンダが魔女狩りの口に丸めた新聞紙を押し込んだ。

君の手から、電動ドライバーが跳ね飛んだ。

魔女狩りは前傾し、喉に溜まっていたものを膝の上にぶちまけた。血の混ざった胃液が染みて、肌にへばりついたスカートが魔女狩りの鼠径部を浮き上がらせた。

「イノウエ。終わりだ」

ヒラタが言った。イノウエは魔女狩りの右足から長靴を引き抜き、君に渡した。

それからイノウエは、魔女狩りの左足を手にとって靴を脱がせた。

「やっ、あ、え……？」

魔女狩りはヒラタを見た。ヒラタは君たちに背を向け、光の向こう側に歩き去っていった。

魔女狩りは奥歯を強く噛み、声を殺して泣いた。君を不安がらせないためだった。

君の背中を、イノウエの単管パイプが小突いた。君は魔女狩りを見上げ、手探りで電動ドライバーを探した。

魔女狩りの肉が潰れ、骨が砕ける感触は、毒として君を蝕み続ける。

「にきびが痛くなってきちゃった。冷やそうと思って」

君が言うと、魔女狩りは笑った。

「わたしには分からん苦労だね」

「いいな心臓の魔女。うちもそれでよかったのに」

「いいことばっかじゃないよ、魔女になったときケツにブツブツできてて」

「一生そのままでしょ。千回聞いたんだけどそれ」

心臓の魔女、その毒は不死。正確に言えば、自分だと認識している状態への復元。

「わたしが死んだら心臓あげるね」

「それも千回聞いたんだけど」

君は言った。

「いいじゃん数千回ぐらい付き合ってよ。ほら待ってるやつちょうだい」

「それうちがスベったみたいになるくない？　分かった、分かったから、やるから犬みたいにクーンって鳴かないですっげえぶん殴りたい……いや死なないでしょ」

「うははは。それそれ、待ってたやつもらっちゃった」

魔女狩りは無理に笑った。

不死性に基づいた他愛のない冗談だった。二人のいつものやり取りだった。

日災対はその不死性と気性の穏やかさから、彼女を魔女狩りに選定した。肉付きのいいベイブリッジと中区を破壊した君は、再度、岸壁を見つけて上陸する。衝動が、君の中にある。陸地に行かなければならないと、焦燥に、君は駆り立てられている。闇雲に這(は)い回って、君は赤レンガ倉庫の前にいる。

踏みつぶしながら、なにかを探しているのかもしれない、と、思う。

けれど、なにを探しているのか、うたたねから醒(さ)めたときに残る夢の余韻のようで、追いかけるほど輪郭は遠ざかる。

誰かと一緒にいた気がする。

でも、誰と？

君は海に背を向けて街を目指す。

拷問の記憶が、君を灼(や)いている。他の全てが君の内側から焼け落ちようとしている。

「どうしたの？」

魔女狩りの声を君は聞く。

第二の拷問、オーストリア式梯子(しきはしご)。

君は姿勢を変えて、頬(ほお)をコンクリートに押しつけた。その、身じろぎの音が魔女狩りの耳に入ったのだろうと君は思った。

世界に属していることを、その幸福を、君は反芻（はんすう）した。

「おっとお？　まさかの沈黙？」

「いや首を……」

「え？　なに？　頷（うなず）いたの？　うははは！　ばかか！　見えるわけないでしょ！」

「あほんとだ、暗い、じゃなくて違くて、えと、うん、そのだから」

魔女狩りが君に身を寄せた。君はもう、離れようとはしなかった。

いかにして奇襲を成功させるか検討しはじめた君たちの視界に、光が点（とも）った。

現れたのはイノウエだった。イノウエはサバイバルナイフで君たちの拘束を解き、要領を得ない説明をした。君に理解できたのは、どうやらイノウエが君たちを逃がそうとしている、という点だけだった。魔女狩りはイノウエの早口を手早く整理して復唱し、それで正しいようだった。

「ありがとうございます、イノウエさん」

魔女狩りはイノウエの手を取った。イノウエは、咥（くわ）えた綱を主人と引っ張りあう犬みたいに、激しく首を振った。

「違う。ごめん」

「それでも、ありがとうございます」

立ち去るイノウエの背中に、魔女狩りは小さく謝った。

かった。

「みなまで言うなだった？　うん。もうすこしだけ、椎骨の魔女に付き合ってみようと思う。ちゃんと納得してもらいたいから」

いたぶり殺そうが慈悲の心を持ってとどめを刺そうが、なにも変わらないはずだった。それでも魔女狩りは、いついかなる場合でも、これから狩り殺す獲物と分かり合おうとするのをやめなかった。

自らの毒を封じ、苛烈な悪意と拷問に身を晒す覚悟が魔女狩りにはあった。つくばエクスプレスで、左目の魔女の毒をたった一人で浴び続けたときのように。

「それから……傷つけるのは、椎骨の魔女だけ。他の人たちには、ちゃんと裁かれてもらいたいから」

寒い山に生えた古い針葉樹みたいだ、と、君は思った。風も雪も斜めに傾いた地面も、空に向かってまっすぐ伸びる樹勢の妨げにならない。魔女狩りの言葉にはそういう強さがあった。

魔女狩りはこれまで一度も、一般人を傷つけたことがなかった。そうした方が手っ取り早い状況は何度となくあった。そのたびに魔女狩りは自分を犠牲にしてきた。

「ごめん。いつものわがまま。辛い思いさせちゃうね」

君は急いで首を振った。そう言ってもらえるのが誇らしかった。自分と魔女狩りが同じ

「……どうするの？」

君は聞いた。

「話し合える、かもしれない」

魔女狩りは言った。自分でも期待していないような口調だった。こちらは一方的に相手を即死させることが可能で、あちらはほとんど対抗手段を持たない状況だった。そのような場合、無力な側に可能なのは怯（おび）えるか怒るか、あるいは居直ることぐらいだ。

「やろっか」

短く、君は言った。魔女狩りの力になりたかった。

返事はなかった。

たっぷり時間を取ってから、魔女狩りは、

「いや首を」

と言いかけ、ひとりで笑った。むくれた君は魔女狩りの肩を小突いた。

君たちは手を繋（つな）いだまま闇の中を探索し、扉を開けて階段に出た。

めくれかけたカーペットを踏み、踊り場の窓から見えるビッグステージに驚き、フロアと階段を分けるスチールドアに魔女狩りは手を伸ばした。

扉の向こうに、イノウエの言っていた部屋名はなかった。君たちは後ずさりし、音を立てずに階段の扉を閉めた。

魔女狩りは壁に背中を押しつけ、鼓動を落ち着かせようと長く大きく呼吸した。君は魔女狩りの手を取った。冷たかった。

謝りたい、と、君は思った。もしもひとさし指の魔女の毒を自由に操れたのならば、こんなぶざまな状況に陥ることはなかった。

いつも魔女狩りは、君を責めることも、無理に助力を求めることもしなかった。謝罪して楽になりたいのは単なるわがままだと君は弁えていた。

魔女狩りは階上を指さした。君は頷いた。二人は音を立てずに階段を昇りはじめ、誰かが君の髪を後ろから引っ張った。

君の首に太い腕が巻き付いた。君のこめかみに冷たい金属が押し当てられた。

タガミが君を拘束し、リナが君に銃口を突きつけていた。

「まじやばいまじやばいまじやばいまじやばい最悪最悪最悪」

呟くリナの口から胃酸と煙草の臭いがした。震える指が、今にも拳銃の引き金を引きそうだった。

「うっ動くな頼むぞおまえまじで、こいつ殺すからな、頼むぞ!」

半狂乱のタガミが叫んだ。魔女狩りは目を閉じ、俯き、握り拳を額に押し当てた。

「銃を下ろしてください。抵抗しませんから」

魔女狩りが言った。

「まぁじぃ⁉」

「ばか！　おまえまじで下ろすなよおまえ信じらんねえよ！」

嬉々として拳銃をしまったリナに、タガミが食ってかかった。彼らは魔女狩りを知らなかった。彼女が抵抗しないと言ったならば、本当に抵抗しないのだ。

「いやきもいきもいきもい、じゃあおまえ使ってよまじで」

リナはタガミに拳銃を押しつけた。タガミはため息をつくと、受け取った銃を君のこめかみに押しつけた。

君と魔女狩りはヒラタとイノウエの前に引き出された。息せききって部屋に飛び込んできたタガミとリナに、ヒラタは一瞬、ばつの悪そうな顔を向け、後ろ手になにかを隠した。イノウエはゲーム機を手にしたままおろおろしていた。どうやら二人でゲームをしていたようだった。

君は奇妙な感慨さえ抱いた。生き延びるために無知な他者を騙し、他者の尊厳を残忍に奪い去るような人物でも、友人とごく普通にゲームで遊ぶような日常の顔を持っているのか、という感慨だった。

「やべえまじでやべえ逃げようとしてたんすよヒラタさんこいつらまじで！」

タガミはヒラタの気まずそうな態度にまったく気づいていなかった。リナも同様だった。

ヒラタはゆったりと立ち上がった。自分の所作に威厳を付け足そうとも、突然のできごとに考えを巡らせようともしているみたいな仕草だった。

「タガミ。罰だ。罪には罰が必要だ。分かるな？」

「はいっ！」

「おまえは」

ヒラタは瞑目した。必死で頭を働かせているようだった。ヒラタにしてみれば、この状況は綱渡りだった。魔女狩りを過度に刺激すれば殺されかねない。看過すれば威厳に関わる。凄惨かつ穏当とでも言うべき、矛盾した落としどころを見つける必要がヒラタにはあった。

「……ひとさし指の魔女を、ここで犯せ」

「うぇ？」

「分かっているのか！　罰なんだ、世界は公平でなければならない！　超越を私が引き受けようというのだ、分かっているのか！」

「はっはいっ！　あっあっええー？　でも、その、どうしたら？」

タガミは君の首に腕を回したまま、肩越しに魔女狩りを見た。君は、背後の魔女狩りから噴き上がる殺気を感じた。魔女狩りの内側に凝る数多の毒が、ひとさし指の魔女の毒を強引に励起させていた。

「だっ、大丈夫、だから」

君は言った。

「たいしたことじゃないし。別に」

魔女狩りと同じ世界に属している誇りが君にはあった。足を引っ張ってしまった罰を受ける覚悟が君にはあった。君は、合わない歯の根を無理に噛み合わせ、見えもしないのに笑顔を作ってみせた。

「いやたいしたことだって言おうよなにかが変わるかもしれないよ。ていうか俺が無理なんだけど。勃起すると思う？　この状況で」

タガミは、ヒラタに聞こえないよう、小声で君に向かって囁いた。

「分かっているのか！　タガミ！　終わるんだぞ！　おまえが、公平を、保つのだ！」

「うーわまじか。ええと……じゃあ、その」

「タガミっ！」

「うわあああはぃいいいい！　這いつくばって頭を両手の後ろに置け！」

君は言われた通りにした。タガミは君の背中にまたがり、銃口を君の頭に押しつけた。

「くそっまじっ、できるわけねえって、猿じゃねえんだぞ」

小声で文句を言いながら、タガミは片手でベルトを外した。

のしかかる重みと体温と湿度の気味悪さとこれから起きることへの嫌悪感が、吐き気となって君に押し寄せた。泣くな、と、君は君に命じた。はじめて、魔女狩りの代わりに傷付くことができるのだから。

君は下着を下ろされ、両脚をタガミの裸の両脚で挟まれた。汗と皮膚と毛の感触はこの世でもっともおぞましかった。

「まじきついな、もう物理的な刺激のみでやるしかない」

タガミが、自分のものを君の尻に押し当てた。君はかすかな嗚咽を漏らした。

タガミの体がパチンコ球みたいに跳ねた。

ぬるい液体が肌に垂れて、君は顔を上げた。タガミの体は磔みたいな格好で天井にめりこみ、真っ平らに潰れていた。

「う、あ、ああああああ」

死にたての死体が発するとしたらこんな声だろうと想像できるような、感情も抑揚も失せた音が魔女狩りの口から漏れた。君は魔女狩りを見た。

魔女狩りは突き飛ばされたように尻もちをついた。大きく開いた口の中で、きつく硬く縮んだ舌が喉の奥へ奥へ入りこもうとしていた。

胸に顎がくっつくぐらい背中を丸めて、自分の首を手で絞めて、魔女狩りは喉を鳴らした。

「魔女狩りを連れて行け、リナ」

「うえっはい……手、すんません、その」

リナは魔女狩りを結束バンドで拘束した。

イノウエが、君を見下ろしていた。殺風景な失望の視線が向けられていた。君にとってはどうでもいいことだった。

君のせいで魔女狩りが傷付いた。いつもと同じように。

君は耐えられなかった。わずかに声を漏らしてしまった。助けを求めてしまった。魔女狩りはタガミを殺した。魔女ではない人間に手をかけた。

君たちは再び拷問室に連行された。魔女狩りの流した血は拭(ぬぐ)われず、フローリングの上で絵の具のように干からびていた。あたためた膿(うみ)のような臭いが満ちていた。魔女狩りの体液に由来するものだった。

部屋には新たな拷問具が用意されていた。角材を組んで作った幅広の梯子(はしご)を、壁に斜めに打ちつけたものだった。アルミの手回しホースリールが梯子の脇に置かれていた。ナイロンのロープがリールの幅いっぱいに巻き付けてあった。

「リナ。脱がせ」

ヒラタが命じて、リナは従った。魔女狩りは自失したままで、裸になったことすら気づいていないようだった。

普段の魔女狩りであったら、相手を慮(おもんぱか)った上で、自分の意思も表明したはずだ。たとえば、こんな風に。

「抵抗しないから安心してください。でも、わたしの心を折れるとは思わないでくださいね」

そうはならなかった。裸にされた魔女狩りは、リナに手を引かれるがまま、拷問具のところまで歩いて行った。

「ユウイチ、カンダ、おまえたち出て行け」

魔女狩りの胸や陰部に目線を向けていた二人の男に対して、ヒラタが命じた。理に適った判断と言えた。ついさきほど、性的暴行が構成員の死を招いたのだから。

「おい。これ」

イノウエが君の肩を小突き、サバイバルナイフを押しつけた。

「なに」

「やれ」

イノウエの指さす先には、魔女狩りがいた。

「だから、なにを」

「魔女狩りのまんこ切るんだよ。それで」

絶望も恐怖も既に通り越して、君の心には荒涼とした無関心が広がりはじめていた。君は向かいの壁に貼られた正方形のシールをじっと見た。

「切り取れ。スーパーで売ってる肉みたいに」

糊が風化して半分以上めくれあがったシールに、もともとはなにが描かれていたのかを考察した。その試みに行き詰まると、いつごろ、誰が貼ったのかについて考えはじめた。

背中に銃口を押しつけられて、君はつんのめるような数歩を歩んだ。君と魔女狩りの目が合った。

魔女狩りは、笑った。

「うはははは！　やば！　ナイフでけぇ！」

君を元気づけるような大声で魔女狩りは笑った。

「ぱっと終わらせちゃおうか。牡蠣の殻剥くみたいなもんでしょ多分。牡蠣剥いたことないけど」

ちょうど目の高さに、一つの裂け目みたいな魔女狩りの性器があった。枯れかけの牡丹みたいなくすんだ赤だった。

「どうしたどうした？　びびってんのかー？」

魔女狩りは挑発するみたいに腰を突き出した。銃口で背骨を強く押され、君は痛みに背を反らした。

君はナイフを持ち上げた。刃先を魔女狩りの性器に当てた。視界が白くなって頭がくらくらした。刃を押し込んだ。脂肪の柔らかさの奥に、骨盤の硬さを感じた。

「すぐ再生しちゃうからね。魚の三枚下ろしみたいに、こう、刃を寝かせてしゅっとやるんだよ。ほら息して。深呼吸深呼吸うっ……」

痛みに、魔女狩りは声を詰まらせた。皮膚を破った刃が、あっという間に組織をかき分けて骨に達した。

「あっあああああああ」

君の喉（のど）の奥から、反射のような悲鳴がこぼれた。魔女狩りの血が君の頬（ほお）まで跳ね飛び、涙に押し流された。

「いっや、嫌、嫌だ、いや、こんなの、無理、無理、無理ぃ！」

絶叫しながら、君は刃を横に向かって滑らせた。ごつごつした骨の上を跳ねながら、ナイフは水でも切っているように容易（たやす）く魔女狩りの肉を削（そ）ぎ切っていった。ずたずたに切り裂かれた肉が君の手の甲を軟体動物のように這（は）い、柄（え）を握る君の手に触れた。

こそいだ肉片が刃の上をずるずると滑り、床に落ちた。

「はっぁあああああぁぁあああ……」

君の目前で、魔女狩りの性器は見る間に修復されていった。魔女狩りの、一仕事終えたような気楽なため息が聞こえて君は顔を上げた。

唇の端から血の混ざった唾液を一筋垂らして、魔女狩りは、へらへらしていた。

「けっこう上手じゃん。コソ練してたでしょ三枚下ろしの」

魔女狩りが、性器を切り裂かれながら一声も漏（も）らしていなかったことに君は気づいた。

君の手からナイフが滑り落ちた。君は膝（ひざ）をついて顔を覆い、自分の弱さを心底憎んだ。

部屋の中でリナがうずくまっていた。

「こんなん、最悪、だめ、だめでしょ、無理無理無理、最悪、最悪、まじ最悪」

リナの言葉を聞きとがめたヒラタが、肉片をつまみあげ、彼女の眼前(がんぜん)にぶら下げた。

「疑うのか？」

ヒラタが問いかけた。

「や、でも、それ、こんなのは」

リナは泣きながら頭を振った。

「疑うのか！　終わるんだぞ！　おまえは目覚めたはずだ、終わるんだぞ、聞いているのか、聞いているのか、聞いているのか！」

「分かってます、分かってます分かってますけど、でもこんなの！　だって、タガミも死んじゃって！」

「食え」

「は……？」

「覚悟だ！　足りないぞ、圧倒的に、覚悟が！　おい！　カンダ、ユウイチ、来い！　食ってみせろ！　魔女狩りを食ってみせるんだ！」

魔女狩りの肉を床に叩(たた)きつけたヒラタは、君たちのところに歩いてきた。激情の仮面は外れ、疲れ果てた中年男性の表情をヒラタは君たちに向けていた。

「なんだよ、あんたらそういう感じ？　無辜(むこ)の……まあ無辜じゃねえな拷問してる時点で。とにかく、一般人には手を出したくなかった？　もう殺しちゃったけど」

縛り付けられたままの魔女狩りの体が、びくっと痙攣するように跳ねた。魔女狩りは、黒い点みたいに引き絞られた瞳孔をどこでもない場所に向けた。

「イノウエさあ、こいつらが言うこと聞かなかったら自殺してくれる？」

「はい」

すこしも迷わず、イノウエは頷いた。

君たちの第二の拷問はこうして終わった。


君は高層ビルに人魚の尾を繰り返し叩きつけている。その建物が君にとってどんな意味を持つのか、もう君は覚えていない。衝動だけがある。フロアを順番に破壊したいと君は思っている。だるま落としみたいに。

何度目かの打撃が、ビルの地階を薙ぎ払う。斧を入れられた大木のように、建築物が傾いで倒れる。ビルは君を押し潰しながら崩れ去り、質量で君を生き埋めにする。

君は苛立つ――というのは正確な表現ではない。指に留めたテントウムシが指先に向かってよじ登っていくのは、太陽を目指そうとする確固たる意思の現れでも、離陸するのにちょうどいい場所を探しているのでもない。進化の過程で獲得した負の重力走性に従い、重力の働く方向と逆側に移動しているだけだ。それと同様に、君はただ移動しようとしていて、生き埋めにされている状況ではそれが不可能であり、したがってこの状況を解決するため魔女の毒を起動する。

奥歯の魔女、その毒は噛み潰し。君は瓦礫を空間ごと噛み潰す。

毒の投射が、君の体力を大きく奪う。君は半球状に消滅した地面の底で、すこし休む。

泡は絶え間なく君の肉体から吐き出される。君は消滅に近づいている。怯えはない。かといって、喜びもない。君は君が死に近づいていることさえもう理解していない。

君は飛び上がって地底から脱出し、走性に従って移動する。

名前も知らない橋を踏み壊し、名前も知らない駅舎と名前も知らない広場を見下ろす。なにかを探している、気が、する。

冷たさと甘さの遠い感覚が君の中に浮かび、消える。

君は駅舎を破壊する。

君は駅前公園を踏み荒らす。

君は北進し、進路に突き出した大きな塊にぶつかる。一瞬、君はなにかを感覚する。それがファストフードの味だと、君は思い出さない。今、世界は君にとって連続する凹凸に過ぎない。

君は突起にのしかかり、押し潰す。地面についた手が重力に負け、肘から骨が飛び出して君は突っ伏す。

ここまで自重を支えてきたいくつかの毒が泡となり、君は大地に縫い止められた肉の塊に成り果てつつある。心臓の魔女の毒によって治癒され、治癒されるなりまた潰れて、君は体液と組織を垂れ流しながら這い進む。

君の視界は、円形の突起を捉えている。そこに、行く必要がある。なんなのかは関係ない。月だろうと街灯だろうと炎だろうと殺虫灯だろうと、蛾は光を目指す。それと同じように、君は前進する。

皮膚も肉もこそげ落ちて、骨も砕けて、君は辿り着く。

叩きつけるような風雨の中に、円いものが立っている。触れようとして、もう、君の体は動かない。

真っ黒に塗りつぶされていく視野に、過去が立ち上がる。

第三の拷問、掃除屋の娘。

暗闇の中、君たちは背中をくっつけ、浅い眠りを眠っていた。まどろみはいつも、魔女狩りの悲鳴で途切れた。

タガミを殺した日から、魔女狩りは眠りながら泣き叫び、暴れるようになった。君にできることはなにもなかった。慰めも謝罪も、魔女狩りは受け入れようとしなかった。

拷問が続く中、魔女狩りは一度たりとも君を責めなかった。いつもと同じようにへらへら笑い、冗談で君を元気づけ、ヒラタを除くスパインの構成員とできる限り友好的に接し続けた。

昔から、そうだった。どんな傷も、魔女狩りは自分で引き受けようとした。魔女狩りはかつて君にこう言った。

――わたしと引き換えにわたし以外が幸せになれるなら、なんかもういいかなって。

優しさだと、信じようとしていた。残酷さなのだと、君はとっくに気づいていた。君は自分を騙しきれない自分の弱さが情けなかった。

扉の開く音がして、スマホのフラッシュライトが闇に点った。

「立て」

イノウエの冷たい声がした。魔女狩りはわざとらしく欠伸をした。

「ねむー。今日はどんなんですか？」

「来い」

魔女狩りの問いに応じることなく、イノウエは言った。

君と魔女狩りは拷問部屋に続く階段を昇っていった。踊り場で煙草を吸っていたリナが、君たちを見かけると軽く手を上げて挨拶した。

「今日なんか食べたいものある？」

「えーなんだろ、エビマヨ？」

魔女狩りがリナに気安く応じた。

「おっけ、作っとく」

「ありがとうございます。めっちゃ豆板醤効いててお砂糖抜きがいいです」

「まじ要求してくるじゃん。レシピ動画観て作るだけだから」

魔女狩りとリナは手を振り合った。

罪悪感の埋め合わせなのか、この状況に慣れたのか、魔女狩りの気性がそうさせるのか、リナは魔女狩りに対して穏やかな態度を示しはじめていた。他の構成員にしても同様で、イノウエとヒラタだけが頑なな殺意を魔女狩りに向けていた。そのため、拷問にはもっぱらイノウエが動員された。

この日の拷問は、掃除屋の娘だった。ボルト留めや溶接で加工された拷問具を装着した魔女狩りは、最初の五分間、辛さを表に出そうとしなかった。

「これやばい、地獄みたいなストレートネックになっちゃうよ絶対」

胸を膝で押し潰され、かすれた声で魔女狩りは笑った。

次第に、魔女狩りの手足から血色が失せていった。にじみ出る汗で、魔女狩りの髪は額に貼り付いた。薄く開かれた唇が紫に変色した。

太腿の筋肉が激しく痙攣し、意思を持ったみたいにうごめいた。魔女狩りは口を大きく開閉し、可能な限り多くの大気を呼吸しようとした。

魔女狩りが時間をかけて何度も死んでいくのを、君は見続けた。時間が伸び縮みしているようで、一瞬は三十分で三十分は永遠で永遠はフェムト秒だった。

「おい」

小突かれて、君は我に返った。イノウエが金属製の単管パイプを君に突きつけていた。なにも考えずに君は受け取った。

「やれ」

君は首を横に振った。イノウエは拳銃を抜き放って引き金を引いた。銃弾を浴びた魔女狩りの太腿が破裂して血が飛び散った。魔女狩りは体を小さく震わせただけで、銃撃にほとんど反応を示さなかった。酸欠と筋肉の断裂、繰り返される死と再生に、考える力を奪われたようだった。

「さっさとしろ」

イノウエは言った。君は単管パイプを振り上げ、魔女狩りの背中を打った。ゴムを巻いた木の幹を叩くような感覚がして、魔女狩りはかすかに唸り声を上げた。

「そこじゃない」

君は魔女狩りの腕を、肩を、太腿を打った。そのたびに否定された。別の場所を殴れ、もっと強く殴れ、顔を狙え、性器を狙え。君は命じられるがままに魔女狩りの体を打った。

尻を思い切り打ち抜いたとき、それまでとは違う手応えがあった。鉄パイプが反発せず、肉の中に沈んでいくような感触だった。靱帯が破け、臀筋が断裂し、衝撃が筋肉に緩和されることなく浸透した結果、魔女狩りの肛門括約筋は破裂した。

血と便と内臓の混ざった、液体とも固体ともつかないものがどろりと溢れ出た。異臭に、イノウエが鋭く舌打ちした。

魔女狩りは子猫みたいに小さく高く短い声を上げた。

押し殺そうとして隠しきれない、かすかな嗚咽を魔女狩りは漏らした。

魔女狩りが泣いている、と、君は認識した。

君は単管パイプを思い切り振りかぶり、イノウエの顔面に全力で叩きつけた。

蹴られた豚みたいに嘶いて、イノウエは壁まで後退した。君はイノウエの頭頂部にパイプを振り下ろした。頭蓋骨と金属が激突して、手首がじいんと痺れた。

へたりこんだイノウエは、自分を庇うように両手を持ち上げた。君は真横からフルスイングしてイノウエの左手首を打った。骨の折れる感覚があった。

どうしてこんな簡単なことに気づかなかったんだろうと、君は疑問に思った。魔女狩りは非魔女を殺せない。だとすれば、その役目は自分が負うべきだったのだ。魔女狩りは魔女を狩り、魔女は人を狩る。それで二人は対等だ。君の中で世界は調和した。加撃のたびに世界はますます完璧なものになっていった。

助けてくれだとか悪かっただとかもうしないだとか許してくれだとか俺のせいじゃないだとか通り一遍のくだらない哀訴を口走ってから、イノウエは動かなくなった。

君は穏やかに息を漏らした。今やこの世から全ての問題が取り払われてなにもかもがきらきら輝いていた。

君は振り返った。魔女狩りが立っていた。いつも通りの美しい姿だった。

「これで一緒だよ、うちも殺しちゃったから。もう迷惑かけない絶対。うちも殺せるんだよ分かっちゃった、いやまさかこんな力が眠っているとはね、覚醒しちゃったかもしれんなこれは」

君は興奮に顔を紅潮させて早口でまくし立てた。魔女狩りはイノウエの死体を見ていた。

「なになになに！　うーわ、あー……」

拷問部屋に飛び込んできたリナが、惨状を前にため息をついた。

「うん、そっか。そりゃそうなるわ」

リナはいくらか同情的な視線を君たちに向けた。

「なんか、もう、いいかな」

投げやりな口調で言った魔女狩りが、不意に、ありとあらゆる毒を炸裂させた。イノウエの死体がフロアごと消し飛んで、頭上に青空が広がっているのを君は見た。

冷たい陽光を浴びて魔女狩りは笑っていた。満面のうつろな笑みを浮かべていた。

「えっなにあっやばっ、えっまじで？　えっ？　えっ？」

リナが自分の掌に目を落とした。どす黒い火種が、彼女の指先に点っていた。

魔女狩りの毒に触れたリナは一瞬で火柱となり、煙の尾を曳きながら絶叫して走り回った。階下からカンダとユウイチの悲鳴が聞こえた。

数分で芯まで焼け焦げたリナが、倒れて崩れた。火が消えて、残っているのは人体に含まれるわずかな無機物だけだった。

魔女狩りは眼下のビッグステージに目をやった。ヒラタが、焼け焦げた右足を引きながら這っていた。

「ごめんね。わたし、できなかった」

君を見ずに魔女狩りは言った。

「わたしの代わりに、世界をよくしてね」

肺胞の魔女の毒を起動した魔女狩りは、風に乗ってふわりと飛び上がり、ビッグステージに向かって落ちていった。

血まみれの単管パイプを握りしめて、まだ半端に笑顔を浮かべたまま、君は石化したように立ち尽くしていた。

岩肌をかすかな水滴が伝うように、じわりと理解が及んでいった。足もとがいきなり深い沼地に変化したようで、君は立っていられず、ふらついて尻もちをついた。

君が引き金を引いたのだ、と、君は理解した。

耐え続けてきた魔女狩りの心を、君の殺人が決壊させたのだ、と、君は理解した。

君は四つんばいで建物の縁に這い寄って眼下の構造体を見下ろした。ビッグステージの最上階に着地した魔女狩りは、焦るでもなく悠然と歩き出した。

「あの、聞こえてます？　今からめっちゃ情けなく命乞いしてもらいますよ」

魔女狩りは楽しそうでも辛そうでも悲しそうでも怒ってそうでもない口調でヒラタに呼びかけた。

追わなくては。

追って、止めなくては。

止める？　なにを？　止めてどうする？　どうやって？　無意味だ。魔女狩りは魔女を狩る。いたぶり殺そうが慈悲の心を持ってとどめを刺そうがなにも変わらない。違う、魔女のことなんかどうでもいい。殺してしまう魔女狩りのことだけが君には大事だった。

愛しているんだよ。

寝起きにキスしたいなって思えるくらい。

君は躊躇なく飛び降りた。

着地するなり足もとの合板が裂け、君は最下段まで落下した。水を吸ったソファが君の体を受け止め、むきだしの黄ばんだスポンジからぬるい汚水を吐き出した。

右足が焼けるように熱くて凍るように冷たかった。裂けた合板が太腿に深く突き刺さっていた。認識した瞬間、体中に鳥肌が立って地滑りみたいな吐き気に襲われた。ソファに右手をつくと、肩に激痛が走った。折れたのか脱臼したのかは分からないし確かめる術もなかった。

君は無事な左手でソファを押して、地面に転げ落ちた。天井がぎしぎし軋み、あちこちたわみ、単管パイプの森が金属音のざわめきを立てた。ヒラタが逃げ回り、魔女狩りが追っていた。

なにを伝えるべきなのかは決めていた。パイプにすがって君は立ち上がった。一歩ごとに体が壊れていくのを感じながら君は進んだ。息を吸うたびに脇腹が鈍く痛んだ。頭が割れるように痛かった。

空気を吸い込むような音がして、天井が裂けた。君の眼前に、単管パイプの支えを失った合板とコンパネとパレットとソファとブラウン管と壊れたエレクトーンと割れたマンドリンと色あせたぬいぐるみと水で膨らんだカラーケースが落下した。魔女狩りが毒を放ったのだ。君は積み上がった障害物を避けて方向転換した。

コンパネと合板の階段を這い上る君のすぐ側に、ヒラタが現れた。自暴自棄の笑顔で、涙を流して、可能な限りの速度で逃げていた。気づかなかったのか気にしている余裕がそもそもなかったのか、君には目もくれず、ヒラタは通り過ぎていった。

一定の調子で、床が軋んだ。魔女狩りが一歩一歩を確かめるように歩んでいる音だった。

君は大きく息を吸い込んだ。膨らんだ肺に割れた肋骨が突き刺さって君は血を吐いた。構わず、君は呼吸した。伝えるべき言葉が、届けるべき態度があった。

「なんか急にどうでもよくなりました」

君よりもほんの一瞬だけ早く、魔女狩りが口を開いた。

「帰ってお風呂入りたいんで、終わりにしますね」

君の意識は途絶した。

喉の奥から塊みたいな血がせり上がってきて、君は目覚めた。

君は仰向けになっていた。壁のようなものに周りを囲われていた。円形に切り取られた空が見えた。空には無数のシャボン玉が飛んでいた。

単管パイプのぎざぎざの断面が、君の右胸から飛び出していた。奥歯の魔女の毒で、ヒラタを周囲の空間ごと噛み潰したのだろうと君は推測した。

胸から溢れ出す血が大気に触れ、絶え間なく湯気を吐き出していた。命そのもののような白く弱々しい気体は、冬の風でちりぢりに刻まれながら押し流されていった。

これならいい、と、君は思った。先に死ねるのであれば、いい。もう迷惑をかけることもないし、くだらない負い目を感じることもない。

――さりがたき妻をとこ持ちたる者は、その思ひまさりて深き者、必ず、先立ちて死ぬ君は、君と魔女狩りが好きだった方丈記の一節を思い出した。死ぬときぐらいは自分のみじめさを再確認したくなかった。

だからこれでいいのだと君は自分に言い聞かせた。死ぬときには目がかすむと聞いていた、それが来たのだと君は思った。

視界が暗くなった。

そうではなかった。

陽光が、なにか巨大なものに遮られていた。

皮を剥かれた猿の上半身と、腐った魚の下半身を縫い合わせたような、大きな化け物。

君が壁のようなものと感じていたのは、人魚だった。

体を輪のように丸めていた人魚が身を起こし、空っぽの眼窩を君に向けたのだった。

人魚が、小首を傾げた。まだ生きている？　と、問いかけるように。

君は魔女と魔女狩りと人魚の関連について理解した。ひとさし指の魔女になって、一緒に戦えると告げたとき、魔女狩りが取った奇妙な態度の理由が腑に落ちた。だがなにもかもが手遅れだった。魔女狩りは、人魚になる。人魚は、泡になる。そして遺された魔女が、新しい魔女狩りに選ばれる。

君はむずがるように頭を振った。

「このまま死なせて」

願うように君は言った。

人魚は両腕を自らの胸に深く突き込んで、心臓を引きずり出した。ぬらぬらする肉塊はたちまち小さな泡になった。

「置いて、いかないで」

泡をのせた指先を、人魚は君に向かってそっと下ろした。

「一人に、しないで」

人魚の指が死にかけの肉体を呆気なく押し潰してくれるよう、君は心から祈った。

君に触れた泡がぱちんと弾けて、心臓に毒が沁み通った。

降りてくる人魚の指先が、掌が、手首が、前腕が、泡となって後から後から君に注ぎ込まれた。

倒れ伏した人魚の体が無数の泡に転じ、立ち昇った。泡は風に吹かれてゆったりと流れていった。

「ねえ」

君は伝えるべきだった言葉を、なんの意味もないと知りながら口にした。

これは君が右目の魔女に、最後まで――自分の口からは――語らなかった、君が死を請うまでの物語だ。

この物語はこのように始まり、また、このように終わる。

「ねえ、一緒に帰ろうよ」

エピローグ　ただいま、おかえり。

人魚が泡になり、毒が飛び散った。滅びに直面した世界で、君は魔女狩りに選ばれた。

一つの円環が閉じて、また始まった。

今、円環は閉じようとしている。

攪拌(かくはん)された石けん水みたいに、君の体は毒の泡に包まれている。視界も思考も、君にはない。君は霧散しつつある巨大な毒の塊として伏している。

最初、君は気づかない。

なにかが君の中に進入したことを君は認識できない。

突然、開けた視界に観覧車が映る。

君に触れるものがあったことを、君の内側に踏み入る者があったことを、君の心に右目の魔女が流れ込んだことを、君は理解する。

君は君がかたちを保つために必要なものを感じる。

右目が、君に宿っている。

右目は世界を認識して自身と弁別し、君は君の輪郭を君の視野ではっきりと見る。

崩れかけていた両腕に力を込めて、君は再び動き出す。右目で捉えた行く末を人差し指で指して、這い進む。そうしながら、ふたりきりのおしゃべりみたいに、君は右目の魔女を知っていく。

第一の拷問。

撮影に失敗するたび、父親は彼女に罰を与えた。父親の指示はいつも気まぐれだった。ここで笑えと怒鳴られ、笑顔を作ったら笑うなと怒鳴られた。正解を与えられないまま責められ続けて、自分を罰する感情だけが育っていった。

その日は子ども向けアパレルブランドから提供された商品の紹介動画を撮影していた。彼女の役割は、レイングッズを身につけた弟を褒め、雨の中に連れ出して商品の機能性について語ることだった。表情なのか喋り方なのか身ぶりなのか、あるいはただ単に苛立っていたのか、なにかが父親の怒りに触れた。

彼女は長靴を履かされた。父親は雪平鍋いっぱいに沸かした湯をそこに注ぎ込んだ。彼女は泣き叫びながら横転した。溜まった湯が溢れて太腿を焼いた。長靴を脱ごうとする彼女を、父親は押さえつけた。

よかった、と、彼女は思った。水疱で膨れ上がった足の刺すような痛みに耐えながら、弟が犠牲にならなくてよかったと思った。それだけは耐えられなかったから。彼女にはただ一つ守りたいものがあった。弟のことだけは。

君たちは、桜木町駅前広場に戻っている。思い出を、君たちは共有している。木陰の気休めみたいな涼しさ。アイスの冷たさ。カナル型イヤフォンを差し込まれたときのくすぐったさ。泣き出した弟を抱き上げようとして母に咎められたこと。陽光を黄色く漉し取って薄暗いバルーンの中で跳ねる弟、子どもたちの体温で熱く湿った空気とビニールの清潔な匂い。

第二の拷問。

一時保護所への入居は、父にとって脱走を意味していた。幸福な家族を演出した動画による収益と、積み重ねた信用こそが父の財産で、家族はその全てを失おうとしていた。彼女をいくらか余計に傷つけたことで、回復するものなどなにもなかった。だが父はそうした。なにかに八つ当たりすればすこしは気分が晴れるだろうし、彼女はそうするのにちょうどいい相手だった。

彼女は螺旋階段の柱に吊された。父が手を放すと、彼女の体は腕の長さ分の弧を描きながら一気に落下した。肩関節が外れ、大木を力任せにへし折るような音がした。彼女の腕は鳥の羽みたいに背中から斜め後ろに突き出していた。ガラスでできた階段の踏み面は彼女の泣き顔を映し出していた。

わずかに開いた扉の隙間から、弟が彼女を見ていた。

大丈夫だよ、と、彼女は言った。お姉ちゃんは大丈夫だからね、と、彼女は笑った。

君たちは根岸線の高架を一歩ごとに破壊しながら横浜駅に向かって進んでいく。君たちの左手側には首都高がある。座席に膝立ちになって窓に両手をついて眺めたことを、その肩に触れたことを、君たちは思い出す。

第三の拷問。

右目の魔女は父親の死体を風呂場に放置して脱衣場に出た。扉の脇に置かれたカラーボックスの、天面に積まれたバスタオルを手に取った。

カラーボックスの側面には小物入れが吸盤で貼り付けられていて、黒いカラーコンタクトのパッケージと導入液と化粧水と乳液とフェイスマスクが置かれていた。

小物入れが目に留まって、ふと、もうこんなことはしなくていいのかもしれないと思った。動画映えするきれいな肌を保つ必要はなくなった。それに、いやみを言われるのが苦痛だった。母は右目の魔女が化粧水を余分に使いすぎるといつも小言を言った。コットンは両面を使えと無茶なことを言った。もしかしたら母は、スキンケア用のコットンをコピー用紙かなにかと勘違いしていたのかもしれなかった。

右目の魔女は石油ファンヒーターのスイッチを入れ、ドライヤーで髪を乾かし、服を着た。それから導入液と化粧水と乳液を洗面台にぶちまけた。

背徳感と申し訳なさが背骨を駆け上がって、その卑小さに自分で笑った。肉親の殺害よりも、風呂上がりのケアを怠(おこた)ることと使いかけの化粧水を捨てることに、より罪悪感を掻(か)き立てられたのだ。

どうしてこんな簡単なことに気づかなかったんだろうと、右目の魔女は疑問に思った。母も弟も父には逆らえなかった。だとすれば、その役目は自分が負うべきだったのだ。家族を守るため、もっと早く手を汚すべきだったのだ。さかさまのボトルから乳液が抜け落ちていくほど、右目の魔女にとって、世界は完璧なものになっていった。

名前を呼ばれて、右目の魔女は顔を向けた。母が脱衣場の入り口に立っていた。

「お父さんに、なにをしたの」

右目の魔女は半分開いた風呂場の扉を指さしてにっこりした。

「ねえママ、聞いて。わたし魔女になったみたい。右目の魔女になったの。その力でそいつを殺したの。呆気なかったわよ。一瞬で息の根が止まってぱたんと倒れてそれでおしまい。中身がちょっと残ったペットボトルを蹴ったときみたいな倒れ方だったわ」

母は右目の魔女を突き飛ばして風呂場に駆け込んだ。捨てられたぬいぐるみのように転がる父の体に取りすがって、声をかけながら揺さぶった。

「どうして！」

金切り声を上げた母が掴みかかってきた。後退した右目の魔女は足をファンヒーターに引っかけ、腰を洗面台にぶつけた。バランスを取ろうと振り回した腕が、電動歯ブラシと電動シェーバーとマウスウォッシュと吸盤付きのフックに引っかけてあった洗顔ネットとサンリオのキャラが描かれた青いプラスチックのコップを薙ぎ払った。

倒れかかってきた母の額と衝突した三面鏡が砕けて、欠片が右目の魔女の肩にぱらぱらと落ちてきた。抱きとめようとした右目の魔女の腕をすり抜けて、母は洗面台に顎をぶつけ、仰向けにひっくり返った。ぶつかった振動で自動停止したファンヒーターが、警告音を鳴らしながら、石油臭い冷風を吐き出していた。

右目の魔女はカラーボックスの上に畳まれて重なったバスタオルをじっと見た。使い込んで平たく倒れたパイル地の一つ一つを見た。そうすることで、思考が決定的な言葉を生み出す瞬間を先延ばしにしようとしていた。

試みは数十秒で徒労に終わった。右目の魔女は、母が死んだことを、殺意を向けられたことを、自分が殺したことを、受け入れた。

まだ残っていると、右目の魔女は言い聞かせた。弟がいる。ただ一人、なんの罪もなく、ろくでもない偶然でこのくだらない家に生まれ落ちてしまった弟が。だからこれはまだ救うための力だと右目の魔女は言い聞かせた。

父母の屍を残して、脱衣場を一歩出て、弟が廊下で死んでいるのを右目の魔女は見た。

右目の魔女は家から出て、歩き出した。

冬の風が、吐き出す白い息をちりぢりに刻みながら後ろへ押し流した。

辿り着くべき場所はどこにもなかったし、探しているものもなにもなかった。最初からそんなものは存在していなかった。欲しいものなんてなにもなかったし欲しかったものはとっくに奪われていた。好きな人なんていなかったし好きだった人はとっくに死んでいた。守りたいものなんてなかったし守りたかったものはとっくに消えていた。

夜の空にいくつもの泡が流れ去っていくのを右目の魔女は見上げた。彼女が右目の魔女になるほんのすこし前、遠くで人魚が泡になり、ひとさし指の魔女が魔女狩りになった。

星を映して、街灯の白い光を反射して、信号の点滅に染まって、風に乗った泡はどこまでも漂った。

泡の群れに導かれるように、右目の魔女は歩き続けた。

君たちは歩き続ける。

雨は止み、空には平たい灰色の雲が貼り付いている。

右目が横浜駅を、相鉄ジョイナスを、横浜モアーズをエキニア横浜を高島屋をベイシェラトンを捉えて、首都高の高架を潜って、新田間川をまたいで、鶴屋町を這い進んで、ようやく君たちは、探していたものを見つける。

二階建ての小さなアパートに君たちは辿り着く。

人魚の体が、溶けていく。

透きとおった美しい何百もの断片になって中空に昇っていく。

アパートの外階段に並んで腰掛けて、君たちはそれを見上げている。

君たちは二人とも途方に暮れ、すこし気恥ずかしくて、すこし怒っていて、疲れ果てている。

「……どうして？」

私は訊ねた。

「どうして、私なの？」

心臓の魔女、その毒は不死。正確に言えば、自分だと認識している状態への復元。

毒で、君は君と私の肉体を復元した。君は魔女狩りの肉体をもとに戻すこともできたはずだった。

だというのにどういうわけか君の隣に私がいて、アパートの外階段はびしょびしょに濡(ぬ)れていて、座っているとどんどん生ぬるくなって気分が悪い。

「いやいやいや魔女さんこそどういうつもりですか。なんで急に合体してきたの？　なんで合体できると思ったの？」

「やったらできたのよ」

「ばかの言い分じゃん」

　私の質問も君の質問返しも続く口論も、完全無欠に無意味だった。私たちは人魚となってなにもかも共有してしまった。私は君の嘘(うそ)を知って君は私の隠し事を知って、私たちは、全て失った日のことを思い出にしてしまっていた。

　それでも、言葉にする必要があった。届けるべき、言葉と態度があるはずだった。

「……こんなことをして、許されると思っているんですか？　あっちこっちむちゃくちゃにぶっ壊してはちゃめちゃにぶっ殺しまくったんですよ」

「知らないわ。私は許す」

「魔女さんそんな性格でしたっけ」

「どうでしょうね。もしかしたらそうだったのかも。決めたのよ。君を肯定するって。どんな決断だろうと」

「やっぱり世界を壊すって言ったら？」

「壊しましょう」

「けっきょく死にたいって言ったら？」

「努力するわ。でも、そもそも君は罰を受けたかっただけでしょう？」

「おっとお？　それ言っちゃいます？　そんなんされたらこっちにもいじる弾いくらでもありますけど？」

「どうぞご自由に。かけるだけの恥はかいたわ」

君はふかぶかとため息をついた。

「次は君の番よ。どうして私だったの？　彼女ではなくて」

君は瞳を閉じておとがいを反らす。

しばらく、そうしている。

私は君の言葉を待つ。

「魔女さんのこと、探してたんです」

君は一度、ためらうように口を閉じる。

私は、待つ。

「ごめんねって言いたくて。嘘ついてごめんねって、ひどいこと言ってごめんねって」

私は頷（うなず）いた。

「それから、魔女さんが私の中に入ってきて」

「お邪魔したわね」

「調子出てきたんじゃないですか？」

私たちは疲れきった笑みを共有する。

「魔女さんと……一緒に帰ろうって思ったんです」

ためらいながら口にして、君は、私を見る。

「ただいま」

私は言った。

「おかえり」

君は言った。

私たちは肩をくっつけあって、すこしのあいだ曇り空を眺めた。たくさんの泡が空を飛んでいた。あの日見た午後の空のように、あの日見た夜の空のように。

「とりあえずおなかぺこちゃんですね。冷蔵庫になんかあるかな。はーどっこいしょ」

君は膝に手をついて立ち上がり、外階段を降り、駐車場を歩き、銃声が響く。

銃弾が君の首をかすめて頸動脈をひきちぎり、ブロック塀に衝突して火花を散らす。

首筋から血を噴き出し、君は横転した。噴水みたいな血流はあっという間に勢いを失い、次第に弱まっていく鼓動に合わせてとぎれとぎれに吐き出された。

「びっくりしました」

血だまりに横たわっていた君が言った。

「なになに？　なにごと？　えっ腰抜けちゃったんだけど。腰抜けることってあるんだ生きてて。魔女さんちょっと助けてくれません？」

私はのろのろと歩いていって、君の手を取り、引き起こした。港のような臭いがした。嗅ぎ慣れた君の血の匂いだった。

「はーなるほど」

私の視線を追った君が得心したように頷いた。

硝煙の立ち上る拳銃を手にした戸羽が、塀にもたれかかって死んでいた。君を撃ち、次いで私を標的に定めたのだろう。

心臓の魔女の毒と右目の魔女の毒が、どうやらまだ私たちの中に残っている。

私たちは顔を見合わせ、同時に噴き出し、笑った。なにがおかしいのかさっぱりだったけど、なぜだか声を上げて笑った。

私たちは立っている。

晴れでも雨でもない、どうでもよさそうな曇り空の下に、私たちは立っている。

君はどこでもないどこかをはっきりとまなざして笑った。

満面の笑みを浮かべた。

「ざまあみろ。生きてるぞ」

ボカロ縛り歌枠

まじょまじょしてきた
待機
おうた待機
ついえら！
きちゃ！
待機画面草
変なサムネ！　変なサムネじゃないか！
きちゃああああああ

「こんにちまじょまじょ！　ひとさし指の魔女と！」
「右目の魔女よ」

こんにちまじょまじょ！

こんにちは！

初見ですかわいいですね

間に合ったー

俺の誕生日におうた助かる

「本日は！　めちゃんこお待たせいたしました！　まじょっこのみんなとお約束しましたぁー？」

「君が勝手に言っていただけだと思うのだけど、まあいいわ。ボカロ縛り歌枠よ」

「いよいしょー！　ということでね、とあるカラオケにお邪魔させていただいてるんですけど、一曲目どうします？」

「冗談よね？　セトリ用意してないの？」

「だってノリでしょこういうの。んーとじゃあまずは魔女さんのガチ曲いきますか。はいマイク持って。一曲目！　いーあるふぁんくらぶ！」

おおー！

クッソなついｗｗｗ

いーあるふぁんくらぶ ー！！！

この曲マジで好き
親が聴いてたなー

「ええ？　ちょっと、まだ気持ちが……うっ！　はっ！　うっ！　はっ！」

「うははは！　いいですよ魔女さんめっちゃかわいい！　ガチ曲は裏切れない！　ガチ曲は裏切れないんだよなあ！」

想像以上に前のめりで草
どこから声出してるんだｗｗ
かわいい！
うー！　はー！
陰キャ特有の急アクセル好き
ハモりうますぎて草
百合成分過剰供給助かる　この気持ちのまま死にたい

「いーあるぁあああああ！　うわあ！　魔女さん大丈夫ですか！」

「……どうして壁が吹き飛んだの？」

「うははは！　顔まっしろですよ魔女さん粉塵で！　一時間かけてメイクした顔が！　だっせえ！」

　　衝撃映像
　　何だこれ草w
　　よく分からんが切り抜き師頼んだ
　　大丈夫ですかわいいですよ
　　何もなかった。いいね？
　　神回しか配信できないのかこいつら

「近くで魔女バトル始まっちゃったみたいですね。いま渋谷まじやばいみたいですよ、治安が」

「毒を奪い合っているんでしょう？」

「らしいですね。魔女狩りがなくなっちゃったから、毒が、なんか、ドロップアイテムみたいになっちゃって」

「なにが面白いのかしらね」

「参加してみます？　わたしたちぶっちぎりで皆殺しにできますよ。実はまだ百個ぐらい毒残ってるし」

「くだらない以外の感想がないわ」

「百パー正論だ」

　デスゲームで草
　優勝したら願いが叶いそう
　お面の主催者でもいるのかよｗｗｗ
　魔女バトルとかいうバカにしきった呼び方

「今日は終わりにするかって？　ばかやろう、魔女にびびって配信者やってられっか！　さーて次はなに歌おっかな！　ウミユリ海底譚？　テレキャスタービーボーイ？　ＫＩＮＧ？」

「フォニイ」

「……へへ、それ最高です。このビル電気系統駄目になっちゃったっぽいんで河岸変えますね。枠立て直すから待ってるように！　いったんおつまじょ！」

「ついでに顔も直してくるわね。それじゃあ、おつまじょ」

おつまじょ！
おつまじょでした！
おつまじょー
おつまじょ、またね。

〈『拷問魔女』完〉

この作品に対するご感想、ご意見をお寄せください。

●あて先●

〒101-0052 東京都千代田区神田小川町3-3
主婦の友インフォス　ヒーロー文庫編集部

「中野在太先生」係
「とよた瑣織先生」係

ヒーロー文庫

拷問魔女

中野在太

2022年7月10日 第1刷発行

発行者 前田起也

発行所 株式会社 主婦の友インフォス
〒101-0052 東京都千代田区神田小川町3-3
電話／03-6273-7850（編集）

発売元 株式会社 主婦の友社
〒141-0021
東京都品川区上大崎3-1-1 目黒セントラルスクエア
電話／03-5280-7551（販売）

印刷所 大日本印刷株式会社

ISBN 978-4-07-452363-4